# 投岩麝退香

## ——論 1946-1948 年間平津地區「新寫作」文學思潮

段美喬　著

大陸學者叢書 CG0016

# 總 序

1992 年，兩岸開放探親後的第五年，我在埋首撰寫論文〈大陸的台灣文學研究概況〉過程中，驚覺對岸對於台灣文學研究的投入成果，並在種種因緣之下，開始關注對岸文學，一頭栽進大陸文學的研究與教學。

多年來，心中一直記掛著應該把台灣的大陸文學研究情況也整理出來。因為台灣和大陸是現代華文文學研究的兩大陣地，除了兩岸學界的本土文學研究之外，還須對照兩岸學界的彼岸文學研究，才能較完整地勾勒現代華文文學研究的樣貌。去年，我終於把這個想法，部分地呈現在〈台灣的「大陸當代文學研究」觀察〉一文中。但是，這個念頭的萌發到落實，竟已倏忽十年，而在這期間，仍有許多想做和該做的事，尚未完成，不禁令人感慨韶光的飛逝和個人力量的局限。

回顧過去半世紀以來的現代華文文學研究，兩岸都因政治環境和社會文化的變遷，日益開放多元；近年更因大量研究者的投入，產生豐盛的研究成果，帶起兩岸文學界更加密切的交流。兩岸的研究者，雖在不同的歷史背景下成長，但透過溝通理解、互動砥礪，時時激盪出許多令人讚嘆的火花。

「大陸學者叢書」的構想，便是在這樣的感慨和讚嘆中形成的。從文學研究的角度來看，成果的交流和智慧的傳遞，是兩岸文學界最有意義的雙贏；於是我想，應從立足台灣開始，將對岸學者的文學研究引介來台，這是現階段能夠做也應該做的努力。但是理想與現實之間，常存在著難以克服的主客觀因素，台灣出版界的不景氣，更提高了出版學術著作的困難度。

感謝秀威資訊公司的總經理宋政坤先生，他以顛覆傳統的數位印製模式，導入數位出版作業系統，作為這套叢書背後的堅實後盾，支持我的想法和做法，使「大陸學者叢書」能以學術價值作為出版考量，不受庫存壓力的影響，讓台灣讀者有更多機會接觸到彼岸的優質學術論著。在兩岸的學術交流上，還有很多的事要做，也還有很長的路要走，我相信，這套叢書的出版，會是一個美好開端。

宋如珊

2004 年 9 月　於士林芝山岩

# 目 次

# 導 言

## 一

抗戰結束到新中國建立雖然僅有短短四年，但這四年卻是風雲突變的四年。從 1945 年抗戰的勝利、1946 年內戰的全面爆發、1947 年國共兩黨在軍事力量對比上的轉折、1948 年國統區經濟的全面崩潰到 1949 年的「天地玄黃」，變化幾乎在轉瞬間。民族命運的起伏莫測直接影響到了文學的發展。抗戰炮聲初起，知識份子就把抗戰看作一種洗禮，看作是民族振興的一個歷史契機。郭沫若稱八・一三的炮火為「喜炮」，是在「慶祝我們民族的再生」[1]。朱自清更熱情地表示，「抗戰以來，第一次我們獲得了真正的統一。」[2]抗戰的勝利使得人們對於「民族再生」的想像具有了一定的現實可能性。作家們沉浸在喜悅和希望中，對民族的未來和文學發展前景充滿信心。「抗戰勝利，我們的『文藝復興』開始了：洗滌了過去的邪毒、創立著一個新的局勢」，鄭振鐸的這番話說出了一代知識份子的心聲[3]。因此抗戰勝利不久，文壇即呈現出一派蓬勃生機：文人集團重

---

1 郭沫若，《民族再生的喜炮》，《蜩螗集》，上海群益出版社，1948 年。
2 朱自清，《愛國詩》，《新詩雜話》，三聯書店，1984 年。
3 鄭振鐸，《發刊詞》，《文藝復興》創刊號，1946 年 1 月。

新聚合、文化出版業復興、文化復員造就了一批新的文化中心。同時，戰時文化中心也沒有因為文化名人的離去而陷入沉寂。各種有著不同政治立場、文化背景、文學觀念的文人群體都看好戰後可能出現的文學「空場」，積極從事各種文學活動，以期建立各自理想的文學生態。

民族危機解除之後，不同政治力量間的鬥爭日趨表面化，被長期抑制的不同文學路線和派別間的矛盾再次展現。各種政治力量也都試圖掌握文學的發展方向，使之服務於自己的政治主張。在這個文學與政治密不可分的時代，社會政治的轉折與文學方向的選擇在一定程度上具有了一致性。共產黨在國共鬥爭中日益強大、並逐漸取得統治地位這一客觀事實，決定了左翼文學界在各種文學力量中占據著主導地位，並且具備了左右文學走向的力量。政治力量突入文壇、重組各種文學傾向和派別，並最終確立新的文壇格局，構成了 40 年代後期中國文壇的一個基本事實。左翼文學界追求的「文藝新方向」以及文學形態的「一元化」在 40 年代後期已經成為趨勢所在，但文學傾向、派別和力量的重組過程卻是錯綜複雜的。其他文學力量並沒有因此徹底放棄自己的文學追求和文化立場。他們以一種螳臂擋車的自覺的悲劇精神，堅持著自己的文學理想，要與滾滾而來的洪流對抗。在對抗文學一元化進程的各種力量中，尤其是以《文學雜誌》、《大公報》「文藝」和「星期文藝」副刊（天津）等刊物為陣地，以沈從文、朱光潛、蕭乾為核心的一批堅持文學自由主義精神的作家最為活躍。

隨著抗日戰爭的勝利，文化復員工作也迅速展開。西南聯大等內遷高校復員，一批原「京派」作家或近「京派」作家逐漸匯聚北平地區（以北平為中心，包括天津等其他北方城市）。經歷了戰爭的挫折，民族、時代以及個性的層層重壓，他們以自覺的意識在更深層次上思考社會和人生的悖論，反省現代文明衝擊下的生命困境，尋求「以純正的文學趣味」推動新的文化建設的方向和途徑，探索更真實更準確的文學表達，並由此掀起一場全新的文學探索和試驗活動。在他們的影響和帶動下，一批青年作家和學者加入到這場文學探索和文化建設活動中來，成為文學探索和試驗活動的新生力量。前輩作家和「新生代」作家共同的呼喚和實踐，形成了 1946～1948 年間「新寫作」文學創作思潮。

「新寫作」文學創作思潮和「新寫作」作家群的文學活動，以平津地區為主要陣地，但並不局限於平津。例如，穆旦這一時期的主要活動地就不在北京，而在瀋陽。1945 年 10 月，穆旦推辭了北大外文系的聘約，接受友人羅又倫（青年軍 207 師師長）的邀請，北上瀋陽，籌辦《新報》。但是因為奉養父母的緣故，他經常往返於瀋陽和北平，與沈從文、馮至、朱光潛、林徽因等前輩文人以及詩友王佐良、周珏良等常有來往。而他在 1945-1948 年間創作詩歌 44 首，60%以上的作品發表在沈、朱主持的刊物上。又如，王佐良和王道乾兩人都在 1947 年便考取了公費出國，分別赴英國和法國留學。儘管身在國外，他們並沒有停止文學思考和創作。他們將作品寄回北平，在沈從文、朱光潛等人主編的刊物上發表。平津地區之外，上海也有不少「新寫作」的參與者和贊同者。蕭乾結束赴歐戰地報導工作後返回上海，繼續擔任《大公報》的工作，但他時常來往於平津。他的文章在平津刊物上多有發表，並在平津文學青年中頗有影響。李健吾在上海主編《文藝復興》雜誌，並通過這個雜誌與平津地區的文學活動相互呼應。此外，聚集在上海的《中國新詩》、《華美晚報·新寫作》等文學期刊和報紙文藝副刊周圍的一些青年作家如唐湜、唐祈、陳敬容等等，與平津地區的「新寫作」文學思潮在人事活動上、創作精神上都有一定的聯繫。

「新寫作」文學思潮主要以《文學雜誌》、《現代文錄》、《大公報·星期文藝》、《大公報·文藝》、《益世報·文學周刊》、《民國日報·文藝副刊》、《經世日報·文藝周刊》、《華北日報·文藝》、《文藝復興》、《華美晚報·新寫作》等文學刊物為依託。「新寫作」的作家群體則主要由兩部分作家構成：（一）沈從文、朱光潛、楊振聲、蕭乾、李健吾、卞之琳、廢名、林庚、林徽因、馮至、李廣田、李長之、常風等原「京派」作家。其中沈從文、朱光潛、楊振聲、蕭乾、李健吾等人積極倡導文學實驗和探索，引導文學的發展，成為群體的中堅。而卞之琳、廢名、林庚、馮至、李廣田、李長之等，則處於作家群的外圍。卞之琳、廢名、林庚等人雖沒有明確倡導文學實驗和探索，卻以各自的創作參與到文學實驗和探索活動中去。馮至、李廣田、李長之等經歷了抗戰、內戰的烽火，政治傾向和美學追求發生了微妙的變化，但始終保持著開放、寬容的姿態和藝術獨立的文學觀念，並對文學試驗和探索活動表示出積極的支持。（二）直接在沈從文、朱光潛的關懷下走上文壇，或者傾心於沈、朱等人的文學主張的部分青年作家、文學批評家和文學研究者，如汪曾祺、鄭敏、袁可嘉、穆旦、李瑛、畢基初、金隄、呂德申、盛澄華、吳小如、王忠、蕭望卿、邢楚均、王道乾等等，構成「新寫作」的新生力量。

這是一個以學院文人為主體的作家群體。其成員大多有學院背景，朱光潛、沈從文、楊振聲、廢名、馮至、常風、金隄執教於北京大學，卞之琳、李廣田在南開大學授課，盛澄華從法國留學歸來，加入了清華大學外文系[4]，林庚受聘於燕京大學，邢楚均任教於南開大學[5]。蕭乾在承擔《大公報》工作之外，兼任復旦大學英文系和新聞系教授。而汪曾祺、鄭敏、穆旦、呂德申、王忠、蕭望卿、王佐良、袁可嘉等都是西南聯大的學生[6]，畢基初畢業於北京輔仁大學西語系[7]，王道乾曾在西南聯大和中法大學學習[8]，吳小如、李瑛都還是北大在讀學生[9]。大學校園相對自由的學理風氣的熏陶，較高的知識和文化素養，

---

[4] 盛澄華早年在清華求學，1935 年留學法國。歸國後成為紀德研究專家，1946 年受聘於清華大學外文系。

[5] 邢楚均，即邢公畹，又名邢慶蘭，著名語言學家。1932 年考入安徽大學中文系，抗戰時期就讀於中央研究院歷史語文所，後任西南聯大中文系教員，講授「外國學者中國音韻研究」等課程。1943 年曾到雲南紅河流域苗區調查語言、搜集民間故事。以此經歷為基礎，他創作了系列小說《故事採集者日記》，在平津報刊上發表，後結集為《紅河之月》，由天津人民出版社 1957 年出版。解放後，在南開大學任教。

[6] 蕭望卿，1945 年考入西南聯大中國文學部研究生；王忠，1941 年入聯大中國文學系；袁可嘉，1941 年入聯大外國語文學系；王佐良，1939 年畢業於聯大外國語文學系；汪曾祺，1939 年入聯大中國文學系；穆旦，1939 年畢業於聯大外國語文學系；鄭敏，1943 年畢業於聯大哲學心理學系。

[7] 畢基初，畢業於北京輔任大學西語系，30 年代末開始發表作品，抗戰時期在華北淪陷時期進行文學活動，以短篇小說著稱，出版了短篇小說集《盔甲山》等。此期創作以散文和小說為主，特別注意文體的試驗。

[8] 王道乾在抗戰時期流亡昆明，曾在西南聯大旁聽，與沈從文有師生之誼。其後修習法國文學，進入中法大學。在沈從文、朱光潛主編的副刊和雜誌上發表詩作超過 30 首。1947 年，與王佐良等同批考取公費留學生，留學法國。新中國誕生後，毅然成為第一批歸來的留學生。

[9] 吳小如，筆名少若，抗戰勝利後，先後考入燕京大學、清華大學、北京大學中文系，肄業。李瑛，1945 年考入北京大學。

堅信一個人自有其應當堅守的信念和應盡的責任，在學術研究、文學創作中排除一切干擾、唯真理是尊的執著……這一切構成了「新寫作」作家的學院氣質和立場。正是這濃郁的學院氣質和立場，使他們在毛澤東文藝思想和延安文藝模式逐漸成為主流的 40 年代後期中國文壇獨樹一幟。

抗戰勝利初期，由於各方面復員工作的進行以及國共雙方的和談協商姿態，政治、經濟和文化形勢顯得頗為寬鬆。舊的文化在戰爭中被徹底打碎，新的文化尚未建立，主流社會意識形態正在經歷著激烈的鬥爭和重組。在這些「新寫作」作家看來，這是一個民族的機遇，也是他們自己的機遇。他們要在這個充滿變數的時代，在一個遠離主流意識形態、文壇一片空寂冷落的城市裏建立一個充滿生機和希望的文學綠洲，實現他們既「善其身」又「濟天下」的人生夢想。那夢想便是以自身的文學探索和實踐為中國現代文化建設盡自己應盡的那份責任，進而將文化建設推進到國民素質建設和社會改造。這是一個由文學運動到文化運動的思路，這也是五四的思路。對他們來說，如何在文學作品中貫注文化理想，同時又保持文學的獨立性，防止淪為某種外在政治目的的工具，是必須解決的問題。為此他們強調並鼓勵青年人獨立思考，這也許是保持其文化理想的純潔性的唯一方法。在經歷了戰爭的洗禮之後，他們更加深入地感受和體驗社會、人生、生命和存在；他們強調要真誠的面對這些感受和體驗，並以懷疑的精神去不斷地加以思考和反省。生命感受和生活體驗的深入和複雜推動著他們提出新的美學追求，並尋求新的文學作品的表達範式。由此，一個以文學實驗和探索為追求的文學創作思潮在他們的手中展開，而他們的創作實踐也成為這一時期新文學發展最重要的收穫之一。

## 二

「新寫作」文學思潮從本質上來說，是一種自由主義的文學思潮。

首先，從政治傾向上說，「新寫作」作家群是由一批自由主義知識份子構成的。經過八年抗戰的艱苦生活，他們對於國民黨政權的腐敗深有感觸，而戰後的國統區政治、經濟的大崩潰，更使得他們對國民黨政權失去了希望。但是對於共產黨的政治、文化和經濟主張，他們也並不太瞭解。因此，對於這鬥爭的雙方，他們都表示不滿，不僅批判國民黨統治，同時也質疑共產黨領導的革命。沈從文把國民黨和共產黨之間進行的戰爭描述為「一群富有童心的偉人玩火」，打著「為人民」的口號，實際「都毫無對人民的愛和同情」；而他自己，「對於在朝在野偉人政客的信念」，「都已完全動搖」[10]。朱光潛同樣對戰爭雙方不加區別地一概譴責：「國內兩大政黨，都不體念人民的痛苦，一味用私心，逞意氣，打過來，打過去，未建設底無從建設，已建設底盡行破壞。」[11]而蕭乾更是積極參加了「第三條道路」的

[10] 沈從文：《從現實學習（二）》，《大公報》，第 5 期，1946 年 11 月 10 日。
[11] 朱光潛：《蘇格拉底在中國——談中國民族性和國家文化的弱點》，《文學雜誌》，2 卷 6 期，1947 年 11 月。

活動，參加了錢昌照等人創辦《新路》雜誌的工作。我們不能說沈從文等人的政治理想與圍繞著《觀察》、《周論》等刊物集結的儲安平等中間路線分子完全一致，但二者間的相似點卻顯而易見，更重要的是二者的言論在社會上產生的效果是一致的。

其次，在文學觀念上，「新寫作」文學思潮延續了 30 年代以來「京派」一貫堅持的「文學自由論」，提倡文學的自由和獨立，希望政治不要干涉文學。它反對集團主義，反對偶像崇拜，提倡寬容和忍耐，要求作家「把筆放到作品上」，「使文壇由一片戰場而變成花圃，在那裏，平民化的向日葵與貴族化的芝蘭可以並戶而立」[12]。這些基本主張使得它在 40 年代後期複雜的文學鬥爭和文學一元化進程中，成為中國文學格局中的中間路線。儘管現實狀況使「新寫作」作家們無法忽略政治的力量和影響，開始認識到文學並不一定是與政治截然對立的，並且做出了一定的讓步。他們表示，在保證文學性的前提下，「文學是可以幫助政治的」[13]，「文學可以為『民主』、為『社會主義』或任何高尚人生理想作宣傳」[14]。但是，對於「文學應與政治分離」的基本態度，他們始終保持不變：「近代政治的特殊包庇性，毀去了文學固有的莊嚴與誠實。終結是在這個現狀繼續中，凡有藝術良心的作家，既無從說明，無從表現，只好擱筆。長於政術和莫名其妙者，倒因緣時會容易成為場面上人物」[15]。在文章中，他們明確表達了自由主義的文學觀念。

---

12 蕭乾：《中國文藝往哪裏走？》，天津《大公報》，1947 年 5 月 5 日。
13 姚卿詳：《學者在北平：沈從文》，天津《益世報》，1946 年 10 月 26 日。
14 沈從文：《新廢郵存底》，《益世報・文學周刊》，1947 年 3 月 23 日。
15 沈從文：《一種新的文學觀》，《文潮》，1 卷 5 期，1946 年 9 月 1 日。

在《自由主義與文藝》裏，朱光潛公開宣佈：「我在文藝的領域維護自由主義」，「反對拿文藝作宣傳的工具或是逢迎諂媚的工具」。他說：

> 自由是文藝的本性，所以問題並不在文藝應該或不應該自由，而在我們是否真正要文藝……文藝的自由就是自主，就創造的活動說，就是自生自發。我們不能憑文藝以外底某一種力量（無論是哲學底，宗教底，道德底和政治底）奴使文藝，強迫它走這個方向不走那個方向；因為如果創造所必須的靈感缺乏，我們縱使用盡思考和意志力，也絕創造不出文藝作品，而奴使文藝是要憑思考和意志力來炮製文藝。[16]

以這種自由主義的文學精神為根基，他們鼓勵和提倡新的文學試驗和探索活動，並把建立「純正文學趣味」作為文學活動的目標。

就學理而言，「新寫作」所堅持的「文學獨立論」並非毫無道理。但是文學與政治的關係不是僅僅依靠學理的辨析就能確立的，它還涉及到很多現實利害關係。在國共兩黨展開生死存亡的大決戰關頭，雙方都要利用能夠利用的一切手段，調動能夠調動一切的力量，包括政治、軍事、經濟、文化等各個方面，為自己的政治利益服務。因此，從現實環境的角度看，「新寫作」的論點不合時宜，它的主張也絕難實現。

---

[16] 朱光潛：《自由主義與文藝》，《周論》，2 卷 4 期，1948 年 8 月。

1946 年全面內戰爆發之後，國共的政治軍事對抗關係明朗化了。但在遠離延安、南京等政治意識形態中心，頗有些「孤城」意味的北平，「新寫作」文學思潮卻在國共對抗所形成的政治和文化縫隙之間茁壯成長。它以獨有的學院派精神，堅守著文學的獨立性，反對文學對政治的依附，期待著實現真正意義上的多樣化的文學圖景。進入 1947 年，國共雙方在軍事力量的對比上經歷了一場此消彼長的對抗[17]。二十年來在中國占統治地位的國民黨在內戰戰場上開始逐漸從進攻轉變為被動挨打，中國共產黨卻從劣勢轉變為優勢，在戰場上從防禦轉變為進攻。雙方力量對比在這一年間發生的巨大變化直接影響並支配了此後中國的走向。1947 年五、六月間，國民黨整編第七十四師在孟良崮戰役中全軍覆沒和由首府南京爆發並迅速席捲全國的「反饑餓、反內戰」運動，將國共對抗中軍事和政治力量上的這種變化表面化了。國民黨因局勢的發展對自己越來越不利而憂心忡忡，共產黨卻對局勢越來越有把握。隨著共產黨在國共鬥爭中逐漸占據優勢，左翼文學界理所當然地成為文學發展進程的主導。當文學服務於政治的主張逐漸支配文學界時，談文化建設、談「純文學」創作，顯得如此的不合時宜，但他們仍然勉力為之。到了 1948 年，人民解放軍發動三大戰略決戰，國民黨統治區財政經濟全面崩潰，國共鬥爭到了最後的決戰關頭時，中國的政治局勢已經到了非此即彼的極端境地。非革命即反動，非新中國即舊中國的極端選擇，徹底剝奪了「新寫作」的生存空間，也使其喪失了存在的歷史依據。就在這非

---

[17] 參見金沖及著，《轉折年代——中國的 1947 年》，三聯書店，2002 年 10 月。

此即彼的極端境地中，「新寫作」文學思潮徹底消亡了。對於這樣的歷史際遇，他們並非沒有體認。當沈從文坦誠承認自己所擔當的「20 世紀最後一個浪漫派」這一歷史角色時，我們看到了他們內在的「知其不可為而為之」的自覺的悲劇精神。這群「藝術堅守主義者」，在 40 年代後半期激烈而殘酷的文學鬥爭中以一種近乎悲劇性的執著堅持著他們的文學理想，力圖通過自身的文學實驗和探索，糾正文學的意識形態化走向，為中國新文學開拓出另一種發展的可能性。

文學界對於「新寫作」文學創作思潮以及這個作家團體的評論幾乎在它興起之時便同時展開。1947 年六、七月間，隸屬於左翼文藝體系的《泥土》、《新詩潮》、《螞蟻小集》等雜誌先後發表了《文藝騙子沈從文和他的集團》、《南北才子才女的大會串——評〈中國新詩〉》，《原形畢現的袁可嘉》、《形式主義片論》等文章將沈從文、朱光潛、卞之琳、鄭敏、穆旦、袁可嘉、李瑛等人共同列入了「北平『沈從文集團』」，並對他們進行了嚴厲的批判和攻擊。如果說這一時期對這一作家群體的批判主要還是從文學創作出發的零星的個人化的攻擊和謾罵，那麼 1948 年《大眾文藝叢刊》集中開展的對朱光潛、沈從文、蕭乾等幾位「自由主義作家」的批判則上升為兩種政治路線的鬥爭。在左翼文學界為實現「文藝新方向」和文學「一元化」所做出的對作家和文學派別進行「類型」劃分中，他們被納入到「反人民的反革命陣營」之中，成為「在思想鬥爭中要無情地加以打擊和揭露的」對象。然而，無論是他們的自由主義政治言論還是自由主義文學選擇都只是以「民間立場」的方式出現，把他們納入反動文藝，說成是「一直有意識地作為反動派而活動著」[18]，顯然並不符合實際。並且，從文學自身的發展邏輯來看，他們的自由主義文學選擇也自有其合理性，並且在一定的歷史時期內也能發揮積極的作用。毛澤東把這些自由主義知識份子稱為「舊民主主義者」、「民主個人主義者」，並對他們做出如下論斷：「中國的許多自由主義分子，亦即舊民主主義分子，亦即杜魯門、馬歇爾、艾奇遜、司徒雷登們所矚望的和經常企圖爭取的所謂『民主個人主義』的擁護者們之所以往往陷入被動地位，對問題的觀察往往不正確——對美國統治者的觀察往往不正確，對國民黨的觀察往往不正確，對蘇聯的觀察往往不正確，對共產黨的觀察也往往不正確，就是因為他們沒有或不贊成用歷史唯物主義的觀點去看問題的緣故。先進的人們，共產黨人，各民主黨派，覺悟了的工人，青年學生，進步的知識份子，有責任去團結人民中國內部的中間階層、中間派、各階層中的落後分子、一切還在動搖猶豫的人們。」[19]

然而，出於某些原因，左翼文學界並沒有「理解和執行」毛澤東的指示，他們並不想去「團結」這批「中間派」的自由主義作家。40 年代後期以朱光潛、沈從文、蕭乾為代表的「自由主義作家」的「反革命勢力」性質最終還是被確定下來，並在此後相當長的一段時期內影響著學術界的研究方向和思路。在當前的文學史敘述中，對於這一作家群體在這一時期的文學活動的描述存在兩個問題。其一，將目光完全集中於解放區和國統區左翼文學活動，而徹底忽略了他們的文學探索；其二，

---

[18] 郭沫若：《斥反動文藝》，《大眾文藝叢刊》，第 1 輯，1948 年 3 月。

[19] 毛澤東：《丟掉幻想，準備鬥爭》，《毛澤東選集》，人民出版社，1969 年，第 1376-1377 頁。

將這批作家與儲安平、梁漱溟等自由主義知識份子放在一起，從政治思潮的角度加以討論。上述的這兩個問題歸根結底都在於他們僅僅以政治理想和政治意識為標準，忽視了這批作家作為一個獨立的作家群所進行的文學活動、追求的文學理想。「自由主義作家」這一名號所包含的濃厚的政治色彩，使得學術界把沈從文、朱光潛、蕭乾等人的自覺的文學活動和共同的文學追求簡化為政治理論上的遙相呼應，並將他們的文學思考與追求與汪曾祺、鄭敏、袁可嘉、穆旦、李瑛、畢基初、金隄等「新生代」作家和研究者的文學活動也完全割裂開來。總體而言，作為一個知識份子群體，學術界注意到了他們在現代文化史、思潮史上的意義和特徵；但作為作家，作為通過文學作品來參與社會批判和文化批判的自由主義知識份子，他們的文學活動、文學理想、文學特徵以及取得的文學成就，在現代文學史上的價值和意義，尚未引起學術界的足夠關注。

## 三

任何一個文學創作思潮的出現都是多種複雜因素共同作用的結果。這句套話之中包含著真理。「新寫作」文學思潮的形成也有著複雜的政治、社會和文化背景。40 年代後期北平的特殊政治文化環境和它在高等教育資源上的傳統優勢，作家們相近的文學理想和觀念、相似的人生選擇、生活狀態以及個人情感和私誼等等因素推動他們走到了一起，開始共同的探索。

要探討「新寫作」文學思潮的文學思想和追求，我們不得不將目光投向 30 年代「京派」文學。從 30 年代北平慈慧殿 3 號朱光潛家的「讀詩會」、總布胡同林徽因家的文學沙龍，到 40 年代後期沈從文、朱光潛、蕭乾等人辦報紙副刊、雜誌，積極發現和推出文學新人的熱情以及他們對文學理想的悲劇性堅守，這之間確乎是存在著某種密切關係。「新寫作」文學思潮在 40 年代後期複雜的政治文化漩渦中卓然而立自有其必然性。

無論從成員組成、文學陣地還是文學主張上看，「京派」與「新寫作」作家群之間的傳承關係都是顯而易見的。作為一個文學流派，「京派」活躍於 30 年代。30 年代初期，沈從文主編天津《大公報》的「文藝」副刊。這個文藝副刊與其後的《水星》、《文學季刊》、《文學雜誌》等刊物，團結了一大批文學旨趣相近的作家，在空寂、冷落的北平文壇重新建立起文學結構和文人團體格局。就文化建設而言，他們以「自由生發，自由討論」為基本策略，要求青年人以「獨立思考」的能力培養健全的人格。就文學思想意識而言，他們反對文學的政治化和商業化，強調文學自身的藝術特性，追求「和諧」與「節制」的美學風格；他們徜徉在遠離社會政治鬥爭和經濟、文化變革中心的北平，浸淫於矜持而溫和、蒼涼而寧靜的文化古城氣息，呼吸著大學校園特有的自由的學理風氣；他們以「讀詩會」、「茶會」的方式閑聚一處，磋商學理，暢談文藝，形成了 30 年代北平文壇的代表性的作家群體。他們以對二、三十年代以上海為中心出現的革命文學潮流和商業文學潮流的反駁的姿態，與上海文壇遙相對應，形成南北對峙的局面。

1937 年，集合了「京派」全體力量的《文學雜誌》的創刊，開創了「京派」文學的新天地。然而，盧溝橋頭的槍炮聲響起時，「京派」文學的輝煌也走到了盡頭。30 年代「京派」是在輝煌中匆匆落幕的。對於南下上海為繼續編輯《文學雜誌》和編譯西方文學批評叢書的計畫而奔忙的朱光潛，正在五台山考察中國古代建築、並為中華民族歷史上的輝煌文化興奮不已的林徽因，以及優遊於雁蕩山亭台山水間，一邊翻譯紀德的《新的糧食》，一邊體味著情感生活的悲歡離合的卞之琳來說，這樣的結局出乎意料。朱光潛在南下逃難之時，還在計畫著將《文學雜誌》編輯部遷往上海，以繼續「京派」的文學事業。然而戰事的節節逼近，計畫又一次落空，《文學雜誌》就這樣在不情不願中宣布停刊。

抗戰八年間，「京派」風流雲散。沈從文、李廣田、楊振聲、朱光潛、林徽因等人跟隨北大、清華、南開等高校先後遷入內地；蕭乾由《大公報》派往歐洲，成為第二次世界大戰歐洲戰場上唯一的東方記者；何其芳、曹葆華等毅然投奔到延安；卞之琳則奔走於成都、延安和昆明之間；廢名蟄居於黃梅家鄉；常風等滯留在北平；李健吾、蘆焚則堅守於上海。雖然蕭乾在主持香港《大公報‧文藝》期間，曾經刊登了他們的許多作品，但並沒有因此而為流派的再興提供機會[20]。

[20] 1938.8～1939.8，蕭乾主持復刊後的香港版《大公報‧文藝》，發表了許多原京派作家創作或者推薦的作品。但是這並不意味著他們試圖實現京派的再聚。《文藝》的文學世界是一個複調的立體的文學世界，刊登了來自延安魯藝、西南聯大、各抗日根據地、孤島上海、重慶等大後方城市的有著不同美學追求的各種稿件。帶有文藝界聯合抗敵的意味。

戰爭勝利後，一部分原「京派」文人重聚北平。仿佛歷史重現，這不能不讓他們的心中產生某種希望。1946 年 11 月，北歸不久的沈從文充滿深情地回憶了 30 年代「京派」的輝煌：

> 在北方，在所謂死沉沉的大城裏，卻慢慢生長了一群有實力有生氣的作家。曹禺、蘆焚、卞之琳、蕭乾、林徽因、李健吾、李廣田……是在這個時期中陸續為人所熟悉的，而熟悉的不僅是姓名，卻熟悉他們用個謙虛態度產生的優秀作品！因為在游離渙散不相粘附各自為戰情形中，即有個相似態度，爭表現，從一個廣泛原則下自由爭表現。再承認另一件事實，即聽憑比空洞理論還公正些的「時間」來陶冶清算，證明什麼將消失，什麼能存在。這個發展雖若緩慢而呆笨，影響之深遠卻到目前尚有作用，一般人也可看出的。提及這個撫育工作時，《大公報》對文學副刊的理想，朱光潛聞一多鄭振鐸葉公超朱自清諸先生主持大學文學系的態度，共同作成的貢獻是不可忘的。[21]

而 1945 年 11 月 1 日《大公報・文藝》的《復刊的話》、一面回顧了沈從文 1933 年接編《文藝》副刊以來，《文藝》所經歷的風風雨雨、人事更迭；一面又高舉起了沿襲「《文藝》的一貫傳統」和「獨特的作風」的旗號。至於 1947 年 6 月《文學雜誌》的《復刊卷首語》，更是以「重申目標」的方式，將這一

---

[21] 沈從文：《從現實學習》，《大公報・星期文藝》，第 4、5 期，1946 年 11 月 2 日、10 日。

時期的文學活動與 30 年代「京派」直接聯繫起來。這一切不得不讓我們懷疑他們也許有重振「京派」的願望。

時人對於他們在北平文壇的重聚，也多有注意。1947 年 3 月，楊晦在《京派與海派》中，便將他們的文學活動與 30 年代「京派」聯繫在一起：「所謂京派的」文人，「有些在『復原』後的北平大有重整旗鼓，重建堡壘的形勢」。楊晦質疑道：「經過了八年的抗戰，無論是所謂京派還是海派都同樣地經歷過不少的苦難，也可以說，大家都投在抗戰的熔爐裏重新鍛煉過了，雖然在勝利後，一向住在北平的大多回到北平，一向住在上海的又到上海來。難道說，所謂文化復員的，也是「復原」的同義語嗎？」在他看來，「京派勢力」的「乘機襲來」，純粹是「政治的逆流沖激」的結果，「是中國社會的悲劇」，是必然要落伍的。楊晦從政治定性的角度出發，將活躍於 40 年代後期北平文壇的「新寫作」思潮和「新寫作」作家群與 30 年代「京派」劃為一體，這種劃分有其一定的合理性。他抓住了「新寫作」與 30 年代「京派」文學在各自所處的中國現代文學格局中的政治共通性。然而八年抗戰中，原「京派」文人群體的離合聚散，以及他們在文學追求上的明顯差異告訴我們，歷史無法重現，「京派」文學永遠合上了昨天的一頁。

在整個 40 年代文學的發展中，「戰爭」扮演著非常重要的角色。「抗戰的烽火，迫使著作家在這一新的形式底下，接近了現實：突進了嶄新的戰鬥生活，望見了比過去一切更為廣闊的，真切的遠景。作家不再拘束於自己的狹小的天地裏，不再從窗子裏窺望藍天和白雲，而是從他們的書房，亭子間，沙龍，咖啡店中解放出來，走向了戰鬥的原野，走向了人民所在的場所；而是從他們生活習慣的都市，走向了農村城鎮；而是從租界，走向了內地……」[22]，生存空間的置換，使得那些曾經被作家們忽略了的或者刻意遺忘了的生命和生活凸現出來，並在他們的生命中留下了豐富的印記。戰爭徹底改變了作家們的生活方式，並深刻地影響了中國現代知識份子的思想。

對於這些從「文化古城」特有的文化時空氛圍中走上文壇的原「京派」文人而言，戰爭激發起的憤激和恐慌，使他們前所未有地理解了國家命運與個人機遇的休戚與共。而在從都市到鄉村的錯綜體驗中，他們也發現了自然和生命所固有的樂趣和尊嚴，對人生、命運、生命、存在也有了更深切的體驗。隱居於黃梅鄉間，廢名的生活顛躓窮困，而他卻從這質樸的生活裏發現了生活的真實，並開始把「中國的老百姓的求生的精神」看作是中華民族生生不息的根本[23]。從浙贛湘桂輾轉西南，最後來到了山明水秀的昆明，馮至經歷了疾病和貧困、目睹了轟炸和死亡。但在思想自由的西南聯大，他也「首次找到適合於他成長的土壤」[24]，「無名」的山水更始終維繫住了他「向上的心情」，給他以生命的警示[25]。《邊城》之後的沈從文，在創作和思想上都陷入了困境：「生命真正意義是什麼？」「我需要什麼？」回答不了這些問題，「我只重新逃避到字帖賞玩中去」。寓居於雲南鄉間，沈從文卻從自然萬物感受到「嶄新

[22] 羅蓀：《抗戰文藝運動鳥瞰》，《文學月報》，1 卷 1 期，1940 年 1 月。

[23] 廢名：《這一章說到寫春聯》（《莫須有先生坐飛機以後》第 12 章），《文學雜誌》，3 卷 1 期，1948 年 6 月。

[24] 姚可昆：《我與馮至》，廣西教育出版社 1994 年，第 79 頁。

[25] 馮至：《山水・後記》，上海文化生活出版社，1947 年。

的教育」：從潺潺流水中的小魚小蟲、麥田裏淺紫色的櫻草以及捉鰍拾蚌的小孩子，他領悟到了「美」的快樂，也體會到萬物「生命之理」。自然之美激發沈從文在哲學的沉思中叩問生命的本真。與此同時，他卻也在現實生活中看到了更多的對「自然」傾心本性的迴避和庸俗的市儈主義在人群中的普遍流行：「毫無一種較高尚的情感，更缺少用這情感去追求一個美麗而偉大的道德原則的勇氣時，我們這個民族應當怎麼辦？」[26]在自身的生命探尋與民族品格的未來的危機感的雙重壓力下，沈從文由「向遠景凝眸」轉向了「向虛空凝眸」[27]。發現現實的苦澀和超越現實的啟悟在這些自由主義文學家的思想和創作中留下深重的烙印。由於各自不同的境遇，他們或多或少地修正了 30 年代「京派」時期的文學觀念和美學追求，展現出各自的特色。

抗戰結束後，原「京派」作家群徹底分崩離析。他們中有的留在了解放區，有的遊學海外，有的則脫離了文學界，而歸來後的作家又開始了新的文學思考。30 年代的創作自然不再重續，甚至抗戰期間的思考也在新的歷史條件下發生著轉變。儘管 30 年代「京派」文學的某些特徵，如「文化建國」的歷史責任感，文人學者型作家的文化心態，校園文化氛圍中形成的學院派精神，以及對「純正的文學趣味」的追求等等，仍然在他們的血液中流淌；但是對於文學與社會、與政治的關係，以及文學應怎樣與社會、與政治產生關係等一系列涉及文學本體論

---

[26] 沈從文：《雲南看雲》，《沈從文文集》，第 10 卷，花城出版社，1984 年。

[27] 沈從文：《水雲——我怎麼創造故事，故事怎麼創造我》，《文學創作》，1 卷 4、5 期，1943 年 1 月 15 日、2 月 15 日。

的問題，他們已經有了全新的認識，並在此基礎之上產生了新的美學追求和文學審美意識。

與 30 年代「京派」一樣，「新寫作」文學思潮在形成過程中也出現了文壇中心轉移的情況。30 年代「京派」文學家聚集的過程中，周作人、胡適等前輩作家以北平（或北方）文化界重鎮的地位，引導了沈從文、朱光潛的成長，與此同時，沈從文、朱光潛等年輕一代作家逐漸成為文壇的中心。抗戰結束後，曾經作為 30 年代「京派」精神領袖的周作人、胡適，已然淡出文學界：一個背負著漢奸的罪名，遭到世人的唾罵；一個涉足政壇，試圖在 40 年代後期的中國政壇發揮影響。沈從文、朱光潛等原「京派」文人也由當年的「青年作家」升格為「著名文人」。他們的文學風度和文化涵量影響、吸引著汪曾祺、穆旦、袁可嘉、李瑛等更新一代的年輕人。同時，他們也利用自己的文學地位對這些「新生代」作家加以扶持。進入 40 年代後期，沈從文、朱光潛等人更多是以旗手或精神領袖的形象影響文壇，而文壇的中心則已經下移到「新生代」作家身上。這是一批在「國將不國」的屈辱中，在炮火硝煙中，在顛沛流離的流亡生活中成長起來的青年作家。戰爭境遇下的生命際遇、中國社會底層人民的生存競爭給他們以強烈的心靈衝擊，也給予他們強大的創作激情。他們關注現實的苦難和鬥爭，更勤於哲思玄想，並以極大的想像力與創造力去探索和試驗最恰當的表達方式。沈從文、馮至、卞之琳等前輩作家的文學思考和創作實踐給他們以啟示和導引，而西方文學和文化資源則給他們以更多的滋養。與前輩作家不同的是，他們將目光投向了二十世紀西方先鋒文學和文學家；對於西方文學資源的態度也突破了學習、模仿和改造的層次，進入到獨立思考、綜合研究、自我反省的階段，從而使中國現代文學與世界文學發展站在了同一個歷史階段，有了一次並行發展的機會。

對30年代「京派」文學，「新寫作」文學思潮既有所傳承，又有所超越。它傳承了30年代「京派」的「文化建國」的歷史責任感和「純正的文學趣味」的文學本體觀思想，文人學者型作家的文化心態，以及校園文化氛圍中形成的學院派精神。這一切推動了「新寫作」作家群在40年代後期中國特殊的政治局勢和文學格局下做出自覺的人生選擇。偏居鄉隅的八年戰爭生活可以說是原「京派」作家的分裂期，也可以說是「新寫作」作家群的蟄伏期。在戰爭境遇下體驗到的生命的無奈，接觸到的中國社會底層人民的苦難和掙扎，推動著他們重新去思考社會、人生、生命、死亡、存在以及終極意義上的人類戰爭的價值等等，並在此基礎之上提出新的文學理念，產生新的美學追求。在討論「新寫作」文學思潮的文學創作和文學思想時，我們將不時地回過頭去，在30年代「京派」的黃金時代中，在八年抗戰的艱苦歲月裏尋找些許的光輝，探索它們是如何織出一片晚霞般的燦爛。

## 四

在40年代後期，中國文壇各種傾向、流派和文學力量關係的重組，政治－文學格局的逐漸確立，以及政治選擇與文學內在形態間的同構關係日益形成的局勢之下，「新寫作」文學思潮的出現顯然是不合時宜的，是逆時代而行的。但它畢竟出現了，而且它的文學思考以及所取得的文學實績構成了那個時代、乃至整個現代文學非常重要的部分。然而，它的存在又是如此的短暫，曇花一現般地閃現之後，便被掩埋在漫漫歷史黃沙之中。解放區文學以及「文藝新方向」指導下的文藝創作成為中國現代文學史關於 40 年代後期的文學發展的唯一圖像。直到 40 多年之後，當汪曾祺的小說讓中國當代小說界發出「小說也可以這樣寫」的驚呼之時，當穆旦的詩歌被學術研究界以及當代詩歌寫作者高舉到中國現代詩歌創作的大師級位子時，歷史的灰燼才被逐漸地扒開，「新寫作」文學思潮的文學探索和試驗活動才得以進入人們的視野。它的形成、消失以及再發現都充滿了戲劇性。也許就在這些戲劇性的轉折之中包含著某種文學發展的範式，顯示著特殊的歷史意義，為我們對於 40 年代後期文學發展的研究提供了一個比照系統，而且有利於對中國新文學發展過程的全面把握。

本書將分三個部分討論「新寫作」文學思潮的形成和發展。第一章主要描述和分析「新寫作」文學思潮在戰後的平津地區的形成。第二、三、四章以問題為中心，集中探討「新寫作」文學思潮的文學思想和文學資源。「民主文化」是「新寫作」的文學思想的核心。「新寫作」以「文學救國」為己任，提出了從文學到文化再到社會、國家的建國模式，而「現代化的文學」與「民主政治」通過「民主文化」實現轉化。「新綜合傳統」是「民主文化」在文學創作上的投影，構成了「民主文化」的文學形態。作為一種新的美學追求，「新綜合傳統」由袁可嘉第一次明確提出，然而在抗戰時期，沈從文、馮至等人的創作中就已經出現了一些「新綜合」的因子。更重要的是，「新綜合傳統」並不僅僅是一種美學追求，而是社會學、心理學等多重視角的共同產物，同時與現代社會的生存狀態關係密切。「新寫作」文學思潮並非憑空出現的，它也有深遠的文學創作淵源和深厚的文學資源。首先，西南聯大時期的文學探索可謂是「新寫作」的先聲，同時二者間又有顯著的區別。其次，西方現代派文學的創作和思想給了「新寫作」巨大的啟示。因為「新寫作」對現代派文學的追求是在歷經戰爭洗禮、個體生命的偶然變遷後產生的，因此對於現代派文學的選擇和認識與30年代有了很大的差別。同時，「新寫作」對現代主義的追求中充滿了「與世界同步發展」的急迫。第五章著重分析「新寫作」文學思潮的文學創作面貌。「新寫作」作家群在「新綜合傳統」的審美追求推動下，產生了新的文學表達範式，形成了以「新寫作」為標識的一股文學創作潮流。尾聲將從內部差異和外在壓力兩個方面討論「新寫作」文學思潮的消亡。本書試圖把「新寫作」文學思潮放在歷史的發展之中加以分析和探討，在 40 年代後期的歷史大背景和文學大背景中討論其文學思想和創作，同時又在「新寫作」的自身發展中對其加以透視，力求使研究具有一定的歷史感和歷史意識。

# 第一章

# 「新寫作」文學思潮在平津文壇的興起

## 第一節　抗戰結束後中國文壇的新格局

### 一

抗日戰爭勝利之後，中國新文學進入了一個新的發展時期。一方面，百廢待興的現狀，重組社會格局的可能，以及民族復興的夢想，使得各種文學力量和文學主張都迫切地希望抓住這一歷史契機，從而把握文學未來的發展方向。在這一目標的激勵下，不同文學力量紛紛高揚起各自文學主張的旗幟，從不同的立場出發總結抗戰文藝，設計文藝發展的藍圖，形成了各種文藝思潮。與此相應，文人集團重新聚合，文化中心迅速形成，文化出版事業也開始復興。另一方面，不同文學力量和文學主張之間因民族危機而暫時緩和的論爭也重新展開。抗戰的爆發緩和了 30 年代前期不同文學觀念間的論爭，並逐漸形成了相對統一的戰時文學觀。隨著抗戰結束，文藝界的抗敵統一戰線也宣告終結，被長期抑制的矛盾再次浮出水面。政治形勢的急劇變化，不同政治力量的全面介入，使得這一時期的文學發展出現新的特點：文學的發展進程自覺或不自覺地被納入到現實政治鬥爭中，文學論爭充滿政治討伐的意味，文學也不得不明確地表達自己的政治選擇。

對於在饑餓、疾病、死亡和無望的等待中掙扎多年的中國人民來說，抗戰勝利的消息以一種「突如其來」的震撼，給人們帶來了國家重建的希望和民族復興的夢想。隨著文化復員工作的展開，大批作家相繼離開重慶、昆明、成都等戰時文化中心，踏上返鄉的歸途。平、津、滬、寧等傳統文化活動發達地區再次成為作家們的匯聚之地。其中，左翼文人及中間作家多聚集於上海（後又轉赴香港），而堅持文學自由主義精神的原京派作家及近京派作家，則多復員至平津[1]。為宣傳文學觀念、擴大社會影響，他們積極開展各種文學活動：或闡述文學主張，或展示創作實績。一些因戰爭等原因而停刊的重要報刊如《申報》、《文學雜誌》等紛紛復刊，在戰後發生廣泛影響的報刊如《文藝復興》、《觀察》、《文藝叢刊》等也相繼創刊。文化復員後，中國的文化中心從西南地區向東部轉移，上海和北平重新成為中國最重要的文化中心。國共兩黨的「文化搶灘」工作在抗戰勝利的同時便積極展開。作為執政黨，國民黨利用「接收政權」的便利，迅速占領了寧、滬、平、津等重要城市的宣傳陣地，同時制定各種文化專制措施，加強對文化輿論的

---

[1] 左翼文人及中間作家如胡風、馮雪峰、郭沫若、茅盾、巴金、葉聖陶、周而復、田漢、夏衍、施蟄存、樓適夷等等聚集於上海，原京派作家及近京派作家如沈從文、朱光潛、廢名、卞之琳、李廣田、李長之、馮至、楊振聲、胡適等等多復員至平津地區。

控制。共產黨方面也採取緊急措施，不僅在解放區創辦大量報刊，同時在國統區的大城市大力發展文化出版業，以公開的文化統戰工作和秘密地籌備刊物出版等方式與國民黨抗衡。各民主黨派也抓住時機建立宣傳陣地，擴大社會影響[2]。此外，民間報系也利用勝利初期政治經濟條件的寬鬆獲得極大的發展[3]。不同文學力量間的相互競爭以及各種政治力量間的激烈較量，客觀上促進了文化出版業的發展。以書籍為例，1945 年 8 月至 12 月，全國共出版圖書約 222 種，其中文學藝術圖書為 43 種，僅占 19%；到了 1946 年，圖書發行種類猛增到 1765 種，文藝類圖書有 590 種，所占比例提高到 33%，成為當時出版種類最多的一類書。而截至 1947 年，全國共出版雜誌超過 1908 種，報紙超過 1800 種[4]。可以說，短短兩年時間，文化出版業基本恢復到了戰前的蓬勃景象。

但勝利的喜悅沒能持續多久，民族復興的夢想很快便面臨著新的挑戰。或者說，在歡呼抗戰勝利的同時，作家們已經感受到了籠罩在心底的悲愴。事實上，在抗日戰爭後期，國民黨

---

[2] 利用戰後初期較寬鬆的政治條件，各民主黨派紛紛創辦報刊，建立宣傳陣地。民主建國會有《平民》周刊，民主同盟會有《民主報》、《文匯報》、《民主》，青年黨有《新中國日報》、《中華時報》、《探海燈》，農工民主黨有《平民日報》等等。

[3] 抗戰勝利後，民間報系發展迅速，規模空前。如天主教辦的《益世報》1945 年 12 月在天津復刊，同時在北平、上海、南京、重慶等地發行分版、影響極大；《大公報》有天津、重慶、上海、香港四個分版；《新民報》則有北平、南京、上海、重慶、成都五個分版八家報刊，盛極一時。

[4] 以上資料參見《中國近代現代出版通史》（葉再生著，華文出版社，2001 年）、《中國現代出版史料》（張靜廬著，中華書局，1954-1959 年）、《中國新聞史》（曾虛白著，台北三民書局，1984 年）、《中華民國出版事業概況》（台北行政院新聞局，1989 年）。

當局的腐敗和專制已經使其在民眾中的威信空前降低。而豫湘桂大潰敗等一系列的戰爭醜聞，更使得民怨沸騰、群情激憤。因此「在慶祝勝利的今天，甚至在得到勝利消息的那個沈醉的瞬刻，人民的心裏依然波動著一股焦慮甚至籠罩著一片愁雲」[5]。戰後國民黨政府在經濟問題上的無力、文化上的專制和內戰的陰影，使人們內心的憂慮變成了慘痛的現實。「和平建國」理想與現實的黑暗並存。興奮中交織著茫然，希望中夾雜著焦慮，這幾乎是抗戰結束後作家們心態的集中體現。

因此，在喊出「文藝復興」的同時，許多作家的注意力轉移到了為民主建國而鬥爭的政治領域。隨著內戰的爆發，知識份子「和平建國」的願望落了空。政治形勢的急劇惡化，以及中國文人「兼濟天下」的傳統思想，都促使知識份子投身到社會政治活動中去。這是一個「選擇」的時代，確立自己的政治取向成為這一時代知識份子難以迴避的問題。於是，他們從創作生活中挪出部分時間，撰寫政治論文，編輯政治、文化的綜合性刊物，甚至直接參加政治示威和遊行。新時代的特徵在文學思潮及文學創作中留下了深深的烙印。文學功利主義思想席捲文壇，思想文化和文學藝術領域內的二元對立意識進一步強化，文學研究和批評中的學術討論氣氛逐漸被政治討伐所替代。

---

[5] 中華全國文藝界抗敵協會總會，《為慶祝勝利告國人書》，《新華日報》，1945 年 9 月 6 日。

## 二

大體而言，抗戰結束後的中國文壇存在著三種對峙的主要力量：左翼文學界；以《文藝先鋒》等刊物為核心的代表國民黨官方立場的骨幹作家；圍繞著《文學雜誌》等刊物形成的被左翼文學界認為代表資產階級的、堅持文學自由主義立場的自由主義作家。

經歷了《講話》的發表和文藝整風運動之後，毛澤東文藝思想不僅在解放區得到徹底貫徹，而且在國統區獲得廣泛傳播，「文藝的新方向」成為左翼文學界的自覺追求[6]。「文學一元化」的強大力量使左翼文學界在與其他文學力量的論爭中占據強勢地位，成為當時文藝發展的主導力量。面對左翼文學界的批判，國民黨官方也不甘示弱。在「促進三民主義文藝建設」的口號下，他們以《文藝先鋒》等刊物為陣地猛烈抨擊左翼文學，尤其是解放區文學。在這兩種以強大政治力量為依託的文學力量之外，以《文學雜誌》、《大公報・星期文藝》（天津）等刊物為核心，以沈從文、朱光潛為代表，一批原「京派」作家以及近京派作家聚合在一起，並吸引了一批「新生代」作家和學者，成為文壇的第三支力量。除上述三種力量之外，還存在著一個「廣泛的中間階層作家」，包括葉聖陶、老舍、曹禺等[7]。就政

---

6 儘管由於歷史原因以及對毛澤東文藝思想的不同認識，左翼文學界內部存在著極大的分歧，相互間的論爭也非常激烈，但是他們追求「文藝新方向」的信念是一致的，對於異己文學力量的排斥也是一致的。

7 邵荃麟，《對於當前文藝運動的意見》，《大眾文藝叢刊》第1輯，1948年3月。

治選擇而言，在國共兩種政治力量之間，中間作家明顯地傾向於後者。但在文學思想上，他們主要繼承了五四以來的人道主義傳統，以批判現實主義精神關注著社會黑暗和民眾疾苦。因此，儘管他們在一些社會政治活動中與左翼作家步調一致，但在文學主張上與左翼文學則相去甚遠。不同文學力量間既有論戰又有聯合，都試圖通過各種文學活動建立各自理想的文學生態。

在眾多文學力量中，以左翼文學和以沈從文、朱光潛等為代表的自由主義作家最為活躍。現實形勢的急劇變化確立了左翼文學的主導地位，使左翼文學理論與創作顯示了特有的優勢，成為「左右當時文學局勢的主流文學力量」[8]。左翼文學力量積極推進文學一元化進程，在整個中國文壇形成一種強勢力量，並向其他文學力量滲透和蔓延。

面對文學一元化進程的巨大壓力，這些自由主義作家卻以藝術家特有的執著和單純，以文學家應有的藝術自律對「文藝的新方向」提出有力的質疑。作為「藝術堅守主義者」，他們對於「文學依附政治」一類的論點不屑一顧，繼續堅持 30 年代「京派」文學觀念，反對文學的「政治性」和「商業性」，主張開拓新的「純正的文學」寫作的風氣，推進新文學的發展。然而政治力量全面介入文學的現實，也使他們難以迴避對現實政治的選擇。這促使他們重新思考文學與政治的關係，調整文學主張。就政治主張而言，他們中的大多數傾向於英美的民主政治理想，對國共雙方都持批判和懷疑態度。這群作家極少直接加入政治活動，而主要以文化批判的方式參與歷史進程。他

---

[8] 洪子誠：《中國當代文學史》，北京大學出版社，1999 年，第 7 頁。

們站在獨立知識份子的文化立場上，將政治理想融入到文學創作理念中去，對國民黨統治進行譴責，對共產黨領導的無產階級革命也表示懷疑。自由主義的文學觀念是他們文學觀念的核心。他們強調文學的獨立性，反對文學依附於政治，主張繼承「五四」新文化運動的道路，以「寬大自由而嚴肅的態度」建立「純正的文學風氣」，最終實現從文學到文化，進而到民族、國家的全面復興[9]。

但是，在共產黨政權逐漸從被動轉為主動，由弱者變成強者，並最終取得統治地位的情勢下，他們那些疏離文藝與政治關係的思想主張自然不合時宜，受到左翼文學界的批判也是必然的。左翼文學界的批判之音，很快便由零星的學理與政治相夾雜的學術批判，演變為充滿粗暴、污穢文字的無端謾罵和氣勢如虹的徹底的政治討伐。面對左翼文學界的強大批判攻勢，他們以「作家要以作品說話」的信念堅持自己的文學探索，極少反擊。即使偶有反擊，也極其微弱，基本上處於自我辯解的地位[10]。而共產黨在政治上最終占據主導地位的事實，使得他們的文學理想的根基徹底塌陷。儘管如此，這群「藝術堅守主義者」在 40 年代後半期激烈而殘酷的文學鬥爭中，仍然以一種近乎悲劇性的執著堅持著自己的文學理想，力圖通過自身的文學實驗和探索，糾正文學的意識形態化走向，從而為中國新文學開拓出另一種發展的可能性。

---

[9] 朱光潛：《復刊卷首語》，《文學雜誌》，2 卷 1 期，1947 年 6 月。

[10] 子岡：《沈從文在北平》，上海《大公報》，1946 年 9 月 16 日。沈從文接受女記者子岡的採訪，批評丁玲到延安後沒有寫出好作品：「丁玲他們為什麼去了，反倒沒有什麼作品了呢？」

## 第二節　戰後平津文壇的復興

一

以沈從文、朱光潛為代表的自由主義作家在這一時期的活躍，是由多種原因共同促成的，既有其必然性又有一定的偶然性。平津地區在 40 年代後半期中國政治文化格局中所處的獨特地位，為他們的文學創作和研究提供了基本的活動空間；平津文壇在戰後的復興則為他們堅持自己的文學理想提供了必要的物質文化條件。這一切與這些自由主義作家自身的文學創新要求結合在一起，共同促成了他們在 40 年代後半期中國文壇的興起。

1928 年國民政府定都南京，「北京」更名為「北平」。喪失了全國政治權力中心的地位後，北平成為與天津、上海一樣的「特別市」。政治上的邊緣化卻使北平在文化教育上的優勢進一步凸現出來。於是，作為有著三千年歷史的古城和八百年歷史的古都，北平以其厚重的歷史內涵和濃郁的文化氛圍，逐漸成為中國傳統文化的一個象徵。而作為中國現代大學的誕生地，北平擁有的為數眾多的高等學府又使它成為著名的「大學城」、「文化城」。用「文化古城」形容失落政治特權後的北平最合適不過。而北平的文學家也因此得以跳出了政治鬥爭的漩渦，從容發展他們的文學追求。七七盧溝橋事變的爆發，使北平成為繼東北之後，中國最早淪陷的大城市。日偽法西斯在北平的政治統治和文化統治都在不斷強化。國共兩黨雖然持續不斷組織地下鬥爭，但都未能蓬勃開展[11]。由於大批文化人和學術文化機構南遷，北平的文化活動與重慶、延安、桂林等戰時文化中心基本隔絕，與上海、南京等淪陷區的文化活動也接觸有限，只能在相對封閉的環境中艱難成長。

進入 40 年代後半期，北平的文化與政治地位發生新的變化。八年的淪陷使北平遠離意識形態的主流文化中心。隨著抗戰末期的到來，日軍對於北平的控制漸趨寬鬆，北平呈現出一種政治和文化真空狀態。當然，這種真空狀態並沒有持續多久。戰後，國共兩黨都加強了對大城市的爭奪。北平的歷史地位以及它在華北戰區所處的位置，自然使它成為國共雙方爭奪的一個重點。國共兩黨對於北平的爭奪在北平正式受降前已然展開。為搶奪北平，國民黨利用其合法地位，在日本投降之際便命令日偽軍隊就地改編為國民黨「河北先遣軍」，控制了北平的軍政。在這種形勢下，為爭取在城市中的地位，中共北平地下黨遵照中央指示組織力量出版刊物，搶占輿論陣地，擴大影響。1945 年的八、九月間，北平地下黨聯合一些民主人士組織出版了《平津晚報》、《新平日報》、《時代日報》、《國光日報》等多種報紙，《文藝大眾》、《民主星期刊》、《人民世紀》等多種刊物。這些報刊報導解放區消息，闡述共產黨的政治主張，宣傳毛澤東文藝思想。1945 年 9 月初，國民黨多支部隊和美國空挺部隊先後入平，國民黨政府委派的各路官員先後到任，國民黨集團在北平的軍事、政治、行政統治機構逐步建立。

---

[11] 參見宋柏主編，《北京現代革命史》，中國人民大學出版社，1988 年；《日偽統治下的北平》，北京出版社，1987 年。

10 月 10 日，孫連仲代表國民黨政府在故宮舉行了日軍的受降儀式，標誌著國民黨正式全面接管北平。國民黨全面控制了北平城內的局勢以後，加緊了政治箝制和文化箝制。中共北平市委在北平不能立足，被迫撤退至張家口，共產黨主辦的刊物先後停刊。國民黨方面，在加緊對共產黨的文化和政治箝制外，也在積極發展自己的文化宣傳系統。《華北日報》、《平明日報》、《經世日報》、《新生報》等此期在北平規模和影響較大、延續時間較長的報紙都屬於國民黨系統[12]。此外還有《北平時報》、《北平新報》、《北平時事日報》、《道報》等小型報紙。

然而，比較國共兩黨在北平和上海的文化策略及其效果可以看出：這一時期，兩大政治力量的文化對抗的主戰場在上海。上海特殊的政治氛圍和輿論氛圍為國共兩黨的文化對抗提供了足夠的空間[13]。「對抗」的前提是對手雙方在機會上的均等，但是北平的政治氛圍和輿論氛圍並不具備這樣的條件。國民黨

---

[12] 其中《華北日報》是國民黨中宣部機關報；《平明日報》由時任十二戰區司令長官、後任華北「剿總」總司令的傅作義主辦；《經世日報》則是北平行轅機關報；《新生報》由國民黨東北保安司令部主辦。

[13] 上海在現代中國的外交、經濟、政治、文化等方面的重要地位使其成為抗戰結束後國共兩黨爭奪的重點城市。作為執政黨，國民黨對上海的重視自不必說。抗戰結束後共產黨也意識到了上海的重要性。1945 年 9 月 14 日，毛澤東、周恩來致電華中解放區負責人，要求加強在國統區的文化宣傳活動，「就近請即先到上海工作，在今後和平時期有第一重要意義，比現在華中解放區的意義還重要些，必須下決心用最大力量經營之」。作為國際大都市，上海自然是國際輿論的中心地之一，國際觀瞻所在，租界林立，各國通訊社駐中國分社多設在上海。此外，民盟、民進、民建、九三學社等民主黨派和社會團體的中樞機構也多設在上海。因此，儘管緊鄰國民黨政府統治中心，國民黨在上海的統治也極為著力，但是國民黨始終沒有在上海建立絕對統治地位。這在客觀上為共產黨在上海的文化活動提供了空間，也使文化「對抗」成為可能。

在北平的軍事、政治和行政方面占據著絕對統治地位，這使其在採用清查換證、出版檢查等政治手段打擊和壓制共產黨的文化宣傳活動方面更便利、也更有力。打擊了對手相當於壯大了自己，不給共產黨方面留有建立文化陣地的空間，自然也就不必費力建立屬於自己的文化陣地來與共產黨「對抗」。事實上，國民黨並沒有投入太多精力在北平建設文化陣地。國民黨官方文人的主要活動地在南京、上海；而為聯繫學者、教授，籠絡文化界，國民黨系統在北平的報紙往往以中立的姿態出現。例如，《平明日報》的發刊詞稱，該報以號召「潔身自持、狷介自勵之士結成中流砥柱，以挽滔滔濁流」為創辦目標。對於國內的政治局面，報紙也表示了「非組織民意，宣達民意，以參與政治，支配政治，則無有推動政府，澄清吏治」的主張。傅作義更表示希望把《平明日報》「辦成像《大公報》那樣一張報紙。主要宗旨是和平統一，建設民主富強的新國家」[14]。但是國民黨對共產黨的文化控制一直非常嚴酷。1945 年 11 月 17 日，國民政府軍事委員會委員長北平行營和第 11 戰區長官司令部發布命令，一切未經國民黨中央許可的「非法」報紙，一律於本月 22 日自動停刊。1946 年 4 月 3 日，國民黨北平當局逮捕了新華社北平分社工作人員 41 人。1946 年 5 月 29 日，國民黨北平警察局查封《解放》報、新華社北平分社及其它報刊通訊社 77 家。對國民黨的這一系列文化箝制活動，文化界、新聞界表示極大的不滿，但並沒有最終影響國民黨的文化策略。

---

[14] 楊格非，《北平平明日報概述》，《文史資料選輯》27 輯，中國文史出版社，1962 年。楊格非當時擔任該報的副社長兼總編輯。

國民黨的政治和文化箝制迫使共產黨方面修改了自己的鬥爭策略。1946 年 2 月 1 日，中共晉察冀中央局發出了《對北平工作方針的意見》，提出將北平工作的重點放在青年學生中。要求在青年學生中進行政治啟蒙和文學宣傳，然後通過學生推動市民運動，從而開闢出反對國民黨統治的「第二條戰線」。作為「第二條戰線」的重要組成部分，文化戰線開展得如火如荼。高校的青年學生以及文化界、新聞界、出版界、教育界進步人士，以文化為武器，運用了戲劇、音樂、美術、電影等多種藝術形式反對國民黨統治。

## 二

> 從前，在淪陷的北方，在那個苦難的時代中，夾在低級趣味的文化事業和枯索落寞的精神生涯之間，詩——那最高貴的靈性活動的徵象——依然擱淺，凍結，被拋置在一個無人過問的角落冷禁起來，然而我們不能歸罪於人民的懦弱和麻木，因為他們生活在一個被災害的土地上，完全是被統治者看作奴隸而活著，但他們的屈辱與忍受與教訓，到處打動著每個青年英雄的思想，而在文化上正胎育了一個藝術突起的狂潮，於是在戰爭結束之後，內地文風衝擊而來，各方面的突進是必然的。[15]

[15] 李瑛：《讀鄭敏的詩》，《益世報·文學周刊》，1947 年 3 月 22 日。

李瑛的這番話概括了抗戰勝利前後，北方文壇發展的精神歷程。而這段話中提到的衝擊而來的「內地文風」主要包含了兩種文學力量。其一是共產黨控制的解放區的文學活動以及國統區內的左翼文學活動。其二便是隨同西南聯大等內遷高校復員而來的以沈從文、蕭乾、朱光潛等為代表的堅持自由主義文學精神的原「京派」和近「京派」作家。

國共兩黨對北平的爭奪策略直接影響了北平文學活動的發展。

國民黨統治的政治壓力，十幾所大學雲集北平以及無數東北學生滯留北平的事實，促使左翼文學界將目光投向了學生和學校，並在校園文學活動中產生了極大的影響力。1946 年新學年伊始，在中共地下黨和進步學生的組織下，各大高校成立了各種文學社團，文學活動蓬勃開展。通過讀書會、討論會、詩歌朗誦會等多種活動，蘇聯的文學作品如《母親》、《鐵流》等，解放區的文學作品如《李有才板話》、《李家莊的變遷》等獲得廣泛傳播；周揚、錢俊瑞、光未然等左翼作家受邀介紹延安的文化活動和分析時局；艾青、郭沫若、何其芳、袁水拍等左翼詩人的作品風靡一時。1945 年冬到 1946 年暑假，北平地下黨還組織北平大中學生參觀張家口解放區，與丁玲、蕭軍、艾青等延安文藝界名人交流，觀看《白毛女》、《黃河大合唱》等解放區優秀文藝劇目[16]。《北方文藝》、《詩聯叢刊》、《詩號角》、《詩音訊》、《泥土》、《詩文學》等校園文學刊物

[16] 參見《中國共產黨北京歷史》，中共北京市委黨史研究室，北京出版社，2001 年；《解放戰爭時期北平第二條戰線的文化鬥爭》，中共北京市委黨史研究室，北京出版社，1998 年。

緊緊追隨左翼文學界的步伐，發表了大量散發著「泥土味和血腥味」、充滿了「能產生推動歷史前進的向上力量」的詩文作品，並對左翼文學界的文學批判活動給予積極的響應[17]。儘管這些校園內的文學活動產生了一定的社會影響，但對於北平文壇而言，這些活動顯然不夠。日偽法西斯統治的撤離，給北平文壇留下了一個巨大的「空場」，如同一個大病初癒的病人，它需要一種強大力量的支撐。政治壓力大、刊物規模小、發行範圍有限、持續時間偏短、作者藉藉無名、作品形式和手法單一等多種因素制約了校園文學活動在整個北平文壇的影響力。北平文壇在急切期待著一種更為有力的文學力量的入駐，以促成北平文壇的復興。

原淪陷區作家最早發出重振北平文化界、復興北平文壇、建設新文藝的呼聲。面對時下文化界的沉寂，他們絕不甘心：「一度為新文化運動中心的華北難道說便永遠要停滯在目前的慘狀嗎？不，絕對不。我們要有一個新的展開，我們要負起復興工作的責任」[18]。他們一邊追念著 30 年代北平學術文化的繁榮景象，一邊呼喚名作家的北歸，更熱望新作家的成長[19]。在呼喚之外，他們切實地為文學的「復興」獻計獻策，設計一系列的方案，諸如續編《中國新文學大系》「鑒往以開來」，創

17 寧可，《袁可嘉和他的方向》，《詩號角》，第 4 期，1948 年 11 月。

18 張樹藩，《華北文藝的過去與將來》，北平《益世報》，1946 年 4 月 24 日。

19 在《我們北方的文壇》（李道靜，天津《大公報・文藝》，1946 年 1 月 13 日）、《創刊獻詞》（《文藝時代》，1946 年 6 月）、《歡迎胡適之先生》（《文藝時代》，1 卷 3 期，1946 年 8 月）等文章中，原淪陷區作家明確表達了重振文化界、復興文壇的期望。

辦全面介紹外國文學的雜誌為作者以及讀者「開拓眼界、增加營養」等等，期盼著加快「復興」北方文壇的步伐。

然而，原淪陷區作家同時意識到他們在政治上、在文學活動上先天便處於劣勢。1945 年 9 月，國民黨政府教育部頒布了《偽專科以上學校在校生、畢業生甄審辦法》，將原淪陷區學生稱為「偽學生」，並決定對他們進行所謂「甄別審查」。為此，蔣介石親自在故宮太和殿召集大、中學生進行「訓話」。儘管國民黨當局的所謂「甄審」的實際用意，是為了打擊在原淪陷區活動的共產黨組織和共產黨影響下的進步青年學生，但是卻極大地傷害了在日偽統治下苦苦掙扎多年的淪陷區人民。「到重慶鍍過金的卻正在怡然自得，而那為了飯碗不得不在虛與委蛇的二十萬公務人員，倒成為正派『漢奸』」[20]。北平各大高校學生轟轟烈烈地開展了一系列「反甄審活動」，爭取自己的權利。成長「在敵人的毒氛之下」，同時又「與後方及解放區完全隔斷」，他們知道自己的文學活動很容易被忽視，甚至是「許多人一定以為可以一筆抹殺的」。因此他們把復興文壇、重振文化界的希望更多地寄託在那些更有影響力的，「有心有力的文藝工作者個人或私人組成的純正的文學和文化團體」身上[21]。當沈從文、朱光潛、楊振聲、馮至、廢名等堅持自由主義寫作立場的原「京派」或近「京派」作家回到北平時，贏來

---

[20] 徐盈：《『籠城』聽降記》，重慶《大公報》，1946 年 11 月 19 日。

[21] 韓剛，《兩個提議》，《文藝時代》創刊號，1946 年 6 月。淪陷區作家（應當說是整個淪陷區的居民）普遍地在心理上存在一種自卑感。類似《淪陷文體愧對胡適之先生》（知白，《華北日報》，1946 年 8 月 24 日）的文章頗多，這種自卑感在作家自述、文學創作中都有表現。事實上，這種先懷成見、不與辨識的現象在今天的淪陷區文學研究中仍然存在。

了廣泛的注意。這些作家都曾在北平生活多年，見證了 30 年代北平地區文化界的繁榮，在北平的社會輿論中構築了一定的人事基礎，而其自身的文學創作則為他們在中國文壇贏得了較大的影響力。因此，回到北平之後，他們自然成為了沉寂多年的北平文壇和文化界最值得期待的復興文學、振興文化的力量。

在《歡迎胡適之先生》等一系列文章中，北平文壇和文化界對胡適、沈從文、朱光潛、楊振聲、馮至、廢名等人的回歸寄予極大的希望。對北平未來的文學活動，北平文壇和文化界表示信心十足。他們希望能因為這些作家的歸來，「把我們的文化界繁榮起來，漸漸回復到淪陷前的光榮時代」，並且「創造出一個時代的文學」，進而在「最近的將來北平這個古城能夠成為一個真正自由的民主的文化城」[22]。與此同時，朱光潛、蕭乾、沈從文、馮至等人的文化活動受到了格外的關注。例如，《文藝時代》、《益世報》、《大公報》等報刊在他們復員返平前後，刊登了大量關於他們的創作、研究、教學狀況的報導和討論，並發表了大量傳記性的回憶文章。在這些文章中，甚至出現了諸如「二十年來以最莊重、最熱誠的態度支持引導中國文藝界的幾乎只有朱（光潛）先生一個人」一類的頌揚之辭。這些話可能說得有些過頭了，但卻真實地反映出北平文化界對這批作家的殷切期待。[23]

---

[22] 李道靜：《歡迎胡適之先生》，《文藝時代》，1 卷 3 期，1946 年 8 月。李道靜，筆名麥靜，抗戰以前開始發表小說，受過沈從文的指導。淪陷期間為北京大學職員。抗戰勝利後，繼續在《文藝時代》、《大公報．文藝》等刊物上發表作品、並主編了天津《天下周刊》。

[23] 《編輯室同人雜記》，《文藝時代》創刊號，1946 年 6 月。

原淪陷區作家的創作主流，客觀上為沈、朱等復員作家在北平文壇的活躍提供了某種先期的準備工作。以戰後華北地區出版較早、規模較大的刊物《文藝時代》為例，刊物創辦於 1946 年 6 月，共出版了 6 期。在刊物上發表作品的非淪陷區作家主要有朱光潛、馮至、李廣田，而原淪陷區作家中，吳興華、李瑛、沈寶基的詩歌、畢基初的小說、常風的書評和學術論文等作品，以其體現出的對藝術本身的執著而成為雜誌的亮點。年輕的學生作家李瑛發表的《兩種危機》直接繼承了 30 年代「京海論爭」中「京派」文人的文學觀念。他將「政客們把文學曲解為『宣傳品』」和「奸商們把文學製成毒素」看作是中國文學復興的兩大障礙，要求以更純正的態度進行文學創作，推進文學發展。李瑛這個帶有宣言性質的申明，與朱光潛在《文學雜誌》的《復刊卷首語》中提出的超越於政治文藝和商業文藝的「純文藝」的創作目標，形成了呼應之勢。他們還希望「由南向北流轉的學者專家復員回來以後，會以他們的學術，以他們的人格，來負責領導一種革新運動，用這種運動來啟發民風，轉移惡勢力，自成為一個邁進的方向，但卻與社會的各階層相粘合」[24]。顯然，這些原淪陷區作家在文學觀念和文學創作中體現出來的藝術堅守精神，與沈從文、朱光潛為代表的自由主義作家群的文學觀念和主張之間存在著某種銜接關係。這一切使得北方文壇順理成章地接納了沈從文、朱光潛為代表的自由主義作家群，並為他們在 40 年代後半期北方文壇領導地位的確立奠定了一定的輿論基礎。

---

[24] 李紫尼：《新希望由何萌發》，《華北日報・華北副刊》，1947 年 11 月 3 日。

## 三

北平文壇的期待給了這些堅持自由主義文學精神的作家們一個機遇。但更重要的是，早在抗戰期間「文學救國」的使命感便已經在他們的心中萌發，而他們自身的文學創作活動也在戰爭的特殊情境中逐漸發生著變化。八年抗戰之後，這些作家對於時代和社會的立場的態度雖然已經發生微妙的變化[25]，但作為一個文學創作者和「藝術堅守主義者」，要不斷為文學發展尋找新路的基本思想並沒有發生變化。「文藝復興」的使命感，他們在抗戰時期所進行的文學探索活動匯同著始終如一的「藝術堅守」理想，為他們在充滿機遇和期待的北平文壇充分發展自己的文學理念提供了強勁的動力。因此，一到北平，他們便開始評估文學界的發展現狀，沈從文詢問《文藝時代》的編輯：「在淪陷期間留在北平的成績好的小說作者是誰」；朱光潛也在搜尋在北方文壇產生較大影響的文學刊物[26]。這也許從某個側面反映出他們利用時代機遇，以自己的方式復興文壇的渴望。

1946 年 5 月，西南聯大宣布復員，教職員工各回原校。作為北大復校委員會的成員之一，楊振聲在 1946 年 1 月回到了北平。這一年的七月，朱光潛、馮至也先後返回北平。沈從文則於 1946 年 8 月 27 日從上海抵達北平。此外，李廣田 1946 年

---

[25] 詳見《今日文學的方向》，天津《大公報・星期文藝》，第 107 期，1948 年 11 月 14 日。

[26] 參見《文藝時代》的《編輯室同人雜記》、天津《益世報》在 1946 年 10 月開辦的欄目《學者在北大》。

10 月抵平，不久即受聘於南開大學，赴天津任教，並於 1947 年 8 月正式受聘清華，回到北平。卞之琳則是在 1946 年 11 月回到天津，任教於南開大學。但他時常來往於平津之間，在北平時經常借宿於馮至家中。北大復員的消息傳到了遙遠的湖北，讓蟄居黃梅的廢名怦然心動。於是他致信友人，請俞平伯、楊振聲、朱光潛等向胡適、湯用彤提出回校授課的申請。1946 年秋，廢名攜剛考入北大西語系的侄子馮健男，幾經周折返回久別的北平。對於這些在邊城小鎮客居多年的作家而言，「重回北平」也許是深埋在他們靈魂深處的永遠的夢。寓居西南的朱光潛一心懷念著美麗的北平。他留戀東安市場裏的舊書攤、琉璃廠的舊書攤、碑帖店以及地安門大街的古董鋪、地攤，惦記太廟高大的松柏樹林中幽靜的茶座。據常風在《回憶朱光潛先生》一文中說，他甚至還計畫過，返回北平後買一所小院子終老。但是，當「重回北平」的那一天真的來臨時，他們感受到的並不全然都是喜悅。

在他們的記憶裏，古城北平的影像一直定格在「雨後什剎海的蜻蜓」和「玉泉山的塔影」，定格在「站立在風沙之中的宏麗的城」[27]。但「現實中的北京城」卻讓人失望和焦慮[28]。抬頭仍然是熟悉的城門樓角，有成群白鴿「在用藍天作背景寒冷空氣中自由飛翔」，但腳下卻是等待出發的坦克；老北平人特

---

[27] 此處對北方自由主義作家印象中的北平的概括，主要參見林庚《北平樓兒》（《世界日報・明珠》第 67 期，1936 年 12 月 7 日）、《四大城市》（《論語》第 49 期，1934 年 9 月 16 日），老舍《想北平》，（《宇宙風》第 19 期，1936 年 6 月 16 日）等等。

[28] 沈從文：《談苦悶——聶清遺文引言》，《大公報・大公園地》，1947 年 2 月 2 日。

有的自信和安適消失了，取而代之的是「疲倦或退化的神情」和「遮掩不住的淒苦」[29]。那「和藹得可親，莊嚴得可敬」的蒼涼故都[30]，那「使人眼目凝靜，生活沉默」的幽幽古城[31]，如今已經被淹沒在喧囂和躁動之中。曾經構成了老北京獨特風貌並為多少文人津津樂道的舊書市場、文物市場，以及各種傳統手工藝行業陷入一片蕭條。文物市場變成了舊貨攤，從買賣古玩字畫降格為買賣舊家具和半舊不新的長衫大衣[32]；舊書店消失了十分之三[33]，「書店老闆改行跑到機關當了茶房」，「隆福寺的書店一次把七千多斤的書籍稱給背著秤的買爛紙者」[34]；傳統手工藝行業大多消失[35]；故宮博物院和各種文物館已關閉大半，「到處窗前都是灰樸樸」的[36]；美術展覽前門可羅雀，溜冰場以及放著好萊塢影片的電影院卻總是熙熙攘攘。校園的清淨已經一去無影。學生們關注社會政治鬥爭更甚於學業，校

[29] 上官碧（沈從文）：《新燭虛》，《經世日報・文藝周刊》，1946 年 9 月 22 日。收入《沈從文文集》（花城出版社，1984 年）第 10 卷，改名《北平的印象和感想》。

[30] 吳伯簫：《話古都》，《華北日報・每周文藝》，第 13 期，1934 年 3 月 6 日。

[31] 沈從文：《〈群鴉集〉附記》，《沈從文文集》，第 11 卷，花城出版社，1984 年。

[32] 《哀琉璃廠》，《平明日報》，1946 年 1 月 16 日。

[33] 《文化城的舊書業》，《經世日報》，1947 年 1 月 11 日。

[34] 吳曉玲：《讀書人的厄運與書的厄運》，《現代知識》，2 卷 6 期，1948 年 1 月 16 日。此外，在朱光潛的《舊書之災》（《周論》，1 卷 5 期，1948 年 1 月），鄧之誠的《哀焚書》（《現代知識》，2 卷 7 期，1948 年 2 月），《搶救圖書文獻》（《平明日報》，1948 年 1 月 17 日）等文章中，都有這一類的關於北平書肆冷落的描寫。

[35] 參見《平明日報》1948 年 2 月間「特種手工藝調查」系列文章。

[36] 沈從文：《收拾殘破——文物保衛的一種看法》，《沈從文文集》，第 12 卷，花城出版社，1984 年。

園政治集會時常召開，就連文學集會上也是政治宣言和口號更甚於藝術探討。與之相應的便是國民黨特務和流氓時常出入校園，逮捕甚至流血事件不斷發生。

除了古城的頹敗和文化業的蕭條，生活條件更是今不如昔。30 年代北平一個教授收入可以租住一個四合院，供養三、五個家人、藏書、請保姆、包車，生活是很滋潤的。但由於國內經濟形勢的惡化，抗戰結束後不久，國統區便開始遭受經濟崩潰的惡浪。[37]物價飛漲之外，還不時有「煤荒」和「糧荒」之虞。連年的戰爭之後，華北地區的物資匱乏。北平的煤、麵、米等生活必需品主要通過天津從外地（主要是上海地區）運來。南方的政治、經濟狀況直接影響到這些生活必需品的輸入。內戰爆發後，國共兩黨在平津之間的戰事也時常會影響到煤、麵、米的輸入。於是就出現了「糧荒」和「煤荒」的狀況，物價飛漲讓人「買不起」，「糧荒」和「煤荒」讓人「買不到」，「有價無市」和「有市無價」的情況時常交替出現。

---

[37] 1946 年 1 月下旬北平出現了第一輪的物價上漲。此後北平很快陷入經濟恐慌之中。物價如脫韁的野馬，連連狂奔。1946 年 8 月北平的米價（中等米）為每斤 700 元左右，到 1947 年 3 月，約為每斤 1400 元，到 1947 年 8 月已達到每斤 5000 元上下。麵粉價格更是一路瘋長。1946 年 8 月北平麵粉最低價每袋為 460 元，到 1948 年 3 月已經漲到了每袋 1,850,000 元。儘管公教人員的待遇在 1946 年 12 月和 1947 年 5 月間分別調整了兩次，但是待遇的漲幅遠遠低於物價的漲幅。1947 年 5 月公教人員的待遇上漲了約 80%，但僅在 1947 年四月初至五月初的一個月間，北平的米價上漲了 200%，麵價上漲了 160%。以上資料取自《平明日報》、《經世日報》等報刊每日的「本市商情」等欄目，以及《經世日報》1947 年 5 月 15 日社評《公教人員待遇調整以後》。

此外，住房條件也很艱難，十一、二戶人家擠在一個院落裏的情況很常見。朱光潛購買一所小四合院終老的計畫徹底泡湯了，此時的他與沈從文、馮至、聞家駟、賀麟、陳占元等十幾戶人家一起擠在中老胡同 33 號院裏。楊振聲偏居在南鑼鼓巷小屋。廢名住在沙灘北大校園內蔡孑民先生紀念堂後的一溜小平房裏，與熊十力、游國恩、陰法魯等作了鄰居。青年教師如常風等，只能住在由北大附近的原東齋學生宿舍改建而成的宿舍裏。「依戀著昆明的日子，恐懼了北平的生活」，正代表了復員歸來的文人學者的一種心聲[38]。

儘管北平的社會氛圍、生活條件不如人意，但是文人交遊的本性並沒有變化。時局、氛圍和心境的改變，使得像 30 年代的林徽因文學沙龍，慈慧殿「讀詩會」，以及來今雨軒的茶會那樣大規模的文學聚會已經不多。儘管如此，文人之間的交往仍然頗為頻繁。友人為伴，閒暇時一同逛逛門庭冷落的書肆和依然美麗如畫的西山，交流文學觀點，談談時局現狀，倒也能夠「其樂融融」。林徽因家的茶會，仍然照常在每天下午四點半開始。金岳霖、陳岱孫、張奚若夫婦、周培源夫婦等都是茶會的常客。此外，復員後清華、北大的許多文學、外語方面的中青年教師也時常參加。從漢武帝到楊小樓，從曼斯菲爾到澳爾夫，從哲學、美學到城市規畫、建築理論，甚至恩格斯著作都是他們時常討論的話題[39]。廢名長子馮思純在回憶復員後他

---

[38] 《聯大老教授訪問記：依戀著昆明的日子，恐懼了北平的生活》，《華北日報》，1947 年 11 月 3 日。

[39] 參見梁從誡，《倏忽人間四月天——回憶我的母親林徽因》（《中國現代作家選集．林徽因》，人民文學出版社，第 312 頁），林洙，《大匠的困惑》

們的北平生活時說，「北大教師朋友間經常互相拜訪，我家裏幾乎每天都有人來，尤其是晚飯後。談話內容主要是就學術問題進行討論，交流意見，當然還會涉及對時局的看法」[40]，楊振聲、沈從文、俞平伯、朱光潛、林庚、馮至、卞之琳、常風、袁可嘉、游國恩、楊晦、袁家驊、徐祖正、張中行等都是家中常客。在紀念沈從文的文章中，我們也經常看到這樣的描述，「到沈家談天、吃茶的客人很多，有教授，有作家，更多的是年輕人、學生和一些別的人」[41]。常風也回憶說，他在沈從文家常遇見從西南聯大回來，到北大任教的青年教師，而他也將自己認識的淪陷時期在北平成長起來的青年作者介紹給沈從文[42]。詩人林庚也由文學聚會的參與者變成了組織者。他組織的文學家聚會，討論新詩的形式、語言和表達問題，在那時也很是活躍。1948 年七、八月間，楊振聲、馮至、沈從文、朱光潛等一起在頤和園「霽清軒」消夏，金隄、王忠等一批學生朋友也常來暫住。他們一起在山中「魏晉」，享受著最後的優閒生活[43]。

在他們返回北平後不久，一場熱熱烈烈的文學運動迅即展開。1946 年 10 月楊振聲先後在復員後的《北大文藝》第 1 期和《大公報・星期文藝》第 1 期上發表了《我們要打開一條生

（《中國現代作家選集・林徽因》，人民文學出版社），第 356 頁。

[40] 馮思純：《為人父，止於慈》，《新文學史料》，2001 年第 4 期。

[41] 傅漢思：《我和沈從文初次相識》，《海內外》，第 28 期，1980 年。

[42] 常風：《留在我心中的記憶》，《逝水集》，遼寧教育出版社，1995 年。

[43] 霽清軒位於頤和園東北，是當時北平市長何思源的消夏別墅。因無暇，何思源請朋友楊振聲去住。楊振聲又邀請了沈從文、馮至、朱光潛以及其他幾位青年朋友共住。有關霽清軒的生活主要見《從文家書》（上海遠東出版社，1999 年）、《霽清軒雜記》（《益世報・文學周刊》，1948 年 8 月 30 日、9 月 1 日）等等。

路》。這篇文章成為戰後北平文學界復興文壇、振興文化界的第一聲呼喊。楊振聲以「周雖舊邦、其命維新」自勉，號召文藝界人士要本著一種「創新的勁兒」做「幾個開闢生路的工人」，把文藝作為「最直接的媒介」去領略整個人類的欲望和痛苦；將傳統文化、西方文化與時代精神「融會貫通，從精取用宏中培育一種奇異的」文藝之花[44]。廢名、陳衡哲、李廣田、朱自清等從各自的立場出發對此做出回應，提出各自的思考。儘管這些文壇前輩們對自己的思考仍然表示了很大的遺憾，慨歎自己說得「太籠統」，然而他們的呼聲以及他們為建設「新文藝」所做出的種種努力卻得到了平津地區文學青年的積極回應，激發了平津文學青年對文學創作的信心和希望，熱情盼望著這個對文學創作進行「重新估價」的運動能夠早日展開[45]。與此同時，一批「新生代」作家和研究者為他們的主張所吸引。以穆旦、鄭敏、金隄、袁可嘉、汪曾祺、蕭望卿、王佐良、周定一、王忠、馬逢華為代表的從西南聯大歸來的青年作家和教師，與以常風、畢基初等為代表的 30 年代即走上文壇而在淪陷區堅持創作的文學青年，以及李瑛、吳小如等人為代表的在淪陷區成長起來的學生作家，緊緊團結在他們周圍，共同構成了 1946-1948 年平津文壇文學探索和試驗活動的主力軍，從而開創了一種新的文學創作思潮。

---

[44] 楊振聲：《我們要打開一條生路》，《大公報・星期文藝》，第 1 期，1946 年 10 月 13 日。

[45] 黎地（李廣田），《紀念文藝節——論怎樣打開一條生路》，《大公報・星期文藝》，第 30 期，1947 年 5 月 4 日。

## 第三節 副刊・雜誌・「新寫作」文學思潮的形成

一

1946年開始，沉寂多年的北平文化界重新熱鬧起來。抗戰結束後，北平地區的報刊業飛速發展。報刊業1945年冬開始復蘇，1946、1947兩年發展非常迅猛，1947年底至1948年初出現了一個高峰，然後開始下降、停滯。在報紙和期刊中，期刊由於有資金的限制故而數量較少（高峰時期也不過102種），並且往往比較短命；報紙每日發行，資金回收較快，所以發展比期刊好，高峰時節達到176家，並且一般壽命較長。復員歸來的文學學者與復蘇中的報刊出版業一起，共同促成了戰後北平文化界的復興。1946年前後北平地區出現了一個創辦報紙文化副刊的熱潮。幾乎各大報紙都辦有文史類副刊，如《大公報》（天津）有「文藝」、「星期文藝」、「圖書周刊」、「文史周刊」；《新生報》有「語言與文學」、「文史周刊」、「故都文物」；《華北日報》有「文學」、「俗文學」、「國語周刊」、「現代報學」；《經世日報》有「文藝周刊」、「讀書周刊」、「禹貢周刊」；《益世報》（天津）有「文學周刊」、「史地周刊」、「宗教與文化」、「人文周刊」等等。

報紙副刊與中國現代文學的發展有著非常密切的關係。在不少文學流派的形成和發展中，報紙副刊發揮了舉足輕重的作用。對於副刊在文學和文化傳播上的作用，沈從文通過在30年代主持《大公報》「文藝」副刊的編輯活動已經有了比較深刻的認識。1946 年 9 月至 10 月，沈從文先後發表了《怎樣辦好一份報紙》、《益世報》的《文學周刊・編者言》。在這些文章中，他回顧了報紙副刊對於推廣五四新文化運動所發揮的重要意義：

> 從五四到北伐，北京的「晨副」和「京副」、上海的「覺悟」和「學燈」，當時用一種綜合性方式和讀者對面，實支配了全國知識份子興味和信仰。[46]

沈從文對時下的報紙副刊沒能發揮更大的作用深深表示遺憾。應該說，這個遺憾已經包含了沈從文對如何發起這場新文化建設和文學試驗活動的想像。在考察北平地區報紙的出版狀況後，沈從文發現北平地區報紙的數量雖多，但內容並不豐富。報紙的新聞內容相對比較集中：政治新聞集中於 1946 年的「協商」，1947 年的「立憲」，1948 年的「剿匪」；社會新聞主要集中於物價變動和經濟風潮。「北方平津報紙多，新聞少，報紙還真正值得作事情」，沈從文敏銳地意識到，這是一個很好的機會，「一個有理想，有眼光的報紙主持人」能夠「從副刊上作各種發展」；而「報紙分布面積廣，二、三年中當可形成一種特別良好空氣，有助於現代知識的流注廣布，人民自信自尊的生長，國際關係的認識」[47]。沈從文在總結北平地區的報紙副刊時提出，北平地區文壇要堅持作文史類副刊，以便保持

---

[46] 沈從文：《編者言》，《益世報・文學周刊》，第 11 期，1946 年 10 月 20 日。

[47] 沈從文：《窄而黴齋廢郵（新十九）》，《平明日報・星期藝文》，第 23 期，1947 年 9 月 28 日。

文化品位，推動新文化建設[48]。不言而喻，各個文學副刊將成為他們進行文學試驗，推動新文化建設的主要陣地。

這一時期，沈從文主編了《平明日報・星期藝文》、天津《益世報・文學周刊》、天津《大公報・星期文藝》和《文藝》，同時指導《華北日報・文學》、《益世報・詩與文》的編輯工作。馮至參與了天津《大公報・星期文藝》和《文藝》的編輯。楊振聲主編《經世日報・文藝周刊》和《大公報・星期文藝》。朱自清主編《新生報・語言與文學》。朱光潛主編天津《民國日報・文藝》。李長之主編《北平時報・文園》。李廣田主編了天津《民生導報・每周文藝》。對於這些副刊和雜誌，他們都寄予了深切的希望。

沈從文明確地表示，希望通過文學副刊保留三十年代《大公報・文藝》「所造就的文藝試驗的傳統」[49]。朱光潛在《文學雜誌》的《復刊卷首語》中的「重申目標」，也明確地表達了開拓新的「純文學」寫作的要求。除了在這篇「卷首語」中「重申目標」之外，朱光潛還將刊載於 1936 年 11 月 4 日北平《世界日報・明珠》上的《中國文壇缺乏什麼？》一文重新發表[50]。在 30 年代，這篇文章與 1937 年《文學雜誌》的發刊詞

---

[48] 沈從文：《一個副刊能寄託些什麼希望》，《益世報・文學周刊》第 64 期，1947 年 11 月 1 日。本文是沈從文於 1946 年 10 月 20 日發表在《益世報・文學周刊》第 11 期上的文章《編者言》的一部分。故本文發表時另有小標題「節引本刊第一回的《編者白》」。而一年後沈從文重新發表這篇文章，從這一行為中不難看出他自覺辦刊的目標。

[49] 沈從文：《一個副刊能寄託些什麼希望》，《益世報・文學周刊》，第 64 期，1947 年 11 月 1 日。

[50] 朱光潛：《中國文壇缺乏什麼？》，《平明日報・星期文藝》，第 47 期，1948 年 3 月 6 日。

《我對本刊的希望》等文章一起，曾經共同闡發了「京派」的文學追求和主張。十年後，朱光潛重新發表這篇文章，更進一步地表明了他要開拓新的「純文學」寫作的決心。朱自清力求將《新生報》副刊《語言與文學》辦成與十年前清華大學中國文學會的《語言與文學》雜誌一樣的刊物，這同樣體現了朱自清要繼續三十年代所形成的純學術研究風氣的決心[51]。沈從文認為創辦這種具有文學堅守精神的副刊，「對讀者言，將為一個包括廣大範圍具有情感教育的機構」，有利於培養出具有高尚文化精神的讀者群；「對作者言，將為一個包含極大寬容自由競爭表現新作的據點」，有利於培養一個具有自覺的文學堅守精神和文學創新精神的作家群[52]。

不同刊物間的辦刊重心明顯不同。《大公報》的《文藝》和《星期文藝》在創作風貌上完全不同。《文藝》是一個大舞台，既有以群、胡風的雜文，阿壠的詩論，路翎的小說，袁水拍、臧克家、青勃、綠原、姚奔、蘇金傘的詩作，又有陳敬容的散文，袁可嘉的詩論，沈從文的雜文，汪曾祺的小說，卞之琳的文論，比較立體地表現了 40 年代後期文壇創作的多種風貌。《星期文藝》則純然是一種文學創作理想的試驗場。沈從文、馮至、朱光潛、卞之琳等前輩作家和圍繞在他們身邊的以鄭敏、穆旦、袁可嘉、汪曾祺、李瑛等為代表的一批年輕作家占據了這塊場地，盡情地發展和表現自己。此外，《經世日報》的《文藝周刊》重視對西方文學的介紹、評述和翻譯；《民國日報》的《文

51 朱自清：《周話》，《新生報・語言與文學》，第 1 期，1946 年 10 月 21 日。

52 沈從文：《一個副刊能寄託些什麼希望》，《益世報・文學周刊》，第 64 期，1947 年 11 月 1 日。

藝》關注文學研究和批評；與《益世報》的《文學周刊》對創作的注重相比，《大公報》的《星期文藝》更側重理論探討。也許刊物在辦刊重心上的差異只是一種偶然，但這種差異卻在客觀上形成了一種互補關係。在壯大他們開展新的文學運動的聲勢的同時，也進一步深化了他們的文學試驗的嘗試。

雜誌方面，比較重要的主要有四種。其一是上海方面的《文藝復興》、《中國新詩》等雜誌；其二是作為「北方文化復員與文學運動展開的第一面旗幟」的《現代文錄》；其三是復刊後的《文學雜誌》；其四是便是《新路周刊》。

《文藝復興》和《中國新詩》等上海刊物並不是「新寫作」文學思潮的陣地。但在這些刊物上，「新寫作」作家，如汪曾祺、穆旦等，以及與「新寫作」追求相近但沒有直接人事往來的一些作家如陳敬容、唐湜等的作品時常出現。然而，客觀地說，在 40 年代後期上海複雜的政治局勢和文學格局中，這些作品並不是特別凸出，因而也沒有在上海形成一定規模的文壇勢力[53]。

1946 年 12 月，北平的楊振聲、沈從文、朱光潛、馮至等人編輯出版了雜誌《現代文錄》。這是文化復員後，北平地區

---

[53] 當前的文學研究中，四十年代後期上海的文學創作和文學刊物中，以《中國新詩》、《詩創造》以及這些雜誌所體現的文學追求最受關注。然而，在四十年代後期，上海文壇存在著眾多的作家群體和文學陣營。除了實力強大的左翼作家群外，以包天笑為中心的《茶話》、以劉以鬯、施濟美為中心《幸福》等等都擁有自己眾多的讀者群。在當時的情境中，《中國新詩》、《詩創造》以及這些雜誌所體現的文學追求並不是特別凸出，也沒有形成一定規模的文壇勢力。在 40 年代後期的上海，來自左翼文學界的批判聲遠比對他們的讚揚聲要響亮得多。

出現得最早的文藝刊物之一。《現代文錄》是一個帶有文摘性質的文藝刊物，論文、創作、翻譯並重，收入了《詩與近代生活》（楊振聲）、《浮士德裏的魔》（馮至）、《陶淵明》（朱光潛）、《鄉村傳奇》（顧隨）、《綠魘》（沈從文）、《回來》（朱自清）、《他與他的大公雞》（希聲）、《空中伴侶》（法・聖狄瑞披里著，陳占元譯）等文章，較高的文學品位使它成為「北方文化復員與文學運動展開的第一面旗幟」[54]。該雜誌以楊振聲提出的「融會貫通的創新精神」作為編輯方針，編輯目標則直接指向了「創作我們這個時代的新文藝」[55]。由於《現代文錄》正好在楊振聲的「打開一條生路」的呼籲兩個月之後出刊，因此被視為「開路」雜誌。可惜的是，刊物只發行了一集就告結束。

緊接《現代文錄》之後，1947 年 6 月《文學雜誌》的復刊，則明顯地表明了作家凝聚的傾向。《文學雜誌》是這一時期北方規模最大、最有影響力的雜誌之一。雜誌的編輯委員會由朱光潛、楊振聲、馮至、姚可昆和常風五人組成。雜誌所提出的辦刊原則是：

> 採取寬大自由而嚴肅的態度，集合全國作者和讀者的力量，來培養一個較合理底文學刊物，藉此在一般民眾中樹立一個健康底純正底文學風氣。

---

[54] 豐草：《現代文錄第一集》，《大公報・讀書周刊》，1947 年 1 月 25 日。
[55] 《編者白》，《現代文錄》，第 1 集，1946 年 12 月。

這個辦刊原則，實際上成為這一場新的文學運動的宣言。封面仍然採用 1937 年創刊時林徽因設計的圖案。原來的幾位編委，對復刊後《文學雜誌》給予了熱心支持。原來的作者大多繼續為《文學雜誌》撰稿，沈從文承擔了大量的審稿和編輯工作，早已斷絕作小說之心的廢名提筆創作了《莫須有先生坐飛機以後》，林徽因承受病痛折磨和喪弟之痛，也送來了多首詩歌。而「新生代」作者則構成了雜誌的撰稿主力。幾乎所有的「新生代」作家都在雜誌上發表過作品，在作者中占據了 80%。雜誌基本上秉承了十年前的風貌，開設了論文、詩、戲劇、小說、散文、遊記、書評等七個專欄。時代精神與文學理想交織，理論與創作並重，其純正的文學品位和學術品格在廣大讀者心中產生重要的影響。

出版於 1948 年 5 月的《新路》周刊，是由錢昌照、吳景超等民主人士醞釀成立的中國社會經濟學會的下屬刊物，因其國民黨背景而受到左翼文化界的批判。這是一個綜合性刊物，文藝只占其中的一小部分。蕭乾曾應邀負責「文藝」欄目，但最終還是接受了復旦大學地下黨的勸告，辭去了這份工作。儘管如此，在《新路》上的文藝作品中，「新寫作」作家的作品同樣占據了主要位子。在這裏，有前輩作家的作品，如楊振聲的《文人與文章》、《紀念朱自清先生》，馮至的《郊外聞飛機聲有感》、《杜甫在梓州閬州》，沈從文的《霽清軒雜記》（署名「翰墨」）、《不毀滅的背影》，蕭乾的《E・M・福斯特》、《V・吳爾夫與婦權主義》等等。「新生代」代表作家的作品同樣在這裏發表，如汪曾祺的《斑鳩》、《蜘蛛與蒼蠅》，畢基初的《一篇詩的毀棄》、《新的孕育》，李瑛的《菜市》、《一個小都市的南角》，王道乾的《詩四首》，袁可嘉的《詩三首》，以及蕭望卿的《桂花林裏》等等。

## 二

在文學刊物的編輯策略中，他們還有一個明確的目標，這就是引導和培養「新生代」作家的成長。事實上，早在 1946 年 1 月，北大、清華、南開尚未復員時，北平地區文壇就已經發出了培養新作家的呼聲：

> 過去在北方的《文學季刊》、《水星》、大公報《文藝》、北平晨報的《北晨學園》，曾經培植出許多作家。這些作家現在分散在全國各地，也有的在遙遠的海外，我們遙祝他們的健康，並且歡迎他們早日回來，但是我們不希望我們的文壇仍然完全由這些人來主持，我們另外還得有一批新的，必須隨時有新的後繼者，……現在正是培養這些新的後繼者的最佳時機。[56]

對於沈從文、朱光潛他們來說，能否引導和培養出一個「新生代」作家群，對於他們所致力的新的文化運動和文學試驗活動至關重要。畢竟，一個文學運動或者一種文學風氣的形成，不是單靠幾位作家的努力就能實現的。沒有了青年一代的回應和支持，新的文學創作風氣無法形成，當然也更談不上傳承。沈從文、朱光潛等人對此看得也很深透，都表示要努力扶持「新一代文學創作」[57]。在與青年作者的通信中，沈從文深刻地指

---

[56] 李道靜：《我們北方的文壇》，《大公報・文藝》，第 6 期，1946 年 1 月 13 日。

[57] 沈從文，《窄而霉齋廢郵（新十九）》，《平明日報・星期藝文》，第 23 期，1947 年 9 月 28 日。

出：「為了另一代人，我們需要培養這種作家」[58]；而副刊和雜誌則是培養新作家，「介紹學術推進新文學運動」最有效的工具[59]。顯而易見，他們自覺地把通過副刊培養新作家，團結具有共同文學理想的文學創作者，推動新的文學思潮出現作為自己的文學活動目標。

在副刊和雜誌的編輯活動中，普遍存在著「主編」和「實際編輯者」不同的情況。常風在《留在我心中的記憶》中說，光復後，「北平和天津兩地的報紙都請楊先生和沈先生編文藝副刊。他們兩位承擔了起來，交給幾位青年作家負責編輯」[60]。《平明日報‧星期藝文》署名是由沈從文編輯，但「發刊詞」卻是周定一寫的，從第34期開始，署名為「沈從文、周定一合編」。朱自清主編《新生報‧語言與文學》，具體編輯工作則由余冠英負責。朱自清逝世後，改為由余冠英主編。在紀念朱自清先生逝世的一篇文章中，余冠英說，「三十五年辦《語言與文學周刊》，我代他編輯了兩年，今後還要繼續」[61]。袁可嘉協助楊振聲編輯了《經世日報‧文藝周刊》和天津《大公報‧星期文藝》。[62]常風曾在1937年和1947年兩度協助朱光潛編

---

[58] 沈從文，《新廢郵存底（二八五）——一個邊境故事的討論》，《益世報‧文學周刊》，1947年9月20日，第58期。其中的「這種作家」是指勇於進行文學試驗的作家。

[59] 沈從文：《怎樣辦好一份報紙——從昆明的報紙談起》，《沈從文文集》，三聯書店，1984年，第十二卷，第204頁。

[60] 常風：《留在我心中的記憶》，《逝水集》，遼寧教育出版社，1995年，第15頁。

[61] 余冠英：《悲憶佩弦師》，《華北日報‧文學》，第37期，1948年9月12日。

[62] 袁可嘉：《袁可嘉自傳》，《半個世紀的腳印——袁可嘉詩文選》，人民文學出版社，1994年，第575頁。

輯《文學雜誌》。在《回憶朱光潛先生》中他說，1947 年朱光潛應天津《民國日報》之請，主編該報的《文藝》副刊，「朱先生接受了之後就把這個副刊交給我負責編輯，他只寫了刊頭」[63]。吳小如為常風的《窺天集》重印本所作的序言證實了這個說法。他進一步回憶說，那時自己還是大學低年級學生，課餘經常給各報刊投稿，「經沈從文先生介紹，認識了袁可嘉、金隄幾位實際負責編輯副刊的青年教師」[64]。而吳小如不久之後也通過沈從文的推薦，參加了《華北日報・文學》的編輯工作。[65]這些「實際負責編輯工作」的青年人幾乎都是學院出身。袁可嘉、金隄都是北京大學西語系的青年講師，常風也在北大西語系任教，周定一在北京大學中文系和北大文科研究所工作，余冠英則是清華大學中文系的講師，吳小如當時還是北京大學中文系三年級的學生。可以說這個編者群是一個學者型的編者群。不僅如此，這個編者群本身也是文學實驗和探索活動的積極參與者。袁可嘉的詩論，金隄的小說和翻譯，吳小如和常風的書評等，都是「新生代」作家中的佼佼者。

這種情況的出現有一定的客觀原因。戰後的北平城一切都處於恢復期。作為著名文人、學者，沈從文、朱光潛等人社會活動頻繁，再加上自身的創作和教學活動等等原因造成時間的不充裕，而將編輯事務託付他人，這種情況也是可能的。但最根

---

63 常風：《留在我心中的記憶》，《逝水集》，遼寧教育出版社，1995 年，第 85 頁。

64 吳小如：《〈窺天集〉序》，《窺天集》，山西教育出版社，1998 年，第 1 頁。

65 小鐵：《吳小如小傳》，引自吳小如著《今昔文存》，湖南人民出版社，1998 年，第 2 頁。

本的原因，還在於他們要借助這個學院派的編輯群體來引導和發掘新生代作家。在給周定一的信中，沈從文明確指出了他們選擇學院出身的實際編輯者的原因。這個原因就是「文學院兩系多『文章魁首』，目下應當得一善逼人寫文章編者來做點事」[66]。在那個經濟危機和政治危機夾攻的時代，也許只有在大學文學院中才能保有真正專心於文學本體的發展和學術研究本身的人。他們對於文學的態度是「健康底純正底」，有自身的學識和自由獨立的文學精神做基礎。他們更有可能接納新的文學風氣，對他們所倡導的文學實驗給予更多的關注和支持。在給柯原的信中，沈從文談到現代詩的前途問題：「我覺得這部門工作與其寄希望於當前三五少數有名詩人的興趣集中，不如更多後來者的各自為戰」，「去試驗發展」，才有可能實現新的突破[67]。這些來自大學校園的「實際負責」的編者，能更方便地接觸到那些「文學院」的「文章魁首」們，發現更多有希望的文學青年。顯然，這些學院派出身的「實際編輯者」與沈從文、朱光潛等主編者之間存在著一個引導和實踐的關係。這些學者型的年輕編輯者將以自己的創作和編輯活動發掘和吸引一大批「新生代」作家的出現，促進文學實驗和探索活動的健康發展。

這個學者型的編輯群確實不負眾望。他們以「寬大自由而嚴肅的態度」發掘文壇新人，團結了一批具有文學堅守精神，全心從事文學創作和文學研究的「新生代」作家和學者。在這

66 沈從文，《窄而霉齋廢郵（新十九）》，《平明日報．星期藝文》，第23期，1947年9月28日。

67 沈從文：《新廢郵存底（三二四）》，《益世報．文學周刊》，第63期，1947年10月25日。

些文學副刊中，「新生代」作家數量極多。以《益世報・文學副刊》為例，在這個副刊上發表的作品中，「二分之一以上作品，為北方新人作品」[68]。沈從文對此不無得意。他以這樣稱讚的口吻談到這批「新生代」作家：「在刊物上露面的作者，最年青的還只有十六七歲！即對讀者保留一嶄新印象的兩位作家，一個穆旦，年紀也還只二十五六歲，一個鄭敏女士，還不到廿五。作新詩論特有見地的袁可嘉，年紀且更輕。寫穆旦及鄭敏詩評文章極好的李瑛，還在大二讀書，寫書評文筆精美見解透闢的少若，現在大三讀書。更有部分作者，年紀都在二十以內，作品和讀者對面，並且是第一回。」[69]

這些「新生代」作家多與沈從文、朱光潛等前輩文人有師生之誼。穆旦、鄭敏、袁可嘉都是聯大學生，與作為西南聯大教師的沈從文、卞之琳、馮至、李廣田、朱自清等人的關係密切，有目共睹。他們的作品也都主要通過沈從文、卞之琳、馮至等主編的刊物發表。例如，據筆者不完全統計，鄭敏約有 30 首以上的詩作、3 篇散文、1 篇書評在沈、朱等人主持的刊物上發表。穆旦在 1945-1948 年間有詩作 44 首，其中 60%以上的作品發表在沈、朱主持的刊物上。袁可嘉在沈、朱等人主持的刊物上發表了詩論 28 篇，詩歌約 32 首。即使沒有直接師生關係的，也多曾接受過他們的指導。《大公報》年輕的女記者蕭鳳就是在沈從文的具體指導下完成了小說《王愛召的故事》[70]。

---

[68] 《本刊一年》，《益世報・文學周刊》，第 62 期，1947 年 10 月 18 日。

[69] 沈從文：《新廢郵存底（三二四）》，《益世報・文學周刊》，第 63 期，1947 年 10 月 25 日。

[70] 有關情況參見沈從文的《新廢郵存底（二八五）——一個邊疆故事的討論》（《益世報・文學周刊》，1947 年 9 月 20 日）、《窄而霉齋廢郵（新十

利用報紙副刊推動文學試驗，培養文學新人，沈從文的貢獻最為凸出。他利用在校教學的便利，啟發青年學生思考文學革新的未來，培養新的文學傾向。聯大時期，沈從文幾乎每年給學生出同一個作文題目：「一個理想的短篇小說」。這個作文題目無疑是基於他對現有小說寫作有所不滿，希望能夠激發青年學生對這個問題作深入思考。這個方法確實有效，在《短篇小說的本質》中，汪曾祺說，正是這個作文題目引發了他對革新短篇小說的思考[71]。在這一時期，沈從文進一步將課堂教學和副刊編輯結合起來，引導青年學生參加到文學實驗和探索中來。從 1946 年 12 月到 1947 年 3 月，《益世報・文學周刊》、《大公報・星期文藝》和《經世日報・文學周刊》上共有六篇題名為《鐘聲》的作品發表，而且不少作品在文末都標明是「鐘聲習作」。事實上，這些文章都是沈從文的學生所作的作文。沈從文先給學生佈置作文，然後他從作業之中選擇他認為有特色的作品發表。這種做法無疑將進一步鼓勵青年學生沿著他所贊同的文學道路走下去。

另一個典型例子是邢楚均的系列小說的發表過程。邢楚均的《故事採集者日記》系列最早在天津《民生導報・每周文藝》發表，第三篇改在《經世日報・文藝周刊》，其後的篇章全部發表在《大公報・星期文藝》。《民生導報》是天津的一家小報，發行範圍比較小，《大公報》則歷史悠久，發行量大。《大公報・星期文藝》更是當時北平地區文壇最有影響力的文學副

---

九）》（《平明日報・星期文藝》，1947 年 9 月 28 日）。

[71] 汪曾祺：《短篇小說的本質》，天津《益世報・文學周刊》，第 43 期，1947 年 5 月 31 日。

刊之一。《故事採集者日記》在李廣田主編的《民生導報・每周文藝》上發表時，並沒有引起太大的反響，直到在《大公報・星期文藝》上發表後才引起讀者的普遍關注[72]。可以說，沈從文對這個系列故事有著異乎尋常的關注。《故事採集者日記》之所以轉而在《大公報・星期文藝》上發表，沈從文的推薦是重要原因。事實上，這個系列故事在《大公報・星期文藝》上露面之後，沈從文就開始把它作為一個成功的範本，宣傳他的小說試驗思想，並在指導青年寫作者的通信中多次提及這部作品。從文章的刊發過程和所取得的效果來看，我們完全可以想像沈從文是如何利用報紙副刊推動自己的文學試驗的。

同樣，朱光潛也很注意扶持青年作者的創作。穆旦、袁可嘉在《文學雜誌》上發表的詩作，有一些就是在朱光潛的催促下寫成的。[73]方敬在《意氣尚敢抗洪濤——憶朱光潛先生》中說，朱光潛主編《文學雜誌》，鼓勵愛好新文學的青年作家和學生投稿，在雜誌復刊後，他主動「來信要去我的詩」[74]。

刊物之間作者交叉的現象表明了一個比較固定的創作群體的形成。為《民國日報・文藝》撰稿的作家多數都在《文學雜誌》上露面，在《益世報・文學周刊》上出現的作者也是《大公報・星期文藝》的常客。詩歌方面的穆旦、杜運燮、鄭敏、李瑛、柯原，小說方面的汪曾祺、畢基初、蕭鳳、呂德申，文學研究和批評方面的吳小如、蕭望卿、常風、盛澄華、王佐良、

---

[72] 《故事採集者日記》從第 3 篇起開始在《大公報・星期文藝》上連載，當時不少讀者寫信詢問前兩篇的刊發地點，表示了極大的關注。

[73] 參見商金林：《朱光潛與中國現代文學》，安徽教育出版社，1995 年。

[74] 方敬：《意氣尚敢抗洪濤——憶朱光潛先生》，《群言》，1986 年第 10 期。

金隄、袁可嘉等「新生代」佼佼者的名字，則幾乎在上述所有刊物中都出現過。這些由老一輩作家帶動的「新生代」作者，在北平地區文壇也得到了普遍認同。當時的評論界就認為：袁可嘉、蕭望卿的論文已經成為「替換老輩」的優秀成果；「豐滿遒勁的穆旦已代替了神情倜儻的卞之琳」，成為最可注意的青年詩人；小說創作中「王忠的樸質，汪曾祺的清雋，畢基初的深厚，李瑛的亢爽，十年二十年也許成為一代宗師」[75]。沈從文也稱讚這些年輕的文學創作者以「活潑青春的心和手，寫出老腔老氣的文章」。年輕使這一批「新生代」作家「充滿冒險精神」，勇於追求和試驗；「老腔老氣」出自「深湛純粹」的「人生觀照」，這種品質使他們的作品已經形成或者即將形成完備的自我的「情緒哲學系統」。[76]而兩者的結合使他們最有可能成為舊習氣、舊形式、舊觀念的突破者和新的文學觀念、新的文學傳統的推動者。

## 三

種種迹象表明，此時的北平文學界已經產生了一個具有獨特個性的作家群體。事隔 40 年後，袁可嘉在回憶錄中寫道，沈從文等一批前輩作家「通過刊物和個人交往栽培了 40 年代開拓

---

[75] 莎生：《文學雜誌的來去今》，《民國日報・文藝》，第 111 期，1948 年 2 月 19 日。

[76] 沈從文：《新廢郵存底（三二四）》，《益世報・文學周刊》，第 63 期，1947 年 10 月 25 日。

文學一代新風的一批作家群」[77]。在各種文化、政治因素以及老一輩作家的整合與栽培，新生代作家的聯絡與溝通之下，他們逐漸聚集在一起，並在中國文學界發出自己的聲音，被當時的文學界稱為「北平的『沈從文集團』」[78]，並產生了相當大的影響。

抗戰勝利後，革命現實主義文學和文學的「一元化」方向逐漸成為文壇主潮。以北平地區文壇為中心，以沈從文、朱光潛為代表的自由主義作家開展的文學實驗和探索，開始受到嚴厲攻擊。但是國共對抗的形式還沒有發生決定性的變化，政治對抗的夾縫給了他們一定的活動空間。由於沈從文等人主持了北平地區幾乎所有重要的報紙副刊和文學雜誌，響應那些批評和攻擊的文章只能刊登在一些小型雜誌或報紙的綜合副刊中，所以並沒有產生太大的影響。借用報紙副刊和雜誌，他們造出巨大的聲勢，培養出進行文學試驗的社會氛圍，從而保護了文學試驗者的試驗活動和試驗熱情。他們的文學實驗和探索在北平地區文壇得到了普遍的認同，穆旦、汪曾祺等人更被視為未來文學的新希望[79]。

---

[77] 袁可嘉：《從一本遲出了 40 年的小書說起》，《湘西秀士——名人筆下的沈從文，沈從文筆下的名人》，東方出版中心，1988 年，第 206 頁。

[78] 參見《泥土》、《新詩潮》、《螞蟻小集》等雜誌先後發表了《文藝騙子沈從文和他的集團》、《南北才子才女的大會串——評〈中國新詩〉》、《原形畢現的袁可嘉》、《形式主義片論》等文章。

[79] 關於這一點，有多篇文章發表，現列舉最有代表性的兩篇。其一是《平明日報·讀書界》1947 年 6 月 1 日第 26 期中的未署名的《介紹〈穆旦詩集〉》，其二是《民國日報·文藝》1948 年 2 月 19 日第 117 期署名莎生的文章《文學雜誌的去來今》，兩者都對穆旦等人的寫作表示支持和厚望。前一篇文章沒有署名，但《平明日報·讀書界》的主要撰稿人都是各個大學的文學研究者，後一篇文章的作者莎生，生平不詳，但在朱光潛接編《民國日報·文藝》以前常常在該副刊發表舊體詩作和小散文，應當是一個北平市民中

新老作家共同推動的文學試驗活動形成了一種新的文學創作思潮，引起北平地區文壇的普遍關注。1947 年 3 月 22 日《平明日報・讀書界》刊登了副刊編者的文章《雜誌・副刊・中國的新寫作》，首次對這股文學創作思潮作出大致的描述和概括[80]，並為這一文學思潮作出「新寫作」的定位和明確命名。文章重點分析了上海出版的由鄭振鐸、李健吾主編的《文藝復興》和北平出版的由朱光潛、沈從文等編輯的《現代文錄》、《大公報・星期文藝》、《益世報・文藝周刊》這四份刊物，認為這四份刊物是當前「文藝沙漠裏的綠洲」，顯示出文學實驗的精神和創作傾向，形成了新的文學創作思潮。

這篇文章在比較《文藝復興》和《現代文錄》兩種雜誌時，認為儘管二者還存在著這樣或那樣的區別，例如《現代文錄》更富於「學院氣」而且略顯沉重，《文藝復興》因為處於「激蕩的中心」而更為「活潑和豐富」。然而在文學試驗上，他們有著同樣的熱情，體現出相近的文學試驗精神和目標。文章作者認為，正是相近的文學試驗精神和目標，使二者打破了慣常的南北文學的分界：

> 普通的京派海派之分在此卻又完全用不上來，因為第一，我們只有好的與壞的作品之分，而這卻是二地都分享的，第二，戰爭使從前一些地方性的區別現在完全不

---

的文學愛好者。

[80] 編者：《雜誌・副刊・中國的新寫作》，《平明日報・讀書界》，第 18 期，1947 年 3 月 22 日。

重要了；第三，編輯之一的李健吾就是在北平成名的，鄭振鐸也在北平教過書。

可以說，這是一場以北平和天津地區為中心，由南北文學界中堅持自由主義文學精神的作家共同推動的文學創作思潮。聚集在北平地區的沈從文、朱光潛、卞之琳和一批青年作者是文學創作思潮的核心，散居於上海地區的李健吾、鄭振鐸、蕭乾，以及唐湜、陳敬容等年輕作家與他們遙相呼應。在戰爭陰雲下和現實困境中，這樣的文學創作活動是令人感動的。作者因此感歎：「目下的情況是：中國應該無人寫作，中國的窗口之前應該是一個永遠的空襲的黑幕。然而居然還有人在寫著，既無法以寫作過活，藉寫作而成名的機會也早給這個崇拜帶槍的人的時代風氣摧毀了，實在是近乎一種奇蹟，值得人流著眼淚去感謝。」

《平明日報・讀書界》的編者文章深刻的指出，這種新的文學思潮的根本特徵在於，它將表現「現實感受」與「堅守藝術本位」有機地結合起來，是一種化現實政治意識為內含精神的純文學寫作：

> 「綠洲」的字樣必然會引起一些異語。許多敏感的讀者會想到「為藝術而藝術」。我們充分明白政治在文學上的重大影響，和在許多時候這二者的無法分割。但是問題是在：這政治意識是自覺的，因此成為一種外來的雜質；還是不自覺的，因此成為一種內涵的精神呢？自覺的政治意識盡有宣傳小冊可以發泄，如果硬要成文學，則作品將是不堪卒讀，也就自己使自己的意圖失敗了的。而且，以上的幾種刊物也並不想成一種真空。就反

> 映現實說，《文藝復興》是對於眼前中國局勢的一個譴責，因為它充滿了諷刺和憤怒的作品。二個副刊貌似象牙塔，實則從創作上看，也處處都是對於內戰和物價在作著評論和抗議。

論述這一時期中國「新寫作」的這篇文章，更加凸出地將視線集中於在這些文學刊物中所展現的文學試驗活動。文章從「新寫作」文學活動的作家群、文學特徵、發展源頭和發展前景等四個方面勾勒出 40 年代後期中國文學發展出現的一些新傾向。

在文章所列舉的體現中國「新寫作」特徵的代表作家中，既包括了已經成名的老一輩作家，如沈從文；更多的則是青年作家，如李拓之的小說，穆旦、鄭敏的詩歌，袁可嘉的批評和詩論等等。文章作者稱讚鄭敏「用了一種敏感的風格向詩壇吹進了一陣新鮮」；穆旦則「有一種靈魂上的痛苦，這是他最普通的觀念都得了一種深厚和莊嚴」；而袁可嘉的評論有嚴密的「分析」方法，在文學批評方面也能獨成一格。文章在稱讚這些「新生代」作家的同時，也指出了他們的某些不足，並提出了殷切的希望。例如，文章在稱讚李拓之的小說融匯精神分析於歷史故事，深入表現「現代的心情」的特點時，又相當深刻地指出了李拓之小說作品題材的某種局限性，並表達了自己的期待：「這類題材是反常的，反常的東西易寫，因此除非作者他能在別的題材和別的人物上同樣優秀，我們還無法說我們已經得到了一個大手筆」。

在分析「新寫作」的作品時，這篇文章還敏銳地注意到了「新寫作」在文本上的一些凸出特徵，如對抽象的關注，對觀念的追求，文體的綜合，現實的內在化以及語言的有效運用等等，並對此頗為讚賞。最後，作者還努力探尋了中國「新寫作」文學活動發展的濫觴。這位作者明確指出，這些文學試驗的源頭可以追溯到抗戰期間西南大後方的寫作活動。抗戰時期，「寫作在西南後方的高山和公路上進行著，現在又回到了北方堅硬受難的土地上」。雖然二者間也還存在著差異，但是文學試驗的精神卻是共同的。

1947 年 12 月，袁可嘉發表了書評文章《新寫作》，評論 John Lehmann 編的 *The Penguin New Writing 30*（1947 年出版）[81]。《新寫作》是英國企鵝書店出版的一套叢書，每年出一本，介紹過去一年中的重要文學理論和批評文章。袁可嘉評論的是 1947 年出版的《新寫作》一書。這篇書評重點分析了其中的一篇 Lehmann 的《對於神話的追求》（*The Search for the Myth*），並試圖為中國文學未來的發展指出光明大路。袁可嘉認為這條大路就是「有結構的象徵系統」。20 世紀前期，西方現代主義文學創作和文學批評中出現了一個追求神話美學的潮流。「有結構的象徵系統」正是他們對神話的結構美學的概括。這一理論強調應當將文學創作看成是一個象徵的過程，對宇宙人生作全面、整體的處理，然後立體地加以表現。袁可嘉引用拉赫曼的話解釋自己贊同「有結構的象徵系統」的原因：「必須矯正一個太依賴理性的文化忽視本能的莫大危險；過去十年歷史所教給我們的則是：『來自不被理性控制的本能力量——不與愛

[81] 袁可嘉：《新寫作》（書評），《大公報・星期文藝》，第 58 期，1947 年 12 月 7 日。《對於神話的追求》是拉赫曼 1946 年在雅典的演講。

相結合——的危險，因為本能可為惡亦可行善。』」袁可嘉借著評介《新寫作》這本書，從而也來提倡「有結構的象徵系統」，希望能夠將理性與本能、物質的困厄與精神的超越有機綜合起來，顯然帶有「奪他人之酒杯」的明顯用意。因為「有結構的象徵系統」中所包含的「綜合」精神，對抽象的玄學思考，對深埋於現實之中的意識的挖掘和追求等等，可以說也正體現了此時正在平津地區進行的新的文學試驗活動的這一批作家的藝術追求。

平津文壇的文學試驗活動在熱烈活潑地進行著，而在遙遠的上海，一批充滿了朝氣，滿懷著創新的渴望和衝動的年輕人對北方的文學試驗活動做出了積極的回應。1948 年 7 月，唐湜與唐祈等人在上海《華美晚報》上協作編輯了一個文學副刊，並將副刊直接命名為《新寫作》。唐湜這樣回憶當時創辦這一副刊的經過：

> 當時唐祈的一個教書同事「小鬍子」兼編了一個《華美晚報》的副刊。我們把它接過來命名為《新寫作》，作為自己的陣地。[82]

在《新寫作》副刊的《代發刊辭》中，他們表示，《新寫作》的創刊目標就在於「新文藝的復興」[83]：

---

[82] 參見唐湜《從意度集到翡羽集》，《一葉詩談》，廣西教育出版社，2000 年 7 月。

[83] 江流：《一抹斜陽——代發刊辭》，《華美晚報．新寫作》，1948 年 7 月 26 日。

> 在這個低氣壓裏的文藝，有人指出過是充滿了墮落的氣氛與迷霧，有色刊物的充斥，就在各報上能有一純文藝的刊物就不易見到，何況認真嚴肅當作一件事來做。我們「新寫作」就想在這墮落的氣氛中，走出一條路來，這裏，廣義一點說是個同人性的刊物，所謂同人，就想在一個新的寫作方向上作若干實驗。[84]

在其後的「編輯室」欄目裏，他們進一步明確表示，所謂「新寫作」就是指一種「文字的新的運用」[85]，其目標就是在「寫作方面創出一個新的方式來」[86]。《新寫作》誕生於 1948 年 7 月，刊行了約四個月，共出版 24 期，主要作者包括了唐湜、唐祈、汪曾祺、杭約赫、楊和、江流等。唐湜的評論如《批評片段》、《還鄉願式的詩人與批評家》、《何其芳與惠特曼》，唐祈的詩作如《航海》、《女犯監獄》、《風暴》，汪曾祺的小說和散文如《邂逅》、《信》，楊和的小說如《月夜》，江流的小說如《金沙江畔》等等是其中比較凸出的作品。此外，對里爾克詩歌的譯介也是副刊的一大亮點。此時活躍於平津文壇的朱光潛、馮至是僅有的在刊物上發表作品的名作家。而備受北方自由主義作家推崇的「新生代」小說的代表人物汪曾祺更成為「新寫作」最為看好的作家。他的作品被明確指稱為「一個好的例子」，並被多次推薦給讀者[87]。「新寫作」的創作呼

---

[84] 《編輯室》，《華美晚報・新寫作》，1948 年 8 月 2 日。

[85] 江流：《一抹斜陽——代發刊辭》，《華美晚報・新寫作》，1948 年 7 月 26 日。

[86] 《編輯室》，《華美晚報・新寫作》，1948 年 10 月 4 日。

[87] 在江流的《一抹斜陽——代發刊辭》（《華美晚報・新寫作》，1948 年 7

籲在讀者中也產生了不小的反響[88]。不少作者致函編輯部，要求函購全部的《新寫作》副刊。一批以「新寫作」的創作要求為目標的作品也應運而生[89]。在推廣「新寫作」、呼喚全新文學表達的同時，他們還積極開展支持《中國新詩》、反對左翼文學界的文學批判和政治討伐的活動，發表了一系列的辯論性的文字，為穆旦、鄭敏的詩歌創作進行辯護。這些文章又與上海的《中國新詩》等雜誌相互呼應，形成了一個文學創作圈。這個文學創作圈與平津地區的文學試驗活動遙相呼應，共同構成了 40 年代後期的「新寫作」文學創作思潮。

正是基於以上的諸多原因，本文將這個以北方文壇為中心，以沈從文、朱光潛、蕭乾等自由主義作家掀起的文學實驗和探索活動命名為「新寫作」。這一概念不僅包含著一系列的文學實驗和探索活動，更體現了這些文學實驗和探索活動所追求的文學創作的新傾向。

對於「新寫作」的未來，當時的人們也曾頗為憂慮：西南後方的文學創作在戰後卻面臨著「讀不懂」的困境。沈從文在《綠魘》等系列文章中努力追求的也許是結構精緻的「抽象片段」，然而「讀者——即使是瞭解音樂的讀者——卻可能更喜歡那段鄉村穿插」，所能理解和接受的可能還是那些帶有傳統

---

月 26 日）和《編輯室》（《華美晚報・新寫作》，1948 年 10 月 4 日）中，都提出要以汪曾祺的作品為範例，開創新的寫作出路。

[88] 《代郵》，《華美晚報・新寫作》，1948 年 9 月 16 日。

[89] 例如，1948 年 10 月 4 日的《編輯室》（《華美晚・新寫作》）專門指出，江流的《金沙灘畔》（《華美晚報・新寫作》，1948 年 9 月 2 日）便是「為了符合當初的原則」特意創作的。

故事色彩的鄉村「傳奇」[90]。當然，這種憂慮並非空穴來風。《看虹錄》在發表之初就受到主流意識形態的嚴厲批判。《十四行集》和《伍子胥》雖然廣獲好評但最終成為不可重複的絕唱。《山山水水》只斷斷續續發表了其中的幾章，最後在 1948 年被作者自行銷毀。西南聯大詩人群在抗戰勝利以後卻面臨著左翼文學家的炮轟。沈從文顯然也認識到了「新寫作」的超前性：

> 近三十年來文學革命，新作品的寫作，還多只停頓到「敘述」上，能敘述故事編排故事已為第一流高手，一切理論且支持了並「敘述」故事還無能力的作家，共同作成的標準和趣味都比較容易和「時代」相合，這時代就是決無一個人會相信：某一種「抽象」見解或理想比「具體」還更堅實，一個作品的存在比一個偉人的存在還永久。[91]

但他堅信他們的文學實驗和探索「在目前即或缺少讀者理解，到另外一代，還會由批評家發掘而出，得到應有的重視」。沈從文的預言在半個世紀後終於得以實現，今天我們所要進行的工作正是力求將這個「開拓文學一代新風」的文化建設和文學試驗活動完整地「發掘」出來。

---

[90] 編者：《雜誌・副刊・中國的新寫作》，《平明日報・讀書界》，第 18 期，1947 年 3 月 22 日。

[91] 沈從文：《新廢郵存底（二八五）——一個邊疆故事的討論》，《益世報・文學周刊》，第 58 期，1947 年 9 月 20 日。

# 第二章

# 「文學救國」：從「現代化文學」到「現代國家」

## 第一節　「打開一條生路」：從新的「文學運動」開始

### 一

抗戰的勝利使得人們對於國家的想像具有了一定的現實可能性，有關國家「建設」問題的討論文章，開始大量出現在報紙雜誌上，從政治建設、經濟建設到文化、教育、道德的建設等等，不一而足。此時的北平地區，雖然遠離南京和延安，不是意識形態的主流文化中心，但由於它在中國歷史上的特殊地位，在新文化運動中的獨特貢獻，以及高校雲集的現實狀況，所以始終保持著全國學術文化中心的地位。有關「文化建國」以及如何重建北平的文化城地位的討論，成為北平地區文化界關注的重點。

在「文化建國的基礎工作」中，「在學術文化上趕上世界水平」被視為中國成為「現代國家」的必經之路[1]。於是以北平地區為據點，建設新的時代文化，進而實現改造歷史時代的目標，在北平地區文化界成為共識。在這個目標的鼓勵下，北平地區文化界呈現出一種眾聲喧嘩的狀態：復孔的討論，學術獨立的呼籲，對語體文的再思考，對五四新文化運動的反思，對胡適的十年教育計劃的爭論，知識份子和平民百姓在「文化建國」中的責任和義務，對美、英、法等國的國家建設中的文化建設討論和借鑒等等，都顯示出北平地區文化界對振興文化的不懈努力。

1946 年 10 月楊振聲在復員後的《北大文藝》第 1 期上發表了《我們要打開一條生路》。這篇文章成為戰後平津文學界建設新文化的第一聲呼喊。他熱情地呼籲道：

> 時代畀予我們的責任，我們無法避開這艱辛的工作，我們得參加那開啟生活的一群同向前進。在一切的腐爛中去培植一顆新種子，以眼淚與汗水去扶育他的生長，以自身的毀滅與暴亡去維護它的花果，——那就是我們日夜所祈禱的一個新文化的來臨。從它，將發育成一種新人生觀，從新人生觀造成我們的新國民；也從它，將滋育出的一種人類相處的新道理，新方式，來應付這個「天涯若比鄰」的新時代。

[1] 專論，《文化建國的基礎工作》，《平明日報・社評》，1947 年 2 月 27 日。

楊振聲呼籲文學工作者們通過「新文化」的培植來造成「新國民」，以適應「新時代」——二戰之後人類所面臨的新的國際環境——的到來。這篇文章同時發表於《大公報・星期文藝》第 1 期（1946 年 10 月 13 日），在戰後初期的平津文壇產生了重大的影響，引起了平津地區文化界的普遍關注。

那麼，楊振聲所主張的培植「新文化」的「生路」是什麼呢？楊振聲在編發了廢名的《響應〈打開一條生路〉》後寫了一段「附記」。在「附記」中，楊振聲將「生路」著落在「文藝」上，具體闡釋為「一、打開新舊文學的壁壘，二、打開中外文藝的界限，三、打開文藝與哲學及科學的畫界」[2]。顯然，楊振聲是純粹從文學創造的角度來談他的「生路」，將「新文化」的建設著落在「新文藝」的建設上。他主張從文學革新入手，通過新的文學創作來提升青年國民的思想深度和廣度，從而建立起新的道德觀和人生觀，推動新時代的到來。

「打開生路」的呼籲在平津地區文化界得到了頗多響應。首先起來響應的是廢名。在《響應〈打開一條生路〉》中，廢名提出應當「發揚民族精神」，主張把「講孔子」作為建設新文化的「生路」[3]。廢名極力推崇孔子的「思無邪」之說，認為中國的民族精神在於「倫常之道」，要求中國作家以「民族的自覺」，「本著倫常的精義，為中國創造些新的文藝作品」。

---

[2] 楊振聲：廢名的《響應〈打開一條生路〉》的「附記」，《大公報・星期文藝》，第 8 期，1946 年 12 月 1 日。

[3] 廢名：《響應〈打開一條生路〉》，《大公報・星期文藝》，第 8 期，1946 年 12 月 1 日。

在他看來，只有這樣的文藝才能「使人得其性情之正」，並最終「替中國打開一條生路」。

陳衡哲在比較分析了歐洲文藝復興、現代文明的格局以及中國的社會現狀之後，對中華民族以及中國文化的生路有了另一番考慮。她認為現代文化的發展使「智識的喧賓奪主，和物的征服」再一次將「人」埋進了「垃圾堆」，因此中國目前所需要的是「重來一個『人的發見』」。陳衡哲為這個「新的『人的發見』」的成功做了如下的設計：用「智識」進行「物的征服」，改變中國物質貧乏的現狀；同時，要用中國古代的人文哲學為核心，再加上「西方人文哲學的協助」，改造人們的精神生活。二者的共同作用將最終在抗戰勝利後的中國發起一場中國的「文藝復興」[4]。

世界觀與人生觀已經開始朝著「走向人民」轉變的李廣田則提出了一個反饑餓反內戰、要和平要溫飽的政治主張作為「打開生路」的唯一途徑。他認為「新文化」的建設必須依賴於「新政體」的出現，「代替帝國主義的應當是什麼主義？代替獨裁政體的應當是什麼政體？……回答了這些問題，也就確定了今天的文化和文學所應走的道路」[5]。

朱自清則認為「打開生路」的辦法首先在於「作這個時代的人」。他主張「新文化」必須勇敢地面對「時代矛盾」，文藝則應當肩負起「社會的使命」，「為新時代服務」。而當前

---

[4] 陳衡哲：《需要重來一個『人的發見』》，《大公報・星期文藝》，第 36 期，1947 年 6 月 15 日。

[5] 李廣田（黎地）：《紀念文藝節——論怎樣打開一條生路》，《大公報・星期文藝》，第 30 期，1947 年 5 月 4 日。

的時代在朱自清看來是一個「平民世紀」，新文化的根基得「打在平民身上」，文人則要走出知識份子立場，「站到平民的立場」，傳達和表現平民生活經驗[6]。

「打開生路」的要求雖然相同，尋求的道路卻各樣。但總括起來，對於「生路」的思考方式無非兩種：其一要求首先從政治的革新入手，即文學家參加到政治革新中去；其二要求以孔子思想或西方人文主義思想等等為切入點，首先進行思想革新。這些對於「生路」的不同認識和思考可以說與各自的知識結構、生命思考以及整個時代的思想潮流都有著密切的關係，從中我們已經能夠看出他們將在未來的人生道路中所做出的不同的人生選擇。

## 二

楊振聲對於建設「新文化」的「生路」的思考在沈從文那裏獲得了共鳴。1946 年 10 月前後，沈從文發表了《一種新的文學觀》、《窮與愚》、《文學周刊・編者言》、《從現實學習》等一系列文章，表述了通過文學運動來激發「民族向上前進的進取心」，進而決定國家「明日的命運」的觀點。1948 年的「五四文藝節」，沈從文又以編者名義在《平明日報・星期藝文》（第 55 期，1948 年 5 月 9 日）全文重發了楊振聲的這

---

6　朱自清：《周話》，《新生報・語言與文學》，第 8 期，1946 年 12 月 9 日，後收入《標準與尺度》，改名《什麼是文學的「生路」？》。

篇文章，以此作為對五四新文化運動的紀念，呼喚新文化的到來。這種情況說明，對於國家、民族，乃至個人的前途和新的「生路」的思考，成為這一時期一部分作家關注的中心。

對於國內的政治、戰爭形勢，沈從文從自由主義者的「中間路線」觀點出發，對國共雙方都表示了極大的不滿，認為二者都是以「為人民」為口號，實際卻「毫無對人民的愛和同情」。他認為在這樣的環境下，「年青的一代，要生存，要發展，總還會有一天覺得要另外找一條路的！這條路就必然是從爭奪以外接受一種教育，用愛與合作來重新揭示『政治』二字的含義，……一個國家的新生，進步與繁榮，也會慢慢來到人間的！」在這一過程中，文學可以發揮巨大的作用。他說：

> 文學似乎還能做點事：給他們以鼓勵，以啟示，以保證，他們似乎也才可望有一種希望和勇氣，明日來在這個由於情緒凝結自相殘毀所作成的屍骨瓦裏堆積物上，接受持久內戰帶來的貧乏和悲慘，重造一個合理的國家。[7]

沈從文主張，通過文學創作「將宗教政治充滿封建意識形成的『強迫』、『統制』、『專橫』、『陰狠』種種不健全情緒，加以完全的淨化廓清，而成為一種更強有力的光明健康人生觀的基礎」[8]。他們的思路從本質上來說與廢名、朱自清等人的思路是一致的，都是從思想革新出發進而到社會革新。只不過他們更有意

---

[7] 沈從文：《從現實學習》（二），天津《大公報》，第 5 期，1946 年 11 月 10 日。

[8] 沈從文：《一個傳奇的本事》，天津《大公報．星期文藝》，第 24 期，1947 年 3 月 22 日。

識地將思想革新與文學革新緊緊相連，希望把創造「新文藝」作為建設「新文化」的第一步。從「新文藝」到「新文化」再到「新國民」，最終實現國家的重建，這就是抗戰結束後自由主義作家群設想的建國模式。「文學」成為社會變革的堅實基礎，民族復興、國家重建的「突破口」，「救國」的根本力量。

經歷了血與火的洗禮，自由主義作家群對國家和民族的榮辱興衰有了更直接和更真實的體驗，對國家的前途和命運也有了新的認識：「昆明已發生的不幸，覺得實正象徵著國家明日更大的不幸」[9]。他們深切的感覺到國家已經走到了生死存亡的邊緣。同時身處北平這樣的遠離政治漩渦的邊緣地帶，自由主義作家也不可能將現實的政治鬥爭置於腦後。畢竟，他們已經處在一個「選擇」的時代，站到了最後的十字路口上。這是他們最後的選擇，也是他們最後的機會。於是「國家的重造」成為他們思考的頭等大事。他們也以更鮮明的態度、更明確的目標去考察現實生活，探索民族復興的途徑和方法。沈從文、朱光潛等在對女子的教育問題、青年的人生觀問題、國文教育的偏差、高等教育改革、青年的擇業問題等一系列涉及普通民眾的生活方式和生活狀態的問題加以深刻反思之後，將民族復興的途徑放在「觀念重造」上，渴望「從一種觀念重造設計中」，為當下的民族悲劇和國家苦難「做點補救工作」[10]。

在「觀念再造」的現實途徑問題上，蔡元培先生「以美育代宗教」的學說給他們以極大的啟發。

---

[9] 沈從文：《憶北平》，《大公報・星期論文》，1946 年 8 月 4 日。
[10] 沈從文：《從現實學習》，《大公報・星期文藝》，第 4、5 期，1946 年 11 月 3 日、10 日。

李長之認為，美育是文學和文化建設的一種長遠方案，是多種教育中「最符合教育本義之唯一的一種」，它「可以以全代偏，以深代淺，以內代外，可以鑄造新個人，可以鑄造新人類」。他歎息蔡元培「以美育代宗教」的主張在五四新文化運動前後已經為教育打下了「廣大而健全的基礎」，但是由於文化界的「急功近利」，最終還是萎縮了絕迹了。在當前的政治文化形勢之下，要重塑民族的世界觀、人生觀，必須「建立新的美育，建立新的美學，建立新的世界觀和形上學」[11]。

對此，沈從文也深有同感，他說：「我們實需要一種美和愛的新的宗教，來煽起更年青一輩做人的熱誠，激發其生命的抽象搜尋，對人類明日未來向上合理的一切設計，都能產生一種崇高莊嚴的感情。國家民族的重造問題，方不至於成為具文，成為空話。」[12]他表示「以美育代宗教」的主張並沒有隨著蔡元培先生的去世而喪失其價值。相反，「孑民先生的學說，似乎值得從此起始，來從教育上擴大」。他認為當前「通過美術、音樂、文學、哲學知識與興趣的普遍提倡」，使國民素質普遍提高，才能使社會問題得到和平完滿的解決[13]。

對朱光潛而言，「美育教化」一直是他用功之所在。此時，他把目光更多地投向了教育。在朱光潛看來，五四新文化運動沒有獲得「絕對的成功」的一個重要原因，在於「他們想從文化思想與教育建設改造」打基礎，卻「沒有就文化教育政治社

---

[11] 李長之：《釋美育並論及中國美育之今昔及其未來——為紀念蔡孑民先生逝世作》，《苦霧集》，商務印書館，1943 年 4 月。

[12] 沈從文：《美與愛》，《沈從文文集》第 11 卷，花城出版社，1984 年。

[13] 沈從文：《窮與愚》，《益世報》，1946 年 10 月 10 日。

會組織各方面設計一種深謀遠慮的方案」。因此「沒有能醞釀一個健全的中心思想，沒有能培養一種有朝氣而純正的學風」。其結果便是因為沒有繼承者，「飆風不終日，驟雨不終朝」[14]。「美育」作為一種教育，自然會受到教育體制、教育思路的限制，因而教育改革、音樂教育、體育教育、美術教育等問題都成了朱光潛的關注點。對於文學家而言，文學則是實現「觀念重造」最好的工具。他們相信，「一個好作品照例會使人覺得在真美感覺以外，還有一種引人『向善』的力量」，讀者「從作品中接觸了另外一種人生，從這種人生景象中有所啟示，對人生或生命能作更深一層地理解」[15]。

## 第二節　民主文化：「現代化的文學」與「現代化的國家」間的橋梁

### 一

在從「新文藝」到「新文化」，最後到「新國民」、「新國家」的建國模式中，「新文藝」是出發點也是工具，「新國民」、「新國家」是終點也是目標。而「新文化」的建設，則

[14] 朱光潛：《五四運動的意義和影響》，《中國青年》，6 卷 5 期，1942 年 2 月。

[15] 沈從文：《小說的作者和讀者》，《燭虛》，文化生活出版社，1941 年 8 月。

是實現從「新文藝」到「新國家」轉化的中間環節。「國家的重建」將以它為精神基礎，「新文藝」的方向也將以它為目標。他們始終把民族國家作為一個整體來想像，對「國家的重建」的討論，針對的是整個民族而不是某一個具體的特定階級。對於「新國家」的希望，他們談得較少，而且往往只是一些類似「與世界上的現代國家在各方面並駕齊驅」[16]的國家等並不十分明確的語句。

儘管表達上存在著巨大的差異，但對「民主國家」的認同卻隱約可見。作為在西方世界駐足七年的中國記者，蕭乾自然而然地以西方世界為參照來觀察戰後的國內局勢[17]。在《自由主義者的信念》、《政黨・和平・填土工作——論自由主義者的時代使命》、《泛論民主與自由》、《人道與人權》等文章中，他以西方社會的「民主」和「法制」體系來衡量中國現實，希望中國由此走上和平建國之路。在以塔塔木林為筆名發表的系列雜文中，蕭乾借用「紅毛」（洋人）之口，表達了他對中國社會的基本看法，幻想著中國也實現西方式的民主政治[18]。在回憶中華民國歷史的過程中，沈從文認識到，「從辛亥革命起始，中國算是一個民主國家了」。但是辛亥革命之後，多年的軍閥混戰以及國共對抗卻使得一個「民主國家」所有的「一切有形制度和抽象觀念」都崩潰消滅了。五四新文化運動之後，重建「民主國家」所有的「一切有形制度和抽象觀念」的轉機

[16] 袁可嘉，《詩與民主》，《大公報・星期文藝》，1948 年 10 月 30 日。

[17] 蕭乾：《旅英七載（1939-1946）》，《蕭乾文集》第 6 卷，浙江文藝出版社，1998 年 12 月。

[18] 這組系列論文後結集為《紅毛長談》，1948 年 8 月由《觀察》社出版。

著落在「讀書人身上」[19]。在當前的國家重建中，「國家進步的理想，為民主原則的實現」[20]。在他的國家想像中，「民主」還是建國的關鍵。

事實上，有關「民主」問題的討論，在整個 40 年代都是一個熱門話題。「民主是今世主流，人心所歸，無可抗阻」[21]。自從抗戰進入相持階段以來，將抗戰與民主結合起來進行考察，成為人們思考國家形勢的一個特點，「民主」便逐漸成為一個核心概念。

1941 年 1 月的皖南事變引發了抗戰爆發以來抗日民族統一戰線的第二次危機。三月，中國國家社會黨、中國青年黨、中國民族解放行動委員會（第三黨）、全國各界救國聯合會、中華職業教育社和鄉村建設學會，以及一部分無黨派人士聯合組成了中國民主政團同盟（後改稱「中國民主同盟」）。同盟是「國內在政治上一向抱民主思想各黨派的一種結合」，強調實行民主是目前頭等重要的任務[22]。中國民族解放行動委員會（第三黨）強調只有徹底的改革政治，切實實現民主政治，方能消除現時人民對政府的不滿，方能使人民「情願」為國家犧牲一切，最後達到「戰勝暴日」的目的[23]。即使是偏向於國民黨的

---

[19] 沈從文：《廢郵存底・明日的文學家》，《沈從文選集》，第 5 卷，四川人民出版社，1983 年。

[20] 沈從文：《一種新的文學觀》，《文潮》，1 卷 5 期，1946 年 9 月 1 日。

[21] 儲安平：《我們的志趣和態度》，《觀察》，1 卷 1 期，1946 年 9 月。

[22] 《中國民主同盟主席張瀾在招待外國記者會上的談話》，《中國民主同盟歷史文獻》，文史資料出版社，1983 年。

[23] 《中華民族解放行動委員會抗戰時期的政治主張》，《民主革命時期的民主黨派》，湖南人民出版社，1986 年。

青年黨、國家社會黨，同樣承認「民主」的重要。青年黨認為，「民主政治的完成，實為刻不容緩之事」，抗戰建國之大業必須集合全國億萬人民的心德才能完成，而只有以民主為基礎建設國家才能使全國億萬人民的心德結為一體[24]。國家社會黨則痛斥那種認為中國民眾知識能力低劣，不能夠實行民主的論點，指出民主主義是一種根本原則，實行民主是「十二分重大的問題」[25]。無黨無派的自由主義知識份子更是堅定的「民主至上論」者。儘管從托克維爾到哈耶克的西方自由主義思想家都指出過民主與自由存在著內在衝突，但是在中國自由主義知識份子的理念中，民主與自由是相伴而生、相輔相成的。沒有自由一定沒有民主，但有了自由並不一定能得到民主。他們以「民主」為基本理念，「自由主義只是達到民主的工具」，民主則是「比自由主義更高的一種境界」[26]。

中國共產黨對「民主」問題也有深入思考。毛澤東撰寫了《中國革命與中國共產黨》、《新民主主義論》、《論聯合政府》等一系列著作，形成了一套完備的「新民主主義」革命理論。中共堅定地要求戰後「取消國民黨一黨專政」，「建立民主聯合政府」[27]。1944 年 9 月，中共代表林伯渠在三屆二次國民參政會上提出了召開各黨派會議，成立民主聯合政府的主張。稍後，中共又向國民黨當局書面提出建立民主聯合政府的主張。

---

[24] 《中國青年黨第九次全國代表大會宣言》，《中華民國史料叢稿‧中國青年黨》，中華書局，1981 年。

[25] 《中國國家社會黨宣言》，《中國民主社會黨》，檔案出版社，1988 年。

[26] 鄒文海：《民主政治與自由》，《觀察》，1 卷 13 期，1946 年 11 月 23 日。

[27] 毛澤東：《論聯合政府》，《毛澤東選集》，第 3 卷。

中共的建國理論主張和這一系列活動，在國統區引起愛國民主力量的強烈反響，民主建國運動形成一次高潮。以發揚民主精神、推進民主建設為目標的新的民主黨派紛紛出現。1945年10月，由譚平山、柳亞子、王昆侖負責的三民主義同志聯合會在重慶成立。12月，由黃炎培、施復亮、章乃器負責的中國民主建國會，馬敘倫、周建人負責的中國民主促進會先後成立。1946年5月，許德珩、黎錦熙等負責的九三學社在重慶召開成立大會。由鄧演達等組織成立的政黨經歷了一系列的更名，從20年代的「中華國民黨」，30年代初期的「中國國民黨臨時行動委員會」，到抗戰前夕的「中華民族解放行動委員會」，在1947年2月又一次更名為「中國農工民主黨」。這一系列的更名活動可以說正體現了時代關注中心的移轉。社會各界人士也表達了對於「民主」的渴求。1945年2月22日由全國文化界著名人士三百餘人簽名的《文化界對時局進言》，籲請國共兩黨實行民主，團結抗日。1945年9月起出版界開始了爭取新聞出版的民主自由權益的鬥爭。1945年11月，陶行知等教育界人士主辦《民主教育》雜誌，大力呼籲教育民主，恢復教育自由。甚至馮友蘭也在思考哲學與民主的關係。與此同時，全國各地的青年學生和民眾為爭取民主自由的罷課遊行示威活動，也此起彼伏、如火如荼。可以說，抗戰結束後，在全國範圍內出現了一個爭取民主的高潮。

「民主」的出鏡率雖高，但各方對於民主的認識卻大相徑庭。在中國共產黨看來，「民主」是一種政治制度，是「聯合一切民族階級的統一戰線的政治制度」。以中國民主同盟為代表的中間黨派將「民主」從政治領域推到經濟領域乃至精神領域，提出將英美的「政治民主」和蘇聯的「經濟民主」結合起來的「民主」，才是現代中國應當爭取的「民主」[28]。而無黨無派的自由主義知識份子也在「政治民主」和「經濟民主」之外，提出了「生活方式」的民主[29]。儘管他們對民主的內涵和外延的認識存在著很大的差異，但是正如儲安平所言，大家「所感覺興趣的」還是「政治」[30]。因此在實際的論述中，「政治」問題始終是「民主」討論中的核心問題。

事實上，在 19 世紀的西學東漸中，「民主」這一概念最初就是被作為國家和政治體制來理解的。鄭觀應在《易言・論公法》裏說，「泰西有君主之國，有民主之國，有君民共主之國」，所謂「民主之國」就是指實施民主的國體和政體的國家。在其後的有關「民主」的討論中，無論是在孫中山那裏，還是在陳獨秀、李大釗那裏，其內涵始終都是圍繞著國體和政體展開的。對於這種將「民主」外延限定為政治制度的「民主」討論熱潮，這些北方的自由主義作家稱為「民主的政治熱」[31]。從文學家的身份和思維出發，他們對於「民主」也有自己的思考。

但是，回顧多年來國家政治和文化格局的變遷，他們深深地感覺到民主觀念有進一步擴大和加深的必要[32]。在他們看來，「民主」不僅僅是一種政治制度，更是「一種文化模式或內在的一種意識形態」，一種全面的、整體的文化形態。他們

---

28 《中國民主同盟臨時全國代表大會宣言》，《中國民主同盟歷史文獻》，文史資料出版社，1983 年。

29 蕭公權：《說民主》，《觀察》，1 卷 7 期，1946 年 10 月。

30 儲安平：《我們的志趣和態度》，《觀察》，1 卷 1 期，1946 年 9 月。

31 袁可嘉：《詩與民主》，《大公報・星期文藝》，1948 年 10 月 30 日。

32 袁可嘉：《詩與民主》，《大公報・星期文藝》，1948 年 10 月 30 日。

認為，作為「文化形態」的「民主」應當包括兩個層面的含義：其一是外觀的文化模式，其二是內在的意識狀態。「外觀的文化模式」涉及社會生活層面，包括政治、經濟、教育、社會倫理以及文藝政策等各方面，是「有形制度」，也是「民主」最現實、最具體、最基本，同時與人們日常生活聯繫的最緊密的一個環節。而「內在的意識狀態」則屬於精神生活層面，是「抽象觀念」，是引導人們去實現「有形制度」的內在意識[33]。這兩者可以說是密不可分，緊密相連。沒有了後者，前者便失去了根基；沒有了前者，後者也難以得到保證。

在「外觀的文化模式」和「內在的意識狀態」中，這些自由主義作家更強調民主作為「內在的意識狀態」的價值。他們傾向於把「民主」作為一種「抽象原則」來考察其在社會生活中發揮的作用。這一點一方面與他們文學家的身份有關，另一方面則是基於40年代後期「民主的政治熱」這一現實狀況提出的。在他們看來，40年代後期有關民主的討論普遍地將「民主」只看作是一種政治制度，這種狹隘的民主觀最終會使得「民主」走向獨裁、不民主。以文學為例，一旦「民主」被簡化為成為某種形式的政治制度，推進政治運動的也就成為追求「民主」的文學創作的唯一目的。他們認為這種狹隘的「民主觀」正是當前文學界宗派傾軋的原因所在[34]。只有在內在意識的層面上接受了「民主」，才能在外在的社會生活層面上實現真正的「民主」。正是在這個意義上，他們提出了「民主文化」的概念，

---

[33] 沈從文：《一種新的文學觀》，《文潮》，1卷5期，1946年9月1日。
[34] 蕭乾：《中國文藝往哪裏走？》，天津《大公報》，1947年5月5日。

以「民主文化」為「新文化」的內涵，通過勾連著外在的文化模式和內在意識狀態的「民主文化」來實現從「新文藝」到「新國民」、「新國家」的轉折。他們希望通過提出「民主文化」，形成「民主的文化熱」，糾正「民主的政治熱」所造成的偏差。在今天看來，這一時期出現「民主的政治熱」有著非常現實的客觀原因。畢竟在 40 年代後期，國體和政體問題已經成為人們的政治思考和現實鬥爭的焦點。「民主的政治熱」也許會在一定程度上影響人們對於「民主」的認識和理解，並進而影響人們的整個文化和思想生活。但無可否認的是，它的出現，在特定歷史條件下，具有其特定的歷史合理性。

## 二

從「民主文化」出發，他們對「民主」的內涵作出新的闡釋。對民主內涵的闡釋主要是由袁可嘉進行的。他指出，「民主」的本質是「從不同中求和諧」[35]。所謂「不同」，就是肯定事物具有多方面性和豐富性。所謂「和諧」，則是強調事物的相反相成，肯定事物內在的統一性。「不同」是「民主文化」的起點，「和諧」則是「民主文化」理想的完成，二者缺一不可。僅僅強調前者，豐富只能是混亂，民主就變成了無政府；僅僅著重後者，調和只能是簡化，民主也就成了變相的獨裁。「從不同中

---

[35] 袁可嘉：《批評與民主》，《民國日報・文藝》，第 126 期，1948 年 5 月 17 日。

求和諧」就是要從矛盾中求調和，強調吸收一切複雜的因素，通過適當的選擇、調整和安排而獲得某種平衡。袁可嘉以「辯證的」、「包含的」、「戲劇的」、「複雜的」、「創造的」和「有機的」來概括「民主文化」的基本特性。所謂「包含的」、「複雜的」和「創造的」，強調的是「不同」的各部分因素各有其存在的價值和獨立地位，承認各部分因素存在的現實性，以及尋求自我發展的合理性。所謂「辯證的」、「戲劇的」和「有機的」，則強調「不同」與「和諧」的關係：和諧從不同中產生，和諧的形成必定經歷各部分因素間的矛盾衝突，同時和諧的結果並不影響各部分因素的存在價值和獨立地位。

在從「新文藝」到「新文化」最後到「新國民」、「新國家」的建國模式中，「民主文化」如同一座橋梁，架設在抽象的文學與具象的國家之間。從「民主文化」到一個現代民主國家的邏輯推理是這樣完成的。首先，他們將「民主文化」指稱為一種「現代的文化」，強調是現代人生的豐富性和奇異性造就了「民主文化」。其次，他們認為現代化國家與「民主文化」之間存在著某種同構關係。產業分工的日臻細密、專家化傾向的逐漸加重、自覺意識的不斷提高等一系列現代化國家所特有的人類生存狀態，為「民主文化」的生成提供了肥沃的土壤。與此同時，「民主文化」也在一步步地引導著「現代文化」的發展趨向。既然「民主文化」是「現代文化」的發展趨向，那麼中國「如果想與世界上的現代國家在各方面並駕齊驅」，「民主文化」都是必須採取的途徑[36]。

---

[36] 袁可嘉：《詩與民主》，《大公報．星期文藝》，第 101 期，1948 年 10

在「民主文化」引導下的「新文藝」是一種「現代化」的文學[37]。其「現代化」的意義就在於，它是由現代化國家所特有的人類生存狀態推動而成的「民主文化」對文學的整體價值和表達方式提出的全新要求。這種「現代化」的文學，一方面是「民主文化」的一個部分，以實現「民主文化」為目標；另一方面它本身也必然要分擔「民主文化」的基本特質。換句話說，「現代化」的文學本身就是一個具體而微的「民主」的完成。

把「民主」與「文學」緊密的聯繫起來，這在 40 年代後期有關「文學」與「民主」關係的討論中並不少見。左翼文學家也在積極討論「文學」與「民主」的關係。郭沫若提出「文藝本身便是民主精神的表現」[38]，楊晦也曾簡潔地表示「文藝的本質是民主」[39]。這種認知與自由主義作家對於民主文化與現代化文學間的關係的理解在表達上頗為相似，內涵上卻有天壤之別。「必須在民主政治下，藝術天才方能產生，文藝方能健康發展；而文藝又可以促進民主，是極有利極有效的鬥爭武器」——楊晦對於「文學」與「民主」如何相互影響的這種闡釋表明，他們始終是從「政治」角度入手看待「民主」的。在他們的眼中，「文學」和「民主」是兩個截然不同的領域。

但是，在自由主義作家眼中，「文學」與「民主」之間卻具有某種同構性。「文學」是「民主文化」的文化諸部門之一，

---

月 30 日。

[37] 袁可嘉：《詩與民主》，《大公報・星期文藝》，第 101 期，1948 年 10 月 30 日。

[38] 郭沫若：《文藝與民主》，《青年文藝》，新 1 卷 6 期，1945 年 2 月。

[39] 楊晦：《文藝與民主》，《楊晦文學論集》，北京大學出版社，1985 年。

同時文學本身也是「有機地創造民主價值的行為」[40]。「民主文化」深入到「現代化的文學」的骨髓，在文學活動的各方面都有所體現。就作者而言，「現代化的文學」必須植根於「民主意識」。一方面，作者應當以「辯證的」、「包含的」、「戲劇的」、「複雜的」、「創造的」和「有機的」眼光看待社會生活。他必須充分認識到構成我們整個社會的不同職業、不同志趣、不同階層的人們都具有獨立的地位，構成整個文化的如政治、經濟、教育、社會倫理等不同因素各有其存在價值。另一方面，他也應當以「辯證的」、「包含的」、「戲劇的」、「複雜的」、「創造的」和「有機的」眼光反思自己，努力使自己的精神、物質、情緒、想像的生活得到更均勻的發展。

他們認為，只有如此，作者才能夠最大限度的擁抱全面的人生經驗，對於人生與現實的認識也才能更深入。惟有這樣，才可能既不至於陷入狹隘的政治熱，又可以避免單調的藝術技巧熱。就作品而言，「現代化的文學」本身即創造了「民主價值」。「現代化的文學」在寫作過程和表達方式上，都滲透了「從不同求和諧」的民主精神。每一剎那的人生經驗，都包含著不同的甚至相互矛盾的因素。必須通過字詞、語調、節奏等各種手段加以調節和綜合，以曲折、暗示和迂迴的方式來表達，才能在作品中建造出一個立體的結構，使這些矛盾複雜的因素獲得最豐富的表達效果。

---

[40] 袁可嘉：《詩與民主》，《大公報・星期文藝》，第 101 期，1948 年 10 月 30 日。

此外，文學批評也應當是「民主」的。批評與民主的關係格外密切。一方面，批評作為一種精神活動，集中體現了「允許各個人有表達不同意見而彼此爭論、辯駁、解釋、說服別人的自由」這一民主之真諦。另一方面，作為一種社會活動，批評的進行與作為「民主」外在文化模式之一的民主政治制度關係密切。因此，他們認為，「談批評必先談民主，因為在沒有民主的空間裏我們一定也見不到真正的批評；談民主也必先談批評，因為不批評的民主一定只是假民主」。

自由主義作家對文學批評的民主本質的強調，是有著強烈的現實針對性的。40 年代後期，隨著文學一元化進程的推進，從階級鬥爭出發的政治批判逐漸壓倒了從文學創作出發的文學批評，政治定性成為文學批評的「排頭兵」。對於批評家對寫作的橫加侵犯，自由主義作家給予了積極的駁斥。馮至也曾根據德文雜誌上 Max Bense 的短文《批評與論戰》著文，強調批評與論戰的嚴格區別[41]。他特意從字源上考察批評（Kritik）和論戰（Polemik）的區別，指出前者是客觀的判別是非真偽，後者多半是主觀地否定所攻擊的對象；前者估量作品的價值，發現它的優點或弱點，後者只是單純地擁護或反對某一種思想。他們提出應當在文學批評領域建立一個「民主」的空間，主張對於那種「不民主」的批評——「有些批評家對與自己脾胃不合的作品，不就文論文來指摘作品缺點，而動輒以富有毒素和反動落伍的罪名來抨擊摧殘」[42]——和只准一種作品存在的「獨裁」觀念，必須革除。

---

41 馮至：《批評與論戰》，《中國作家》，1 卷 3 期，1948 年。
42 蕭乾：《中國文藝往哪裏走？》，《大公報》，1947 年 5 月 5 日。

「民主文化」勾連著外在的社會生活和人們內在的意識狀態。正是這種特性使它能夠在抽象的文學和具象的國家之間，在文學理想和社會政治理想之間，建立一座橋梁。「文學救國」的思路也因為它的提出而臻於完美。然而歸根結底，這些也不過是從理論到理論的探討，最終還是沒能抵擋住現實政治鬥爭的洪流。

## 第三節　「文學救國」：在文學理想和社會政治理想之間

### 一

「文學救國」——將「文學」與民族文化、國民素質緊密結合起來，並最終指向國家的強盛——是 20 世紀初年以來中國的先進知識份子一以貫之的思路。

19 世紀中葉以來的中國，外患緊逼，內亂頻仍，「救國」成為壓倒一切的時代主旋律。中國的先進知識份子則自覺地擔負起探索民族出路的歷史責任。在政治鬥爭、軍事鬥爭一一遭遇失敗之後，他們開始向國民素質和民族文化模式尋找原因。中國先進知識份子對文學懷有深切的期望。他們期望文學為改良群治、開通民智出力，期望文學成為現實的社會政治變革的先導。由此，「文學革命」被抬升到無以復加的高度，被放在政治鬥爭、軍事鬥爭之前。戊戌政變之後，梁啟超發出了「今日欲改良群治，必自小說界革命始；欲新民，必自新小說始」的號召[43]，文學真正成為「經國之大業」。

在經歷了辛亥革命、二次革命等一系列的失敗之後，1917 年的《新青年》雜誌上又一次升騰起文學革新的呼聲。「今欲革新政治，勢不得不革新盤踞於運用此政治者精神界之文學」[44]。「文學救國」再次成為新一代知識份子的「救國」之路。傅斯年曾這樣明確表達他對「文學」與「救國」關係的認識：「形式的革新——就是政治的革新——是不中用的了，須得有精神上的革新——就是運用政治的思想的革新——去支配一切」，而「想把這思想革命運用成功，必須以新思想夾在新文學裏，刺激大家，感動大家，因而使大家恍然大悟」[45]。文學的革新因此具有了思想啟蒙性質，被納入到思想啟蒙的軌道上。

隨著中國社會革命與政治革命的進程，以及西方現代工業文明和商品經濟對現代中國的滲透，20 年代末期，「文學救國」思路從兩方面被逐漸被淡化了：其一，軍事救國，通過暴力革命推進中國的現代化進程取代了「思想啟蒙」。其二，商業運作機制控制文學作品的流通和傳播方式，文學的商業價值和意義前所未有的凸現出來。左翼文學家把文學視為社會政治鬥爭的「工具」，要求文學密切配合政治鬥爭形勢。以張資平為代表的一批作家則附會於商市行情，把文學當作賺錢牟利的商品。無論是文學的政治化，還是商業化，其共同的結果，都是文學本性的喪失。這在強調文學自身的獨立性，重視文學

[43] 梁啟超：《論小說與群治之關係》，《新小說》，第 1 號。
[44] 陳獨秀：《文學革命論》，《新青年》，2 卷 6 號，1917 年 2 月。
[45] 傅斯年：《白話文學與心理的改革》，《新潮》，1 卷 5 期，1919 年 5 月。

的審美品格與藝術技巧的 30 年代「京派」文學家看來，無疑是致命的。在隨之而來的「京海論爭」中，他們對這兩種傾向都給予嚴厲批駁。作為一種對抗，他們開始大力提倡「純正的文學趣味」，並將塑造國民人格精神的重大使命交給了文學。從某種意義上說，「文學一民族國家」的思路在這裏接續上了。他們把文學視為再造人生觀的途徑，是「可以修正這個制度的錯誤，糾正這個民族若干人的生活觀念的錯誤」的「用具」[46]。朱光潛以「研究如何免俗」，如何以「人生藝術化的美學力量」，「洗刷人心之非」的「單純的目的」進行著他的文藝美學研究[47]。沈從文則認為文學作品應該「成為一根槓杆、一個炸雷、一種符咒，可以因它影響到社會組織的變動，惡習氣的掃除，以及人生觀的再造」[48]。然而，30 年代「京派」文學家的「文學救國」思路是在與文學商業化、文學政治化傾向的對抗中形成的，是對商業化和政治化潮流的一種應激性反應。因此，在二、三十年代的社會政治革命潮流中，他們的「文學救國」思路完全被超越政治鬥爭的「純」文學態度，靜僻鄉野的創作題材，平和淡遠的藝術風格，和諧節制的審美追求所掩蓋。

40 年代後期自由主義作家提出的「觀念重造」與 30 年代「京派」文學家的「人生觀的再造」如出一轍。不同的是，儘管 30 年代「京派」文學的「人生觀的再造」涉及到了塑造國

---

46 沈從文：《元旦日致〈文藝〉讀者》，《大公報・文藝》，1934 年 1 月 1 日。
47 朱光潛：《談美・開場話》，《談美——給青年的第十三封信》，開明書店，1932 年。
48 沈從文：《新文人與新文學》，《大公報・文藝》，1935 年 2 月 3 日。

民人格精神的重大命題，但由於這個觀念主要還是在與文學商業化、政治化的對抗中形成，其提出的前提或入手點在於規範創作，所以討論的重點落在了「文學者的態度」上。「觀念重造」則是這些自由主義作家在將眼光放到了更為廣闊的視野中，自覺地承擔起「文學一民族國家」的重大課題，從文學的文學性和社會性、個人與社會、作者與讀者等多重關係出發提出的。因此，「人生觀的再造」以純樸、原始的「人性」和「人情」為「人生觀」的主要內容，而「觀念重造」則把「知識」和「理性」以及「勇敢和熱情」作為「觀念」的核心，並直接指向未來國家的政治和文化建設。他們堅信，「知識」和「理性」的完全覺醒是「一個國家真正進步的基礎」[49]。「懷疑」精神和「獨立思考」的立場將徹底改變「追求現實、迷信現實、依賴現實」的現狀，最終得以「凝固現實、分解現實、否定現實、並可以重造現實」[50]。而「勇敢和熱情」則要求青年人具有「宗教家的熱忱」和「藝術家的胸襟」，才能夠以堅忍的決心和毅力，無窮盡的創造欲望去追求一個「合理的世界」[51]。這時，文學工具論和獨立論、文學與政治不再絕對對立，水火不容了。他們放棄了 30 年代「京派」時期使用的含混不清的「用具」概念，把文學視為實現「觀念重造」做好的「工具」。正是由於出發點的不同，他們擺脫了 30 年代「京派」模模糊

---

[49] 沈從文：《編者言》，《益世報・文學周刊》，第 11 期，1946 年 10 月 20 日。

[50] 沈從文：《從現實學習》，《大公報・星期文藝》，第 4、5 期，1946 年 11 月 3 日、10 日。

[51] 朱光潛：《談理想的青年——回答一位青年朋友的詢問》，《青年雜誌》，1 卷 3 期，1943 年 8 月。

糊的表達，旗幟鮮明地提出了「建設一個新的文學運動」的號召，把「文學運動」與「觀念重造」、「國家重造」緊密地聯繫在一起。

「文學救國」的思路並不是憑空產生的。這些自由主義作家自覺地回溯歷史，為這一輪的「文學救國」活動尋找歷史依據和可行性。「文學救國」活動被追溯到晚清，「梁任公和吳稚暉，嚴幾道和林琴南，都曾為這種理想努過力」。辛亥革命後，這一有效的方式被疏忽了，直到五四前後才被重新啟用，並曾取得「莊嚴而偉大的」成就。晚清以來的建國復興理想激發了他們內心的衝動和激情，對文學在建國復興中的意義也有了更加深入的認識，並且相信「文學救國」活動「應當是件辦得到的事情」。同時在他們眼中，「文學救國」不是普通的活動，而是一種「試驗」[52]。「試驗」意味著探索和創新，意味著反省和懷疑，意味著打破陳規和不得不承受的巨大壓力，當然也意味著有可能到來的成功和希望。對於這一切他們顯然有清醒的認識，並坦然的承認。但這並沒有使他們在戰爭和流亡中停止思索，也沒能使他們在政治壓力下放棄。

在他們的歷史追溯中，五四新文化運動，以及五四以來中國社會曲折發展的歷史，都成為他們思考和反省的重點。如果說 30 年代「京派」作家對五四文學運動的啟蒙傳統有所留戀的話，那麼這種留戀基本還是處於不自覺或半自覺狀態。進入 40 年代後期，這些自由主義作家對於在五四新文學運動的啟

[52] 沈從文：《「文藝政策」探討》，《文藝先鋒》，2 卷 1 期，1943 年 1 月 10 日。

蒙傳統表現出強烈的承續意圖。事實上，他們以「文運的重建」來推動「國家重造」的「文學救國」思路，正是在反思五四新文學運動的過程中逐步形成的。早在抗戰時期，或者以嚴謹的學理探討方式，或者以省古鑒今的社會議論方式，沈從文、李長之、李廣田、朱光潛等曾對五四新文學運動的意義、價值等各方面問題，進行了集中思考。在他們看來，此時的中國正走在民族復興的關鍵時期，「文化解放」的要求最為急迫，反思五四文學運動將有利於「新的文化運動」的開展[53]。

在沈從文、李長之、李廣田等人的思考中，沈從文的思路最完整也最具代表性。在經歷了民族的悲劇、人民的苦難，感受到「唯實唯利庸俗人生觀」[54]對民眾精神生活的統治之後，沈從文就感覺到「建設一個新的文學運動」與「國家重造」之間的密切關係[55]。但「文學運動要有個較好的『明日』，得從『過去』和『當前』知道些問題」，沈從文將總結五四文學運動的得失作為「建設一個新的文學運動」的第一步。在《新的文學運動與新文學觀》、《白話文問題》、《小說作者與讀者》、《小說與社會》、《文運的重建》等一系列文章中，沈從文集中回顧和探討五四新文學運動的發展道路及其經驗和失誤。對五四新文學運動的啟蒙性質，沈從文給予極大的肯定，強調

---

[53] 李長之：《五四運動之文化的意義及其評價》，《大公報・星期論文》，1942 年 5 月 3 日。

[54] 沈從文：《〈長河〉題記》，重慶《大公報》，1943 年 4 月 21 日。

[55] 沈從文：《新的文學運動與新文學觀》，《燭虛》，文化生活出版社，1941 年 8 月。

「思想問題」是文學運動「真正極莊嚴」的根本所在。他認為，1926 年以後的新文學創作逐漸背離了「鑄造博大堅實富於生氣的人格」去「啟發教育讀者」的思想啟蒙之初衷，於是出現了「文運的墮落」。總結過去二十年的教訓，沈從文認為，五四文學運動的墮落主要是由於與商業、政治結緣，與學術和教育的隔離。離開了「學術」和「教育」的文學運動喪失了「五四精神」的核心：「懷疑否認的精神」和「修正改進的願望」[56]。「懷疑否認的精神」和「修正改進的願望」歸根結底還是一種獨立發展的精神。在沈從文看來，發揚這種獨立發展的精神是文運重造的關鍵[57]。要保有獨立發展的精神，必須將「文運同『教育』和『學術』聯繫在一處」，從而在作者和讀者心中，在更為廣闊的社會範圍內實現「觀念重造」，並最終影響到社會政治和民族國家。五四新文學運動的歷史經驗給了他們極大的勇氣。

沈從文滿懷希望的表示：既然「五四起始，由於幾個前進者，談文學革命，充滿信心和幻想，將語體文認定當成一個社會改造民族解放的工具，從各方面來運用這個工具，產生了作用，在國民多數中培養了『信心』和『幻想』，因此推動革命，北伐方能成功」，那麼今時今日，為何不能「從新起始」，「再好好來個二十年工作，看看這個民族的感情中，是不是還能撒播向上的種子，發芽或發酵，有個進步的明日」呢？[58]

---

[56] 沈從文：《文運的重建》，《燭虛》，文化生活出版社，1941 年 8 月。
[57] 沈從文：《紀念五四》，《益世報・文學周刊》，1948 年 5 月 4 日。
[58] 沈從文：《白話文問題》，《燭虛》，文化生活出版社，1941 年 8 月。

# 二

從 19 世紀後期到 20 世紀的 40 年代，「文學救國」的思路一直是綿延不斷。這與「政教合一」的儒家傳統所賦予中國傳統文人固有的「治國平天下」的政治抱負和「文章乃經國之大業」的歷史使命感密切相關。然而，不同時代、不同的文人團體對於「文學救國」卻有著不同的設計。這一點根源於他們對於文學與政治關係的不同認識。

在晚清文學革命時期，文學與政治的關係是直接了當的：文學革命→政治革命。五四文學運動的倡導者則在「文學革命」與「政治革命」之間加入了一個中介：「思想啟蒙」。在二、三十年代的社會政治革命和經濟發展中，「文學」與「救國」的關係開始走向兩個極端：或者分得太遠，或者貼得太近。在以張資平為代表商業作家那裏，「文學」主要是一種消費品，不想也不必去承擔「救國」這樣的重大主題；而在左翼文學家看來，文學也許本身便是社會鬥爭的一部分，在文藝領域內「加緊反對豪紳地主資產階級軍閥國民黨的政權，反對軍閥混戰」是文學的任務和目標[59]。30 年代「京派」文人是一批提倡「遠離政治」的「純」文學家，沈從文明確主張文學家應當「同政治離得稍遠一點」[60]，朱光潛批評左翼文學的「為大眾」、「為

[59] 《中國無產階級革命文學的新任務　一九三一年十一月中國左翼作家聯盟執行委員會的決議》，《文學導報》，第 8 期，1931 年 11 月。

[60] 沈從文：《新廢郵存底・五》，《沈從文文集》，第 11 卷，花城出版社，1984 年。

革命」、「為階級意識」只是一種「『文以載道』的淺陋」[61]。儘管如此，我們卻不能說京派文人不關心政治。《大小阮》、《王謝子弟》等小說在題材上涉及到許多政治事件。在對待國民黨當局嚴厲鎮壓革命作家、查禁書刊等問題上，在胡也頻、丁玲被國民黨逮捕之後，沈從文都曾挺身而出、嚴詞譴責、憤怒抗議[62]。蘆焚更為自己定下「絕不給國民黨官辦報刊寫文章」的投稿原則[63]。這正如一位研究者所言，「遠離政治」正是30年代「京派」文學家的一種政治姿態[64]。

如果說30年代「京派」文學家以「遠離政治」的方式表達他們的政治態度，所表現的政治抗爭更主要的是對權力政治文化影響力的被動反應；那麼 40 年代後期的自由主義作家群已經開始「走近政治」，以一種積極的姿態觀察、思考甚至參與到政治活動中去。進入 40 年代，這些自由主義作家群對於文學與政治的關係有了新的認識。國家政治局勢的惡化以及民族復興的希望交織在一起，使他們意識到不能再把政治徹底排除在文學之外。與 30 年代主要在文學和思想領域內談文學運動不同，此時的沈從文明確地將「文學革命」與現實政治事件聯繫在一起。他認為晚清的文學革新推動了辛亥革命，強調五四文學革命「引起了普遍的影響，方有五卅，方有三一八，方有北伐，方有統一，方有抗戰」[65]。在這種認知之下，他們對文

[61] 朱光潛：《我對於本刊的希望》，《文學雜誌》，1 卷 1 期，1937 年 5 月。
[62] 參見沈從文的《丁玲女士被捕》、《記丁玲跋》、《禁書問題》等文。
[63] 師陀：《兩次去北平》，《新文學史料》，1988 年第 2 期。
[64] 朱曉進：《「遠離政治」：一種針對「政治」的姿態》，《南京師大學報》（社科版），2000 年 2 月。
[65] 沈從文：《文運的重建》，《燭虛》，文化生活出版社，1941 年 8 月。

學與政治的關係進行了重新思考，對政治的態度也有了改變。針對戰後的政治格局和內戰，他們發表了大量的政治議論，有的甚至直接捲入政治活動。

沈從文在承認「文藝政策」為現存事實，假定其必要性的前提之下，他對這種充滿政治色彩的國家統治制度做出了一定程度的讓步。他開始討論起如何「善用文藝政策」，改進「文藝政策」的認識和運用方法，使其能夠為文學的發展、為建國發揮作用[66]。而他更大的野心在於，他要用文學作品這「唯一的工具」，培養出一批有著「誠實而健康的感覺和願望」的「未來的政治家」。這些未來的政治家將會「受偉大的文學作品所表示的人生優美原則和人性淵博知識所指導，來運用政治作工具，追求並實現文學作品所表現的理想，政治也才會有它更深遠的意義」[67]。

朱光潛的道路走得更遠。曾把新文學與國民黨文化圍剿的政治抗爭稱為是「惹是非」[68]的朱光潛此時開始把「象牙之塔」視為「作者的囚籠」[69]，並嚴厲批判知識份子的「潔身自好」。他說：「個人的潔濁事小，整個社會的潔濁事大，諸公都在袖手旁觀，中國社會不就永無澄清的希望麼？」[70]。30 年代的朱

---

[66] 沈從文：《「文藝政策」探討》，《文藝先鋒》，2 卷 1 期，1943 年 1 月 10 日。

[67] 沈從文：《「文藝政策」探討》，《文藝先鋒》，2 卷 1 期，1943 年 1 月 10 日。

[68] 朱光潛：《我對於本刊的希望》，《文學雜誌》，1 卷 1 期，1937 年 5 月。

[69] 朱光潛：《談報章文學》，《民國日報·文藝》，1948 年 2 月 2 日。

[70] 朱光潛：《蘇格拉底在中國——談中國民族性和中國文化的弱點》，《文學雜誌》，2 卷 6 期，1947 年 11 月。

光潛關注「美育教化」，以「美」化「醜」，通過美學批評和研究來提高民族素質；這時的他在繼續「美育教化」的同時，更多地直接將矛頭指向現實，通過對國人劣根性的批判來點醒國人，可以稱為是以「醜」批「醜」。學術獨立和自由的旗幟仍然舉著，但他已經開始更切實地看待政治和文化教育的關係：「政之於教，在物質方面可予以優厚或貧乏之環境，在精神方面可予以倡導或箝制之勢力」，而「近代國家教育制度與理想，英美與德意日異趨，蘇聯亦別標以幟，其原動力皆為政治」[71]。在《現代中國文學》一文中，他回眸 19 世紀末期以來中國文學的發展，把科舉制度的廢除和政體改革看作是文學變革的最重要的兩個因素。與左翼文學界注重從政治鬥爭的角度揭示政治變革對文學思潮的影響不同，他從民主政治取代了君主專制的政體變革入手，分析了文學的內容、描寫對象、寫作態度、讀者、語言形式和文學觀念等方面發生的變化。

對文學與社會、政治等外部生活的關係的理解，影響了這些自由主義作家對文學本質的認識。文學獨立觀和文學工具論兩種不同的文學本質論在他們的眼裏不再截然分離。

在現代中國文學的發展歷程中，文學獨立觀和文學工具論構成了兩條重要思想脈絡。晚清文學革命中，有文學工具論思想的鼓吹者梁啟超，也有主張「文學獨立」的王國維。在五四這個思想文化全面開放的時代，文學工具論和文學獨立思想同樣並存。陳獨秀的《文學革命論》在歐洲社會政治革命和中國社會政治革命的框架中談文學的改造，把文學的改造看作是整

---

[71] 朱光潛：《政與教》，《思想與時代月刊》，第 3 期，1941 年 10 月。

個社會政治思想運動的一部分，從而明確地將文學「改良」推進為具有強烈政治色彩的文學「革命」。與此同時，純文學觀念也在逐步形成。陳獨秀區分「文學之文」與「應用之文」，周作人區分「純文學」和「雜文學」，胡適分為「文學」與「非文學」，創造社更提出了「為藝術而藝術」的口號。當然，追求二者和諧的言論也不時出現。儘管創造社提出了「為藝術而藝術」的文學觀，但他們仍然表示：「文學是時代的良心，文學家便當是良心的戰士，在我們這種良心病了的社會，文學家尤其是任重而道遠」[72]。周作人肯定「自己的園地」，同時也希望文學能夠「福利他人」[73]。但統一二者的企圖終因政治情勢和個人選擇的巨變還未開始就已經結束。

五四以後，這兩條思路沿著各自的路線極度擴張，於是出現了革命文學運動對文學「武器作用」的片面強調和「小品文」潮流對「性靈」、「趣味」的過度追求。30 年代「京派」文學家提出「純正的文學趣味」的口號，糾正「小品文」潮流中包含的玩世不恭的「趣味主義」和「海派」作家的商業投機；而對五四「人的文學」的懷念和肯定中，也已經隱含著某些文學工具論思想的因子。但是對於這些，他們並沒有太多的自省，他們關心的是對革命文學運動的片面工具論和張資平等作家的商業化傾向的批判和反擊。

40 年代的政治文化局勢使這些原「京派」作家們明確地意識到了任何切斷文學獨立觀和文學工具論二者關係的企圖是不

---

[72] 成仿吾：《新文學之使命》，《創造周報》第 2 號，1923 年 5 月 12 日。
[73] 周作人：《自己的園地舊序》，《自己的園地》，晨報社，1923 年。

切實際的。在正視文學工具論思想的某些合理性之後，「怎樣通過文學來推進文化運動」的命題直接轉化為「怎樣通過文學的藝術特性來完成工具使命」。由此，自由主義作家群表現出了要調和、平衡這兩條似乎相悖的思想路向的企圖。在他們看來，這二者在理論上存在協調的餘地：「『工具本位』必先做到『藝術本位』才有完成工具使命的可能」，同時「在正確的意義裏，一部分優秀的文學作品必然發生說服、感化、開導的影響，使讀者對是非、善惡、美醜增加鑒別的能力，因此也就具有廣義的工具性質」[74]。但是當前的現狀卻是二者各走極端，使得差異越來越大，而消除矛盾的唯一辦法就是「修改基本原則」[75]。當然，在文學工具論占據文壇主流的現狀下，他們將「修改基本原則」的主要對象指向文學工具論。但他們畢竟走下高高在上的藝術神壇，開始關注藝術的受眾。

在討論「文學救國」對於讀者、作者的要求時，沈從文把作者分為三類。第一類，超越功利思想，其寫作是為了追求生命重造的快感，只有少量的讀者群。第二類，有應世的聰明才智和取悅讀者的關心，又注意作品的文字風格，擁有大量的讀者。第三類，走的是商業化路線或政治化路線，一時之間可能形成龐大的讀者群，但作品應制而生，因時而滅[76]。沈從文明確地將新的文學運動的展開寄託在第二類作家身上，理由是這一類作者能夠

---

[74] 袁可嘉：《「人的文學」與「人民的文學」》，《大公報·星期文藝》，1947 年 7 月 6 日。

[75] 袁可嘉：《「人的文學」與「人民的文學」》，《大公報·星期文藝》，1947 年 7 月 6 日。

[76] 沈從文：《小說的作者和讀者》，《燭虛》，文化生活出版社，1941 年 8 月。

擁有相對穩定的更大量的讀者群，也就能對更大多數的國人發生影響。而他對第二類作家的概括顯然是對文學工具論和文學獨立思想的綜合。自由主義作家群表達出「調和」的企圖，自然有著多種原因，如民族復興和國家重建的希望，國家政治局勢的惡化，以及這個「選擇」時代所形成的緊迫感等等。而「文學救國」思路以比較抽象的工具來實現現實目標的內在邏輯，要求他們將目光更多地投向現實，直面社會，以更切實的態度尋找可行的方法。這也許是他們「走近政治」、調整對文學與政治關係、平衡文學獨立論和工具論的最重要原因。

# 第三章

# 「新綜合傳統」：「民主文化」的文學形態

## 第一節　「新綜合傳統」的內涵

### 一

「綜合」是人們對戰後的國家重造設想的核心精神和主要手段。對「綜合」的強調表現在方方面面。國家的重造應當通過在「文化、心理、倫理、社會、政治、經濟」等各方面的「綜合」建設來完成[1]。對於國民黨和共產黨之間的鬥爭，也提出了「超越」壁壘的要求：「國民黨是一個歷史較久的政黨，幾次的改組，相當有彈性，何妨再包容一些，再進一步？共產黨向來過著苦鬥的日子，朝氣是有的，何妨索性大方一些，共同向現代化上走？」[2]在政治制度方面，提倡英美的政治民主和蘇聯的經濟民主的相互「充實」[3]。在文化建設方面，也要求以中國

1　張道藩：《文化運動的前瞻》，《世界日報》，1946年1月1日。
2　李長之：《傳統精神與傳統偏見》，《大公報》，1946年11月28日。
3　《中國民主同盟臨時全國代表大會宣言》，《中國民主同盟歷史文獻

古代人文哲學和西方人文哲學的相互「協助」為基礎[4]。儘管使用的詞彙有差別，但博採眾家之長的「綜合」精神卻是共同的。「綜合」精神同樣滲透到文學建設的各個方面，因而「綜合」構成了「新寫作」文學思潮的一個重要特徵。

無論是在宏觀上的對文學與政治、文學工具論和文學獨立觀關係等等的妥協與調和，還是在微觀上的在文學創作各方面的「打通」的主張，都反映出一種「綜合」精神。沈從文將自己對國家重造在文化方面的設想概括為「文化思想運動更新的綜合」[5]。對於「綜合」什麼以及怎樣「綜合」，沈從文沒有詳細闡明。但在他提出的各種文學創作的新標準中，我們可以明顯感覺到對「綜合」的追求。他主張新的小說創作應當是「傳奇性」與「現實性」、「地方色彩」與「個人生命流注」的「混合」[6]。而詩歌的語言要將「傳統（如古詩中之三曹，建安諸子，唐詩中之李杜元白不同成就）以及新語體文（如譯文中屬於沉思默想比喻豐富，由《聖經》到蒙田、紀德、里爾克等斷章金言，新詩中屬於格律試驗有成就者，如徐志摩、朱湘、聞一多、何其芳、馮至、艾青等所有不同成就）」等重新「融滙」[7]。楊

---

（1941-1949）》，文史資料出版社，1983 年。

4 陳衡哲：《需要重來一個『人的發見』》，《大公報・星期文藝》，第 36 期，1947 年 6 月 15 日。

5 沈從文：《一種新希望》，北平《益世報・海星》，1947 年 11 月 9 日、10 日。

6 沈從文：《新廢郵存底（二八五）——一個邊疆故事的討論》，第 58 期，《益世報・文學周刊》，1947 年 9 月 20 日。

7 沈從文：《新廢郵存底》，《益世報・文學周刊》，第 33 期，1947 年 3 月 22 日。

振聲提出「新文藝」建設的三個「打開」[8]：打開新舊文學的壁壘；打開中外文藝的界限；打開文藝與哲學及科學的畫界。盛澄華認為「一件藝術品的成功在於求得相反因子的調和」[9]。此外，其他作家提出的如文學應當與政治「有機的化合」[10]，詩歌要「儘量採取小說戲劇的態度」[11]，以及小說的詩化和散文化[12]等等，他們的呼籲和實踐中同樣都暗含著一種「綜合」的要求。

卞之琳更從哲學角度肯定了「綜合」的必要性和必然性。他總結紀德的思想變遷，認為紀德早年重視對立和衝突，並把對立和衝突的觀念擴大到一切領域，直到晚年紀德才明白「宣揚了多樣的成分才可以產生諧和，相反的正可以相成」。為此卞之琳提出「一切貌似對立的事物，靈與肉，心與物，美與善，群與已，……都相依為命，實是最自然的真諦；過去與將來，完滿與發展，互相推移，實也是最自然的真諦」[13]。

在戰後的「國家重造」設想中，「綜合」精神廣泛滲透。這一點自然與抗戰勝利所帶來的國家民族各方面全面重建的希望有關。新的規畫總是要總結過去的經驗和教訓，在舊的基礎

---

[8] 楊振聲：廢名的《回應打開一條生路》的「附記」，《大公報‧星期文藝》，第 8 期，1946 年 12 月 1 日。

[9] 盛澄華：《試論紀德》，《時與潮文藝》，4 卷 5、6 期，1945 年 1 月。

[10] 黎先耀：《論政治詩》，《大公報‧文藝》，第 24 期，1946 年 9 月 14 日。

[11] 聞一多：《文學的歷史動向》，《當代評論》，1943 年 12 月。

[12] 馮至的《伍子胥》、廢名的《莫須有先生坐飛機以後》分別表現出小說的詩化和散文化傾向，在此時的文學創作中產生了比較大的影響。對此，本書將在以後的章節中論述。

[13] 卞之琳：《窄門‧譯者序》，《窄門——西窗小書之二》，上海文化生活出版社，1947 年 9 月。

上進行的。「全面重建」的可能往往促使人們放任自己的思考，追求一種理想狀態，而不僅僅是就事論事的以偏糾偏。「綜合」所蘊含的有效組合不同種類、不同性質的事物，尋求最大限度的和諧與平衡，正包含著人們在「全面重建」中的理想主義精神。

明確地把「綜合」作為文學創作的原則正式提出的是袁可嘉。在《新詩現代化》中，袁可嘉提出了「新綜合傳統」的概念。他這樣解說「新綜合傳統」的內涵：

> 這個新傾向純粹出自內發的心理需求，最後必是現實、象徵、玄學的綜合傳統；現實表現於對當前世界人生的緊密把握，象徵表現於暗示含蓄，玄學則表現於敏感多思、感情、意志的強烈結合及機制的不時流露。[14]

這裏，袁可嘉把「新綜合傳統」視為詩歌美學原則，從「綜合」的對象出發，討論「新綜合傳統」。作為文學創作原則而提出的「綜合」，不再僅僅是抗戰勝利所帶來的國家民族「全面重建」希望的副產品，而具有了一定的理論基礎。「綜合」也因此而理解成為實現國家民族「全面重建」的一項原則，深化為一種「綜合理論」[15]。

40 年代後期的「新寫作」文學思潮把「民主文化」作為文學思想的根本和核心。袁可嘉對「民主文化」的「辯證性、包含性、戲劇性、複雜性、創造性、有機性、現代性」的概括與

---

[14] 袁可嘉：《新詩現代化——新傳統的尋求》，《大公報・星期文藝》，第 25 期，1947 年。

[15] 袁可嘉：《綜合與混合》，《大公報・星期文藝》，第 27 期，1947 年 4 月 13 日。

他對「綜合」的認識在根本上具有一致性。在《綜合與混合》中，袁可嘉詳細闡述了他對於「綜合」的理解。他認為「綜合是有機的統一」。它強調諸種因素之間的融合無間、有機配合，「分得清而分不開」。多種因素各自都需擴大加深、有效發展，然而又都遵守著「整體制約部分」的原則。「整體制約部分」的原則可以防止某一種因素獨占價值、放逐整體，從而保證了整體意義「得有高度表現」[16]。「綜合」可以說最根本地體現了「民主文化」的價值內涵，因而也具有了原則意義。與此同時，如前文所言，他們將「民主文化」的特質理解為「從不同中求和諧」，「不同」是「民主文化」必須的起點，「和諧」則是「民主文化」理想的完成。這種理解中同時包含著人們對「民主文化」實現過程的認識。而「綜合」原則中體現出的實踐性，又使它成為實現「民主文化」，完成從「不同」到「和諧」的基本手段。「新綜合傳統」可以說是「民主文化」在文學創作上的投影，是「民主文化」的文學形態，也是新的文學創作傾向的集中體現。

「綜合」以「有機的統一」的方式實現「從不同中求和諧」，最根本上尋求的是「最大可能量意識活動」的獲得。「最大可能量意識活動」必然來自最廣大深沉的生活經驗的領域；文學正是「許多不同經驗相互綜合的產品」，是「一張真實的合股的網絡」[17]。正是在此意義上，蕭乾看好了抗戰結束後中國文學的發展，在《苦難時代的蝕刻》裏，他說：「戰事把作家趕到

---

[16] 袁可嘉：《綜合與混合》，《大公報·星期文藝》，第 27 期，1947 年 4 月 13 日。

[17] 李瑛：《論綠原的道路》，《詩號角》，第 4 期，1948 年 4 月。

生活中去了。他們第一次聞到稻田裏的香味，看到巨大的桔林，和農村形形色色有意思的生活。最重要的是他們跟人民——居住在遠離沿海、完全不曾歐化過的人民，有了直接接觸。……因此，我們可以寄厚望於戰後的中國小說家」。在他們看來，文學作品包含的「最大可能量意識活動」的程度與文學作品價值大小是成正比的。[18]

「綜合」的特徵之一在於它是一種創造性的活動。這種「創造性」表現在作者不僅要在思想意識上，在感受世界的方式上，還要在創作題材和創作方法上都要追求「最大可能量意識活動」，要在支離破碎的現實景象之間建立某種關係，既不表達空洞的集體願望也不沉溺於迷糊的個人情緒。在文學實踐中，「綜合」包含著兩重含義：其一是宏觀上的在文學創作和欣賞中的「綜合」，強調一種「突出於許多可能傾向中的有代表性的某種趨勢」；其二是微觀上的，是對某一特定作品的形成過程的描寫。

「綜合」傾向在文學創作活動的各方面都有表現。在創作者的思想意識方面表現為：強烈的自我意識中同樣強烈的社會意識；現實描寫與宗教情緒的結合；傳統與當前的滲透；抽象思維與敏銳感覺的渾然不分；輕鬆與嚴肅相互陪襯烘托。在文本表達方面，強調任何特定時空內的感覺發展是多層次的、曲折變易的，要更準確地把握和表達，必須依賴多種因素，如意象、感覺、節奏、思想、聯想以及文字的明面和暗面等等適度配合，通過意象比喻、想像邏輯、客觀對應物等多種方法間接地表達出來。

---

[18] 袁可嘉：《談戲劇主義——四論新詩現代化》，《大公報・星期文藝》，第 84 期，1948 年 6 月 8 日。

在杜運燮的詩歌《月》中，人們不難看到，「綜合」傾向在創作者的思想意識和文本表達方面，都得到了較為全面的體現。這首詩以現代人的感覺和思維，用現代派的表現手法賦予傳統意象以嶄新的內容。「月」可以說是中國傳統詩歌最古老最典型的意象之一。它優美而純潔，它是愛情相思，是故鄉親人，是歲月流轉、人事變遷的永恒見證。而杜運燮的《月》卻另闢蹊徑，他將月作為幽默打趣的對象，以月的純美和神性來揭露出現實生活殘酷的本真，在滑稽和輕鬆背後是深刻的清醒和悲哀。

《月》在情緒結構上分為三個部分。前四節，一方面鋪敘月的美麗與高雅，另一方面又不斷地以奇特的聯想和想像對其進行嘲弄和調侃。第五節到第八節，描寫月光籠罩下的人事景物時，剝離月之光輝，讓一切美麗蕩然無存。第九節，詩人超越個體經驗而達到智性的高度，通過概括人與月的相對關係，點出現實生活的無奈。第一節起首一句，以「年齡沒有減少／你女性的魔力」寫「月永恒的美與純潔」。以「女性」對於「年齡」的敏感（有限）寫「月」與「永恒」的對應（無限），實際上卻消解了月的永恒與崇高。接下來詩人對月層層讚美，又層層剝離。在反反覆覆之中，表達出現代人渴望完美、永恒和一切的高雅，卻又不得不面對現實生活的痛苦和醜陋的複雜心態。「（看遍地夢的眼睛）／今夜的一如古昔」，在肯定之後又插入調侃：「科學家造過謠言，／說你只是個小星」，科學研究打破了千百年來人們關於嫦娥、玉兔的朦朧幻想，在「科學」與「謠言」的對照中，嘲弄了月的完美。「白天你永遠躲在家裏，／晚上才洗乾淨出來」，這一句則用日常生活再次打破「月」的高潔。接下來寫月亮「帶一隊亮眼睛的星子」徘徊到天亮，這裏看似重建月色星光的浪漫，但「因為打寒噤才回去」一句，又給月的形象增添幾分世俗的味道。「但貶抑並沒有減少／對你的饑餓的愛情」，對完善與永恒的渴望始終存在於現代人的心中。電燈永遠無法替代月的光輝，這幾句詩肯定了月的永恒性，但緊接著一句「激起情感的普遍泛濫」又一次嘲弄了月的「魔力」。

接下來的四節寫月光下的「美麗」人事片段。優雅的想像和醜陋蒼白的現實形成巨大反差，表達上的滑稽和主題的嚴肅間存在強大的張力，擴大和加深了詩歌的表現空間。詩人運用一連串的意象、比喻，「一對青年人花瓣一般／飄上河水的草場」，「蒼白的河水／拉扯著垃圾閃閃而流」，「仿佛故鄉是一顆橡皮糖」，「襤褸的苦力爛布一般，／被丟棄在路旁」，「我像滿載難民的破船／失了舵在柏油馬路上／航行」等等。這些看似不相干的比喻和意象，放置在詩歌的情緒節奏的轉換間，放置在籠罩全篇的月光波動之下，通過想像邏輯，產生新鮮和豐富的效果。

在文學批評領域，則有所謂「綜合批評」：一方面針對文本本身，要求採用嚴密的分析方法，如同外科手術室中的人體解剖一般，探求一字一句的表層意義和內在涵義，追尋一句一段之間的邏輯關聯。但是一兩個核心的觀念必然始終貫穿在分析之中，使作品保持一個整體態勢，充滿生氣。同時要把文學與宗教學、哲學、心理學、社會學等其他各種學科結合起來，從多個角度進入文本，實施批評。關於這一點，袁可嘉自己的批評文章就是最好的說明，此處不再細說。

## 二

「新綜合傳統」是袁可嘉在二十世紀三、四十年代英美現代詩歌發展進程的啟發下提出的。在《綜合與混合》、《從分析到綜合》等文章中，袁可嘉探索了「現代英詩的發展」進程。他回顧 17 世紀中葉後的英詩發展，認為 17 世紀末葉的古典派、19 世紀的浪漫派、19 世紀末葉的「為藝術而藝術」都對英詩的發展造成巨大的危害。古典派偏重理性；浪漫派放逐了理智，抬高了想像，使傷感取得合法地位；「為藝術而藝術」割裂了人生經驗。他們的共同點就在於分裂了「詩」與「人」的綜合性，以部分代替全體。袁可嘉所講的「分析」，是指從強烈的自我意識出發，把個人從廣大社會游離出來，憑藉理智的活動，俯視大千世界。現代人生的病態弱點、猥褻可憐都析然可辨。對於熙熙攘攘的世態百相，他們進行了正面的強烈諷刺和攻擊。同時，諷刺的觸角往往及於諷刺者自身，於是在憤世嫉俗中顯示出「自嘲嘲人」的特點。如果說「分析」強調的是游離於「社會」之外的對「個人」生存狀態的嘲諷、攻擊和對人性的反思，那麼「綜合」所關注的便是社會。「個人」的罪過不再那麼引人注目，社會制度本身，以及由社會制度而產生的種種畸形病態，成為他們集中抨擊的對象。但這種「綜合」是以「分析」為前提的，從敏銳的自我意識出發，逐漸擴大推遠，最終接近群體的意識。自我意識高度擴張，個體與外界的距離越來越遠，帶來了無法消除的痛苦，由此引發了對消滅自我的要求。「分析」意識發掘了自我與自我、自我與自然、自我與社會、自我與他人之間的差異和矛盾，但「綜合」意識強調他們彼此之間相互影響、攜手共進的關係。自我意識下的這諸種意義在不安和動蕩中融合無間，社會意義在這融合無間中凸現出來。個人意識和社會意識高度融合，「悲憤」取代了「自嘲」，並最後走向「憐憫」，一種高貴的人性自然流露出來，這正是現代化的文學「綜合」意識的根本特徵。不同的作者選擇不同的「綜合」方式。歸根結底，所謂的「新綜合」，在本質上就是個體意識（或個人意識）與群體意識（或集體意識）的高度綜合。

高度綜合個體意識（或個人意識）與群體意識（或集體意識）的要求，是在個體意識（或個人意識）與群體意識（或集體意識）日趨分裂的現狀下提出的。在《詩與晦澀》中，袁可嘉引用了英國詩人里德（Herbert Read）的「圓與點」的比喻，來描述西方現代詩人所面臨的個體意識（或個人意識）與群體意識（或集體意識）逐漸分裂的處境。他把社會比作一個圓，個別詩人比作一個點，考察不同歷史時期個人與社會的關係。原始時期，「由於他（指原始歌者——筆者注）和社會的協調一致，點的活動處處和圓周相合」。及至文藝復興時期，個人的自我意識逐漸覺醒，於是點開始從圓周剝離，「點的位置雖離圓周而徐徐內移，但仍能維持適度的和諧」。19 世紀的產業革命橫掃大地，「傳統準則不可再作依賴」，個人離社會，點離圓周越來越遠。20 世紀的人類人世則經歷了更全面的傳統價值的解體，其結果便是「不僅圓漸失原形，點也與四面八方絕緣」[19]。事實上，四十年代末期的中國作家也面臨著類似的處

[19] 袁可嘉：《詩與晦澀》，《益世報・文學周刊》，第 17 期，1946 年 11 月 30 日。

境。不同的是，西方現代詩人所感受到的人格裂變主要是在現代文明發展進程中逐漸產生的，而對於現代中國作家而言，戰爭則是最主要的推進劑。

沈從文回顧近十年來的國家變亂，指出戰爭使各個階層分子的情緒生活「奇詭變幻」，非常複雜：「由抑塞，萎靡，凝固，無所謂，到新的興奮，希望與憂慮交織」，最終形成了「一種人格分裂深刻苦悶」，在擾攘的人群中卻「陷於孤寂變態」[20]。廢名在黃梅老家度過了八年的避難生活。在《散文》中，他也特別提到了「大亂」和「滄桑」對自己的人生觀和文學觀的影響。事實上，戰爭對人類生活的影響是非常巨大的。它不僅改變了人們的生活方式，而且還改變了人們的思維方式。在《新詩雜話》中，朱自清反覆引用的 Archibald Macleish 在《詩與公眾世界》中的一句話：「和我們同在的公眾世界已經變成了私有的世界了，私有的世界已經變成了公眾的了。」[21]正如朱自清所感慨的，公眾世界與私有世界的交匯是這個時代最驚人的變化。在這個公眾世界和私有世界交匯的時代中，個體和全體之間呈現出相互觀照的關係：「我們從我們旁邊的那些人的公眾的多數的生活裏，看我們私有的個人生活；我們從我們以前想著是我們自己的生活裏，看我們旁邊那些人的生活」。戰爭對人們思維方式的最重要的改變就在於它將人們的群體意識和

---

[20] 沈從文：《窄而霉齋廢郵（新十九）》，《平明日報．星期藝文》，第 23 期，1947 年 9 月 28 日。

[21] Archibald Macleish 原作，朱自清譯，《詩與公眾世界》，《新詩雜話》，作家書屋，1947 年 12 月。

個體意識同時激發出來，二者的矛盾和衝突加深了人們的痛苦，也拓展了人們的思維深度和廣度。

戰爭初期，浪漫的革命英雄主義的激情使戰爭話語強勢居於完全壟斷的地位，國家觀念和民族觀念在敵人的鐵蹄下被凸顯出來，成為支撐人們在血與火中前進的主要精神力量。隨著戰爭的持續和深入，在無數次的直面死亡之後，群體意識和個體的生存欲望之間的矛盾日益明顯。人們突然發覺到「自我」是不可把握的，他人是不可依靠的，每一個個體都是如此孤立無援。自我意識的覺醒使人們對自我的存在價值和生命存在的意義充滿懷疑，對生活的荒謬性、偶然性和不確定性充滿迷惘，對人與人以及人與自我的隔膜和脫節深感痛苦。

抗日戰爭的爆發使時代的精神取向與作家個人的審美趣味、個性精神之間發生了脫節。在生存遭到威脅、戰事日益嚴峻的時代，中國知識份子「再也沒有窗明几淨的書齋，再也不能從容縝密的研究，甚至失去了萬人崇拜的風光」[22]。在民族存亡的掙扎中，中國知識份子艱難地思考著生命的意義和時代的使命。「文章下鄉，文章入伍」，戰爭要求作家放棄自我，融入群體，為抗戰而寫作；而作家的藝術自律，對個性的表現和追求與時代的群體性、一致性取向構成了不可調和的反差和衝突。「現時代的詩歌，是民族解放的呼聲，並不是幾個少數的人待在斗室中噴雲吐霧的玄學的悲哀的抒情詩。那種沒有現實性的個人抒情小詩，早已失掉了它的存在理由，而只好同木

---

[22] 賈植芳：《在這個複雜的世界裏——生活回憶錄》，《新文學史料》，1992 年 1 期。

乃伊為伍了」[23]，這一類對詩歌乃至整個文學創作提出的道德宣判比比皆是。如何在藝術良心和民族的道德良知之間作出「決斷」，是擺在所有作家面前的令人痛苦而又困惑的難題。對於卞之琳、馮至等一批堅持個人立場和藝術觀念、學院式的讀書思考和寫作生活的作家而言，這種「決斷」顯得格外艱難。一方面戰爭的殘酷現狀使他們的民族和國家觀念膨脹，並對群體意識表示了認同，開始強調群體意義和價值。另一方面深入骨髓的美學趣味、精神意向和文化心理卻又時刻提醒他們那個難以忘懷的「自我」。

在綿延不斷的戰爭和社會動蕩中，走出自我轉而認同群體意識，成為了一種潮流。

朱自清從社會學意義上認識到「個人」與「社會」的不可分隔：「個人」是作為「社會分子」而存在的，「個人」的生活本質上還是一種「公眾生活」。就當前中國的戰爭現實而言，這種生活又是一種「政治生活」。在這種生活中，人們獲得的生活經驗總括起來就是「怎樣為人類作戰」[24]。「怎樣為人類作戰」的生活經驗影響到文學創作，使文學作品呈現出「發展這個『我們』而揚棄那個『我』」的趨勢，也是自然而然之事。在這個意義上，朱自清大力肯定了作為「群眾的詩，集體的詩」的朗誦詩的存在價值。

何其芳在親眼目睹廣大農民的悲苦生活和孩童饑餓的眼睛後，靈魂受到了極大的振動。他為自己曾經是一個精緻的詩人而

---

[23] 穆木天：《關於抗戰詩歌運動》，《文藝陣地》，4 卷 2 期，1939 年 11 月 16 日。

[24] 朱自清：《詩的趨勢》，《新詩雜話》，作家書屋，1947 年 12 月。

真誠地懺悔，表示要從夢中醒來，「使自己的歌唱變成鞭棰還擊到不合理的社會的背上」[25]。他選擇了與自我的世界告別，去了延安和前線，讓自己消失在集體和社會裏，就像「一個小齒輪在一個大機械裏和其他無數的齒輪一樣快活地規律地旋轉著」[26]。

延安歸來後的卞之琳則寫作了詩集《慰勞信集》和小說《山山水水》。《慰勞信集》在題材上走出了自我的天地，與當時的抗戰詩歌步伐協調一致。他把目光投向了前線的將領和士兵、後方的工人、農民、開荒者、兒童、婦女、賣笑者以及所有為抗戰貢獻力量的群眾，以真人真事取材，主旨就在於動員一切力量，爭取最後的勝利。《山山水水》敘述了戰爭開始到皖南事變近三年間各階層知識份子的複雜反應和思想感情的回環往復。在《海與泡沫：一個象徵》一章中，小說敘述了年輕的知識份子寧倫年在集體開荒的勞動過程中對新鮮、樸實的農耕生活的體驗，以及由此而產生的生命感悟。小說中以兩個相互對立的意象「海」與「泡沫（浪花）」的關係來說明個人與集體的關係。「海」是「集體操作」、「沒有字的勞動」，是集體的象徵；「泡沫（浪花）」則象徵著知識份子的「個體」的思想。思想「是漂浮在海面上的浪花」，但「海統治著一切」，「浪花還是消失於海」的。崇尚「集體」的價值和意義，壓抑個人化的思考，構成了小說主人公的自覺追求。「他的『我』

---

[25] 何其芳：《刻意集‧序》，《刻意集》，上海文化生活出版社，1938 年 10 月。

[26] 何其芳：《夜歌和白天的歌‧初版後記》，《何其芳文集》第 2 卷，人民文學出版社，1982-1984 年。

消失於他們的『我們』中」，卞之琳對於群體意識的認同在小說中充分表達出來[27]。

更多的作家則是在絕望於現狀之後走向對群體意識的認同。馮至在《答某君》、《方法與目的》等文章中從冷漠歷史經驗和慘痛的現實例證中，看到了「個人」與「群體」在追尋理想時的不同待遇，說服自己的「自我」在群體社會中的抑制甚至消失具有某種合理性。而沈從文則是在絕望於「個人」的墮落之後，將目光投向了群體意識的再造。認同群體意識，強調群體意義和價值，成了這一群知識份子的一個共同轉變，以至於沈從文在給胡適的信中感慨「廿年中死的死，變的變，能夠守住本來立場的，老將中竟只有先生一人」[28]。

然而，對群體意識的認同並不能徹底完成「拋棄舊我迎來新吾」的蛻變[29]。保持自我，堅守藝術個性的「鬼氣」，並不是說去掉就能去掉的。朱自清在肯定了朗誦詩的集體性和群眾性時，也不免遺憾「抗戰以來的詩，似乎側重『群眾的心』而忽略了『個人的心』」[30]。馮至一方面承認這個時代是集體的時代，另一方面又為個人主義辯護，為個人主義者在這集體的時代尋求地位。「純潔」的個人主義「忠實於自己的工作、忠實於自己的見解」，這樣的個人主義「並無傷於一個健全的集體」，而且「任何一個集體的、機械化的社會，只要他是健康

---

[27] 卞之琳：《海與泡沫：一個象徵》，《明日文藝》，1943 年 11 月號 3 期。
[28] 沈從文致胡適，1944 年 9 月 16 日，《沈從文全集》，第 18 卷，北岳文藝出版社，2002 年。
[29] 馮至：《論歌德》，上海文藝出版社，1986 年，第 5 頁。
[30] 朱自清：《詩的趨勢》，《新詩雜話》，作家書屋，1947 年 12 月。

的，都不會否認個人的地位」[31]。同時，放棄自我，「隨時隨地都要委身於這龐大的集體」如果成為事實，必然會產生強大的力量。如果這個集體是使人類向上，使人類改善的，自然會做出偉大的事業。但如果「這個集體被希特勒一類的人們領導著」，結果又會怎樣？[32]馮至對於「集體」的力量又頗有疑慮。而卞之琳的《海與泡沫：一個象徵》雖然通過小說主人公的思考，表達了放棄個體、追求集體價值、社會意義和時代主題的決心。然而在小說的敘事過程中，與人物視角相重疊的敘事視角所抱持的冷眼旁觀的客觀冷靜和反諷意味，以及人物自身的體悟和發現中所夾雜的許多潛意識，卻偏離了放棄「自我」的題旨。

對集體價值、社會意義和時代主題的追求與保持「自我」固有精神之間呈現出難以逾越的矛盾與裂隙。「我是如此的愛好我自己，而又如此痛苦地想突破我自己」，何其芳的這番自白反映了這一群知識份子的矛盾心理[33]。在《歧路》中，馮至表達了詩人歧路彷徨的痛苦：「我們越是向前走，／我們便有更多的／不得不割捨的道路」，「我們／全生命無處不感到／永久地割裂的痛苦」。渴望是真誠的，痛苦同樣也出自於忠實繆斯女神的真心。知識份子搖擺於其間，不到最後時刻，這二者永遠難以較出高下。

袁可嘉借鑒西方現代詩歌的發展，同時考察了中國現代知識份子的心理結構現狀，從而概括出「新綜合傳統」。「新綜

---

31 馮至：《論個人的地位》，《自由論壇》，1945 年 18 期。
32 馮至：《教育》，昆明《中央日報星期增刊》，1945 年 2 月。
33 何其芳：《夜歌和白天的歌．初版後記》，《何其芳文集》第 2 卷，人民文學出版社，1982-1984 年。

合傳統」以個體意識（或個人意識）與群體意識（或集體意識）的「高度綜合」作為「綜合」的基本內涵，可以說為現代知識份子痛苦的精神抉擇提出一個新的思路。當然，這歸根結底還是一種理論探討，過於天真，只能在一個真空環境中實現，在現實政治鬥爭中必然會敗下陣來。

## 第二節 「新綜合傳統」的普遍意義

### 一

以「民主文化」為理論基礎的「新綜合傳統」，涉及了包括個體與社會、文學與政治、文學與現實、文學的內容與形式在內的多種文學觀念。這些帶有原則意義的理論基礎使得「新綜合傳統」具有了一種普遍性意義。同時，這些理論原則又有著很強的現實針對性，幾乎涉及到了 40 年代以來文學論爭中所有的重要問題。

對於文學與政治的關係，他們不再堅持 30 年代「京派」時期的「遠離政治」的文學觀念。沈從文對記者發表談話開始含含糊糊地承認「文學是可以幫助政治的，但用政治來干涉文學，那便糟了」[34]。而更為年輕的一代人則明確地認識到在政治與生活「變態地密切相關」的時代裏，截然分離文學與政治「是

[34] 姚卿詳：《學者在北平：沈從文》，天津《益世報》，1946 年 10 月 26 日。

既不可能也極徒然的愚行」[35]。袁可嘉由此鮮明地提出，「絕對肯定詩與政治的平行密切聯繫，但絕對否定二者之間有任何從屬關係」，把它作為「新綜合傳統」的理論原則[36]。這一理論原則一方面是出於對時代變化的認同，另一方面也是出於一種以獲取「最大可能量的意識活動」為目標的新的創作傾向和要求。既然現代人生與現代政治密切相關，政治生活深入影響了人們的情感、思維和意念，那麼隔離文學與政治，也就「無異於縮小了自己的感性半徑，減少了生活的意義，降低了生命的價值；因此這一自我限制的欲望不唯影響他作品的價值，而且更嚴重的損害個別生命的可貴意義。」[37]

在文學與現實生活的關係方面，他們提出「絕對肯定詩應包含，應解釋，應反映的人生現實性，但同樣絕對肯定詩作為藝術時必須被尊重的詩底實質」。這一原則主要是針對兩種現象提出的：其一是左翼文學界的「詩必須反映現實」的立論；其二是人們對「新寫作」文學思潮的文學創作遠離生活、晦澀難懂的疑慮。對於左翼文學界「詩必須反映現實」的立論和對「新寫作」脫離現實生活的批判，他們表示：「我們不承認有些人所強調的『今日的詩必須是反映現實的詩』，因為他們所說的現實，只是狹義包括了政治詩，諷刺詩，朗誦詩等等，那些詩

---

[35] 袁可嘉：《文學與文化》，《文學雜誌》，3 卷 4 期，1948 年 9 月。
[36] 袁可嘉：《新詩現代化——新傳統的尋求》，《大公報．星期文藝》，第 25 期，1947 年 3 月 30 日。
[37] 袁可嘉：《新詩現代化——新傳統的尋求》，《大公報．星期文藝》，第 25 期，1947 年 3 月 30 日。

在這突進的時代當然也只能算是詩的另一枝。」[38]關於此點，本書將會在第五章第三節「現實的『內在化』」中詳細論述。

對於人們對「新寫作」文學思潮的文學創作遠離生活、晦澀難懂的疑慮，他們的回答是，文學創作者也是人民的一分子，也參與現實生活。王佐良認為任何詩人個體與現實生活之間都會存在著某種聯繫，只不過有的是顯性的，有的卻是隱性的。他借用對艾略特的評論表達這一觀點：「責備艾里奧脫不接近大眾卻是一個錯誤的責備。有的詩人在他與大眾的接觸裏得了最好的詩，有的卻只有在孤獨裏最容易發揚他的天才。要後者勉強變成前者是一種全體主義的企圖，徒然造成藝術上的悲劇。一個詩人只能寫他自己，而在寫他自己的時候，因為詩人的敏感是他周圍環境裏一切變動的容受器，因為他是一面旗，搖在所有變動的風裏，所以他也寫了他的時代」[39]。但是不同作者的觀察、體驗、想像和表現的方式不同，因此雖然是同樣地源於現實生活，作品的最終形式在對比時卻產生了相當的差異。這種差異導致了「晦澀」批評的產生。他們認為不應當把「晦澀」作為評價的標準，因為「晦澀」本身是對當下社會生活的一個寫照，有著獨特的社會意義和藝術價值。

在 40 年代後期的文壇，有關形式與內容關係的討論也是一個熱點。稍微表示對文學作品的形式有所關注，就會被左翼文藝家指稱為「形式主義」，受到嚴厲的批判。李廣田的《詩的

---

[38] 李瑛：《讀鄭敏的詩》，《益世報・文學周刊》，第 33 期，1947 年 3 月 22 日。

[39] 王佐良：《一個詩人的形成——〈艾里奧脫：詩人及批評家〉之一章》，《大公報・星期文藝》，第 19 期，1947 年 2 月 23 日。

藝術》因為選擇了低吟的卞之琳、沉思的馮至，選擇了「格律詩」和「十四行集」，反覆討論了「章法與句法」、「格式與韻法」、「用字與意象」等，而被徹底否定[40]。朱光潛的「心理距離說」也被轉釋為「形式主義」[41]。左翼文學家們承認「內容既有內容所有的本質和現象；形式也同樣有它底本質以及它底現象」[42]，承認「內容決定了形式」，二者是對立統一的矛盾。對於內容與形式，他們進一步圈定為：內容應反映「時代精神或者人民的覺醒方向和覺醒狀態」，形式應該是「高級的、社會主義的人民性的形式」[43]。但這兩者的地位並不相當。「我們對於一首詩底價值的判斷，在最終的考察上，或者在最高的意義上，也還是以那一首詩底思想怎樣來決定的」[44]。文學作品的題材、主題傾向最終決定了作品的價值。在《內容一論》中，阿壠細細解讀了卞之琳的《斷章》後得出了這樣的結論：詩「要說是好詩。有美學的光輝和情致；何況此外內容又有它的密度和深度。但是問題是在：這個內容是什麼內容，這麼一個樞紐上」[45]。因為內容不合標準，《斷章》變成了唯美主義的罌粟花。

---

[40] 阿壠：《形式主義片論》，《泥土》，第 5 集，1948 年 3 月。

[41] 阿壠：《內容別論——以對於朱光潛的『心理的距離』說的批判為中心》，《泥土》，第 7 集，1948 年 5 月。

[42] 懷潮：《略論形式與內容》，《螞蟻小集》，第 6 期，1948 年 12 月。

[43] 亦門（阿壠）：《形式片論》，《詩與現實》（第一分冊），五十年代出版社，1951 年。

[44] 亦門（阿壠）：《思想片論》，《詩與現實》（第二分冊），五十年代出版社，1951 年。

[45] 亦門（阿壠）：《內容一論》，《詩與現實》（第二分冊），五十年代出版社，1951 年。

對於這種認為「形式是個信封，內容則是信紙，信紙既然裝得進信封中去，自然也毫無問題的抽得出來」的「分裂內容與形式的二元論」[46]，自由主義作家們表示了堅決的反對。他們提出，文學作品的意義「存在於全體的結構所最終獲致的效果裏」[47]。這「全體的結構」包含著三個層次。其一是每一個意義單位（字或者詞）的選用。文學作品中的字或者詞並非日常應用中的單一符號，背後都暗含著複雜的符號意義。其二是意義單位的排列秩序。字或者詞的排列秩序形成作品的語調、節奏和姿態，並擴展延伸出獨特的意象比喻。其三是聯想、想像等因素對語調、節奏、姿態以及意象比喻的「綜合」，使其構成一個「立體」組織。作者對字或者詞的選擇，排列秩序，以及如何運用想像和聯想等等，實際上已經暗含了創作過程中不易覺察的心理意識，比直接的陳述和呼喊更能反映出作者的內心世界。汪曾祺感歎道：「日光之下無新事，就看你如何以故為新，如何看，如何撈網捕捉，如何留住過眼煙雲，如何有心中的佛，花上的天堂」[48]。重要的不是說了什麼，而是怎樣去說。「說」的方式將最終決定了「說」的內容能否、以及在多大程度上被表達、被理解、被認同。正因為此，「每一篇小說有它應當有的形式」[49]。這特定的形式對於特定作品而言，是唯一的，也是不可替代的。

---

[46] 袁可嘉：《詩與意義》，《文學雜誌》，2卷6期，1947年12月。
[47] 袁可嘉：《詩與意義》，《文學雜誌》，2卷6期，1947年12月。
[48] 汪曾祺：《短篇小說的本質》，《益世報．文學周刊》，第43期，1947年5月31日。
[49] 汪曾祺：《短篇小說的本質》，《益世報．文學周刊》，第43期，1947年5月31日。

有關個體與群體關係的認識，對「新寫作」創作思潮有非常重要的意義。「新綜合」作為「民主文化」的文學形態，是以個體與群體關係為內涵的；而對個體與群體關係的認識又深深地影響作家的思維結構和思維方式，並對於「新寫作」最終呈現的文本形態、表達方式有決定性的意義。對這二者的關係，袁可嘉明確提出：「絕對強調人與社會、人與人、個體生命中諸種因子的相對相成，有機綜合，但絕對否定上述諸對稱模型中任何一種或幾種質素的獨占獨裁」。「新綜合」就是要「通過自己，完成自己而消滅自己」[50]。它以「個人意識」為起點，追求的是「群體意識」和「理想社會」的實現。

個體意識與群體意識間的抗爭貫穿了整個現代文學史。

五四時期是個人意識高度覺醒的時代。個人意識高度覺醒，給以嚴格的等級觀念支撐的封建制度以致命的一擊。伴隨著個人意識覺醒的是獨立觀、自由論、自我表現和個性解放的要求。覺醒後的人們開始認識到人的自我價值，從茫茫人海中尋找自我，肯定自己作為「人」的存在。個性解放的呼聲，對個人價值的追求，貫穿了整個文化領域，並轉化為新文學的各種主題。家庭革命、婦女解放、自我表現和愛情追求等等，都是個人意識覺醒的反映。五四以後，思想界出現了分化。在愛國學生運動和工人運動的推動下，一些革命的知識份子把眼光投向了底層，投向了普通民眾。於是他們走出書齋，走向十字街頭，自覺或不自覺地加入到群眾運動中去。郭沫若回憶這段時期自己的思想變化時說：「我從前的一些泛神論的思想，所

---

[50] 袁可嘉：《當前批評的任務》，《文學雜誌》，2 卷 7 期，1947 年 12 月。

謂個性的發展，所謂自由，所謂表現，無形無影間在我的腦筋中已經遭了清算。」[51]革命文學運動興起之後，階級意識徹底地取代了個人意識，成為時代的新寵，而那些繼續提倡個性，追求自我價值的文學家則變成了時代的反動者、保守主義者。從階級意識出發進行創作，成為一種創作潮流。馮雪峰就曾高度讚揚丁玲，認為從表現女主人公個性解放要求的《莎菲女士的日記》到純粹表現群體、沒有個體主角的《水》，丁玲走出了一條「從離社會，向『向社會』，從個人主義的虛無，向農工大眾的革命的道路。」[52]

然而，個體意識與群體意識並不能輕易地絕然分開，尤其是在社會政治鬥爭和軍事鬥爭日益激烈的時代。對於個體意識與群體意識的相互依賴而又相互矛盾的關係，魯迅體會得非常深刻。魯迅可謂是最早提倡個性主義，呼籲個體意識覺醒的作家之一。但是當大家都還沉醉於個性主義思潮的時候，魯迅已經看到了它的不足，並進行了深層次的思考。他肯定娜拉出走是個體意識覺醒的表現，但又十分現實地指出，沒有經濟制度、社會制度的改革，覺醒的個性最終將不得不低頭。革命形勢的發展以及馬克思主義思想的影響，激發了魯迅的群體意識。一直警醒於群體意志對個體意識壓制的魯迅，在後期終於還是遵從了自身的群體意識，參加了左翼作家聯盟，支持危難中的中國共產黨，為它承擔了大量的工作。但他並不盲從於群體意志，始終保持著獨立的見解。他不參加左聯的飛行集會，反對左聯

---

[51] 郭沫若：《創造十年》，《學生時代》，人民文學出版社，1979 年。

[52] 何丹仁（馮雪峰）：《關於新的小說的誕生》，《北斗》2 卷 2 期，1932 年。

對「作品主義」的批判，對於中共中央代表李立三提出的發表文章直接罵國民黨的要求也斷然拒絕。

摒棄個人意識，抹殺個性追求的創作道路終於不能持久。按照階級意識創作出來的作品概念化、公式化，缺乏生命力。於是個人意識又覺醒了，保持獨立人格和獨立思想的追求又抬頭了。置身於延安的丁玲寫出了《我在霞村的時候》和《在醫院中》這種充滿獨立思考、表現個性主義的作品。《在醫院中》的主人公陸萍就是一個參加了革命隊伍而又保持著個人思考的人物。陸萍的獨立人格和獨立思想必然地使她與周圍的環境發生衝突，成了「反黨分子」，作家本人也受到了嚴厲批判。群體意識的絕對統治地位，也激發了那些更願意講自己心以為然的話的知識份子的不滿。在王實味的《政治家・藝術家》、蕭軍的《論同志之「愛」與「耐」》、丁玲的《三八節有感》、羅烽的《還是雜文的時代》、艾青的《了解作家，尊重作家》等這些文章中，作家們從個體意識出發，反對那些壓制個性的現象，批評家長式的武斷作風，提倡尊重作家的創作個性。個人意識剛剛抬頭很快便遭到了群體意志的壓迫。1942 年的毛澤東《在延安文藝座談會上的講話》批判了「各種糊塗觀念」，其中第一項便是「人性論」。在超階級的抽象的人性論之外，毛澤東著重批判的就是「個人主義」。他說：「有些小資產階級知識份子所鼓吹的人性，也是脫離人民大眾或者反對人民大眾的，他們的所謂人性實質上不過是資產階級的個人主義，因此在他們眼中，無產階級的人性就不合於人性。現在延安有些人們所主張的作為所謂文藝理論基礎的『人性論』，就是這樣講，這是完全錯誤的。」在由此而來的延安文藝整風運動中，那些反對壓制個性、反對家長作風的觀點受到了嚴厲的批判。

抗戰勝利後，這種鄙視個體意識，推崇群體精神和階級意識的風氣逐漸從解放區滲透到整個中國文壇。同樣是表現戰爭，阿壠以鄙視個體意識，推崇群體精神和階級意識的立場給予孫鈿的《旗》和穆旦的《旗》完全不同的評價。對於二者在藝術上的特色，阿壠分析很少，他將大量的筆墨放在評論詩集的表現內容和詩人的意識結構上。「革命的旗／樹在我們堅定的意志上了／濕的旗倒了／吸著熱的鮮血／旗／更美麗／我們把它樹起來／雖然／舊了／破了／我們仍是疼愛的」——在阿壠看來，儘管孫鈿的《旗》在表現力上「不完備」，但是因為他的詩歌表現人民解放戰爭，反映了群體的意志，是「在起來鬥爭的人民底熱情的波濤裏的，那麼堅實的人民底進行的步伐裏，和有所信仰的人民底生活的要求裏」[53]，所以仍然是「新詩傳統引以為傲的」[54]。穆旦的《旗》取材於他在抗日戰爭中的戰鬥經歷。但是在民族激情之外，詩人還表達了他的很多個人性的體驗：「對於大地的懼怕、原始的雨、森林裏奇異的，看了使人害病的草木怒長，而在繁茂的綠葉之間卻是那些走在他前面的人的骷髏」[55]。對此，阿壠評價道：「穆旦，仿佛是一個外來的人，一個偶然的加入者，——即使也參加了軍隊，

[53] 阿壠：《旗片論（穆旦）》（1948年3月），《詩與現實》（第三分冊），五十年代出版社，1951年。
[54] 阿壠：《旗片論（孫鈿）》（1947年9月），《詩與現實》（第三分冊），五十年代出版社，1951年。
[55] 王佐良：《一個新中國詩人》，《文學雜誌》，2卷2期，1947年7月。

但是那裏並不是人民的意志，也感不到他們底力量，由於一時的好奇和義憤而路見不平牽入了戰渦」。因此，穆旦的詩歌「沒有戰鬥的強烈的以及堅執的感情」，在性質上是「盲目性的」、「破壞性的」，其本質是「反動的」。[56]

在這樣的歷史條件下，「新綜合傳統」提出了個體意識與群體意識的高度綜合並非偶然。它出於作家自身的生活體驗和內在要求，更是對群體精神一統天下的局面的反抗。「個體意識」以「自我」為起點，卻絕不以「歸於自己」為歸宿。從自我出發觀察、體驗現實、人生；同時從空間、時間、深度、廣度等諸方面思考現實，使作者在面對現實人生時有一定的距離，不至粘於現實世界。這種「群體意識」是從自我意識而來，這幾乎注定了它不可能是現實政治觀念中的人民意識或階級意識，而是一種以人類生命本體為核心的「群體意識」，例如歷史、心理、哲學等等。作品的社會性裏融入了同樣強烈的個性，極度個人性裏有極度的社會性。

通過對「新綜合傳統」所包含的個體與社會、文學與政治、文學與現實、文學的內容與形式等多種文學觀念的總結，袁可嘉為北方自由主義作家們的「新寫作」文學活動作出這樣的辯護：

> 目前真有一些「落伍」的人們，由於氣質及現實生活環境的限制，心中雖嚮往於大眾生活的描寫，揭發，歌頌，實際上卻確實無法依照某些人的特定模型製造作品，而他們又決不甘心學別人做些空洞姿勢；更重要的是，他

[56] 阿壠：《旗片論（穆旦）》（1948 年 3 月），《詩與現實》（第三分冊），五十年代出版社，1951 年。

們（人數多少在這兒應該不發生什麼作用，即使只是一個人也毫不影響推論）卻確實有特殊的感覺能力，特殊的表現能力，雖寫不出訂貨單上的「人民生活」，卻真能創造不合規定的源於現實生活的詩，或比「人民生活」更大的「人類生命」的詩……[57]

## 二

「新綜合傳統」不僅涉及到了文學的內部關係，同時還涉及到文學的外部關係。對文學與其他藝術類型、其他學科的關係，它有意識的加以區分，做出了自己的思考。區分文學與其他藝術類型，以及其他學科的關係，不僅僅是要為文學正名，還有著更為深刻的原因：

我們堅持要分清各種不同價值體系的界限，一方面固然為著維護詩及其價值體系的獨立地位，使他們閃避互相侵蝕消耗的弊病，另一方面尤其在通過明晰的區分，使不同類別的價值能密切接近，靈活配合；正因為我們把詩與科學分得清楚，我們才能充分了解現代詩所受科學的種種影響；正因為詩與宗教有了嚴格劃分，我們才能充分領會宗教詩優越的情趣；也正因為詩與歷史不再混

[57] 袁可嘉：《批評漫步——並論詩與生活》，《大公報・星期文藝》，第35期，1947年6月8日。

> 淆，我們才能真正認識詩是時代聲音的確實含義；分得清才合得緊，這是常識也是至理。[58]

在藝術領域內，如文學、音樂、繪畫、建築等都有各自的表達媒介，通過其獨特的表達媒介來傳達某種主題或意義，例如音樂通過旋律，繪畫通過線條和色彩，文學則通過文字來加以表達。由於媒介性質的限制，每一種藝術類型各自都有其特殊的表現方法和表達規則，同時也就形成各自獨特的欣賞途徑，產生各自特殊的藝術效果。因此，我們「不能以接近畫的方法去接近音樂，也不能以欣賞音樂的態度去欣賞詩，我們更不能向一首詩要求音樂能給予的意義，或向一曲音樂勒索畫的效果」[59]。儘管文學、音樂、繪畫、建築等各自有著自身在表達上的優勢，但是，作為藝術類型，他們之間也必然存在著共通之處，而這些共通處也使他們之間存在著相互綜合的可能。正如黑格爾所言，「這些類型儘管各有定性，卻仍是一般的類型，所以他們可以衝破他們各有一門藝術為其特殊表現方式的局限，通過其他門類藝術得到表現」[60]。繪畫擅長表現富有質感的體驗，而音樂在表現比較抽象的情緒或意識時則更勝一籌，那麼當音樂家試圖通過音樂來表達一些富有質感的體驗時，他便可以借鑒繪畫的某些表達規則而通過音符、旋律來實現，例如通過華彩樂段的增減配合形成一種空間感，強化表現效果。同樣，文學也可以借鑒音樂、繪畫等的表達規則來滿足

---

[58] 袁可嘉：《對於詩的迷信》，《文學雜誌》，2 卷 11 期，1948 年 4 月。
[59] 袁可嘉：《詩與意義》，《文學雜誌》，2 卷 6 期，1947 年 11 月。
[60] 黑格爾：《美學》，第 1 卷，商務印書館，1979 年，第 104 頁。

特殊的表達要求。因此，當昆明時期的沈從文陷入到自身的表達困境，追求抽象思想的表達時，他把目光投向了音樂。他說：「表現一抽象美麗印象，文字不如繪畫，繪畫不如數學，數學似乎又不如音樂。因為大部分所謂『印象動人』，多近於從具體事實感官經驗而得到。這印象用文字保存，雖困難尚不十分困難。但由幻想而來的形式流動不居的美，就只有音樂，或宏壯，和柔靜，同樣在抽象形式中流動，方可望將他好好保存並重現」[61]。在小說《看虹錄》中，沈從文表示他試圖借鑒和聲作曲的方法表現他所追求的抽象境界，並把批評家劉西謂和音樂家馬思聰看作是小說的最好讀者，因為他們能夠超越世俗傳統，看懂他「用人心人事作曲」的表達企圖[62]。甚至多年以後，他還一再談及自己從音樂「得到種種啟發，轉用到寫作」的大膽嘗試[63]。

文學與其他學科之間的關係也是如此。放眼當時的文學創作風氣，袁可嘉認為，「流行眼前的強人相信詩足以引起政變，改善人民生計的洪流」，使文學逐漸喪失了個性。這種極端文學工具論對文學的侵犯，文學被迫負擔了大量其他學科的課題。例如，有的人要求詩歌表現真理，於是詩歌就要「與哲學爭哲理的淵深」；有的人要求詩歌敘述群體，於是詩歌又作了歷史的注腳；有的人要求詩歌給人以道德的啟示，於是「詩與倫理學攀親」；有的人要求詩歌號召革命，於是「詩被借來代替傳單，

[61] 沈從文：《燭虛》，《燭虛》，文化生活出版社，1941年，第104頁。
[62] 沈從文：《看虹摘星錄後記》，《大公報》，1945年12月8日、10日。
[63] 沈從文：《雪晴集・給一個學音樂的》，《沈從文文集》，第11卷，花城出版社，1984年。

手榴彈」[64]。但文學畢竟是文學。它與哲學、社會學、倫理學、政治學、歷史學等等是完全不同的學科，有著自身的特點。袁可嘉分析「詩是真理」這一命題來說明文學與其他學科的差異。他強調「我們無須追問這兒所謂真理到底指什麼樣的真理」，「但當詩的真理與科學的，哲學的，歷史的，或宗教的真理相對而發生不必要的無益競爭時，我們便需緊緊把握它的真實面目：詩的真理只是從詩的文字藝術為立場所得的真理」[65]。

針對極端文學工具論對文學的干涉，袁可嘉把凸出文學的特殊性作為辨析的重點。文學，不論是群體化的還是個人化的，無論是表現大眾生活還是自我心靈的，必然都會涉及到科學、哲學、宗教、倫理、歷史和政治等等的內容和主題。但在表達這些內容和主題時，文學具有自己的一套傳達方式和規則。以語言為例，袁可嘉說「科學的語言」只是「純而又純的符號」，「詩的語言」則「完完全全是包含人的動機的象徵體」，因此「生物教科書中所提到的『玫瑰』與詩中的『玫瑰』那麼大異其趣」[66]。袁可嘉強調科學、哲學、歷史、政治等的內容和主題必須自然融入文學的表達方式。他列舉了《十四行集》與《英雄傳續集》，認為這二組詩歌都包含著一些很好的可以用作素材的觀念。但是《英雄傳續集》把表達觀念作為創作的唯一使命，「英雄死了／美人在上掉點淚。／英雄死了／枯葉飄上墳頭。……」詩歌用「教訓的口吻」進行「直線灌輸」，觀念「裸體赤陳」，缺少引人思索的力量。而《十四行集》中，儘管主

---

64 袁可嘉：《詩與意義》，《文學雜誌》，2 卷 6 期，1947 年 11 月。
65 袁可嘉：《對於詩的迷信》，《文學雜誌》，2 卷 11 期，1948 年 4 月。
66 袁可嘉：《對於詩的迷信》，《文學雜誌》，2 卷 11 期，1948 年 4 月。

題觀念清晰可辨，但詩歌通過「想像的渲染，情感的撼蕩，尤其是意象的奪目閃耀」等等，使哲學的觀念融入詩歌，成為詩的觀念[67]。

這些以「綜合」為目標的區分和辨析，實際上擴大了「新綜合傳統」的外延，有利於推動文學與其他藝術門類、其他學科之間的溝通和借鑒，真正體現了「新綜合」的基本精神。

## 三

「新綜合傳統」的普遍性不僅表現在其內涵和外延的擴展上，還表現在「新綜合傳統」的思考視角上。它不是一種單純的美學原則，而是社會學、美學、心理學等多重視角的共同產物。從社會學的角度看，文學的價值在於對社會的傳達；從美學的角度看，文學的價值在文字的藝術；從心理學的角度看，它的價值在於個人的創造。這三重視角間是一種相輔相成、有機綜合的關係。

從社會學角度來談文學有著非常悠久的歷史，在希臘古典文明時期就已經產生。柏拉圖、亞里士多德、賀拉斯都不約而同地用社會學的眼光來考察文學的起源、功能和任務。進入 20 世紀，馬克思的社會學文學觀成為最主要的從社會學角度討論文學的理論體系。袁可嘉分析馬克思對文學與社會的認識，認

67 袁可嘉：《詩與主題》，《大公報・文藝副刊》，第 55、56、57 期，1947 年 1 月 14、17、21 日。

為「馬克思一方面從生產關係來看文學，一方面卻謹慎地避免過分簡化文學與社會的有機關係的弊病」[68]。對於這種反對庸俗社會學，承認藝術美感價值的文學觀，袁可嘉覺得甚合其心。而後他通過對歐美某些後起的社會學文學批評家機械繼承馬克思的理論，僅從生產關係看文學而忽視了文學自身意義的批評，含沙射影地批評了 40 年代後期整個左翼文學界的社會學文學觀。袁可嘉表示，從社會學角度考察文學是非常必要的，這一角度清晰地闡明了文學作品與讀者、與社會的密切關係。讀者可以通過社會情況來理解作品，或者通過作品來瞭解社會。但是，從社會學角度來考察作品僅僅是考察文學的一個角度，而不是全部。他認為社會與文學間並不存在直接的等號關係，社會情況只提供了作品產生的外在條件，卻無法說明作品何以終於產生，更無從闡釋作品的優秀性質。說明作品何以產生、闡釋作品的優秀性質的工作，必須通過美學視角和心理學視角才能完成。

從美學的視角來談文學，把文學當作一種藝術來看待，可以說是抓住了文學的本質，道出了文學的本來面目。袁可嘉提出，文學作為一種文字的藝術，在具體的創作方面，「想像」的力量不可估量。通過「想像」，來綜合不同的因素，在字與字之間，在意象、節奏、語氣之間建立聯繫，形成立體的結構，將不同的、甚至相互矛盾的因素消融在其中。在文學批評這方面，它提倡「文本分析」，抓住文字這一媒介，字字推敲，只

---

[68] 袁可嘉：《我的文學觀》，《華北日報・文學副刊》，第 42 期，1948 年 10 月 24 日。

有尋找到在文字基礎上的意象、節奏、語氣等等之間相互作用的關係，才能最本質的接近文學。

「詩底道路是心底道路，因為詩底道路即是人底道路」[69]。文學既是社會的產物也是個人的產物，一件作品的產生有它外部的社會條件也有其內在的心理條件。文學家從廣泛的外界環境接受各種資訊和影響，但是要在作品中表現出來最終依靠的還是作者個人的心靈、才智。從作品與作者的關係來看，心理學視角是必不可少的。而從心理學視角來考察文學創作，是「新綜合傳統」與其他美學追求相比最為獨特之處。

從心理學的角度來談文學，並不是什麼新奇的創見。亞里士多德的「摹仿說」便是從心理學出發來探討文學創作的走向。亞里士多德以後的柯爾律治等人都延續著從心理學入手分析文學創作的道路。袁可嘉把「新綜合傳統」的心理學基礎建立在弗洛伊德以來的現代心理學上。弗洛伊德的《釋夢》建立了現代分析心理學的基礎，現代分析心理學很快便成為心理學發展的主導。在《釋夢》中，弗洛伊德分析夢與現實生活的關係，提出了凝縮、易位、分裂、第二次修正、欲望的滿足以及夢的象徵性等特徵。袁可嘉認為，凝縮、易位等特徵與現實和藝術技巧的關係有相似之處。弗洛伊德的分析心理學運用到文學批評中，將對闡釋作者背景和創作心理狀態，分析作品的藝術技巧等有極大幫助。但是它所揭露的只是作家在作品創作中的心理狀態，而沒有解釋作品何以取得這樣的形式，以及可能產生

[69] 袁可嘉：《詩底道路》，《大公報・星期文藝》，第 14 期，1947 年 1 月 18 日。

的價值。袁可嘉認為 20 世紀 20 年代以後以瑞恰茲為代表的「新批評」派綜合了神經心理學、行為心理學和弗洛伊德的分析心理學等心理學派的優勢（尤其是現代分析心理學的發現），建立了所謂的「綜合心理學」的文學批評。這種「綜合心理學」認為，「人生不過是前後綿連的『意識流』的總和」[70]。而這「意識流」則是由一連串的刺激與反應的連續、修正和配合。各種不同的刺激引起各種不同的反應，這些反應之間有些是和諧的，但更多的是矛盾衝突。因此，如何協調這些矛盾衝突的反應，便成為人生的基本任務。「人生價值的高低完全由它調協不同質量的衝動的能力而決定」。能調和最大量的衝動的心神狀態也就是人生最可貴的境界。既然作為文學創作基礎的人生無時無刻不在綜合各種不同的甚至矛盾的衝動，文學也應當且必然把「最大可能量意識狀態」作為追求的目標。

袁可嘉這樣總結這三重視角的關係：

> 文學作品來自真實的生活經驗，而一個人的生活經驗只是廣大社會經驗中的一個部分，有機地與整體相成而不可分割。個人是社會的細胞，無論如何個人主義的作家都無時無刻不在接受社會的影響，而又通過反作用，影響了社會，這中間的關係不是片面的，直線的，不僅僅是經濟因素的作用而是全部文化中種種因素的互相作用。同時，文學作品既是文字的藝術，文字的特質（不同於聲音與線條）是它有意義，而這意義並非任何作者

[70] 袁可嘉：《談戲劇主義》，《大公報・星期文藝》，第 84 期，1948 年 6 月 8 日。

> 所可私自規定，（雖然它可以發掘隱義，或通過新的用法創造出更豐富的意義）而依賴社會上的普遍同意。文字是屬於社會的，一如個人是屬於社會的；社會接受個人的影響，一如文字接受個別作家的洗煉琢磨；藝術是對於群眾的利益的貢獻，一如藝術是個體生命對於文化的貢獻。這樣說來社會的傳達。個人的創造，文字的藝術三者都必然交互滲透，辯證地行進，有機地綜合，而終之於戲劇的調和；只有如此，我們才有文學作品。[71]

社會學視角涉及到作品和讀者，美學視角考察文學與文學的媒介，心理學視角關注的是作品與作者的關係。這三重視角可以說包含了文學創作的主要要素，全面地展現出「新綜合傳統」對文學的思考。

---

[71] 袁可嘉：《我的文學觀》，《華北日報・文學副刊》，第 42 期，1948 年 10 月 24 日。

# 第四章

# 「新寫作」的文學資源

## 第一節　西南聯大的文學探索

### 一

「新寫作」文學思潮出現在抗日戰爭勝利後的 1946-1948 年間，但其文學源頭可以追溯到抗戰時期西南聯大文學探索活動。可以說，抗戰時期的西南聯大文學探索活動，為抗日戰爭勝利後平津地區文壇的「新寫作」文學思潮的出現和發展，提供了豐富的文學資源。

聯大時期的文學探索活動由已經頗有名氣而此時承擔了聯大教學任務的作家、研究者和聯大的青年學生兩方面構成。兩者共同營造出西南聯大文學創作中的創新精神。

沈從文、馮至、卞之琳、聞一多、朱自清等人紛紛修正了自己原來的文學觀念，在研究活動中對現代派文學表示出極大的興趣，在自己的創作中也表現出明顯的現代主義的傾向。1941 年 5 月，沈從文在西南聯大作了題為《短篇小說》的演講，他明確指出，短篇小說的寫作「應當把詩放在第一位，小說放在末一位」，並且特別強調「一切藝術都容許作者注入一種詩的抒情」[1]。所謂「詩的抒情」強調的是對「抽象」的關注，以個體體驗為出發點去探索抽象而永恒的生命本質。兩個月後他創作了小說《看虹錄》，而這篇小說幾乎是他以「詩的抒情」入小說觀念的一次演習。《看虹錄》完全從個體體驗出發，大量運用隱喻，每一個具象的背後都隱含著抽象的觀念，成為某種內在精神的化身，整篇小說有濃郁的詩性氣質，充滿了象徵意味和哲理色彩。而小說的題記「一個人二十四點鐘內生命的一種形式」，本身即包含了小說的敘事因素（時間）與詩的抽象意義（生命形式）。詩性之外，沈從文將音樂引入了小說，以強化小說的抽象性和流動性。他認為，「從具體事實感官經驗而得到」的印象可以用文字保存，但表現抽象美麗的印象，就只有運用「同樣在抽象形式中流動」的音樂[2]。《看虹錄》和《綠魘》都體現出沈從文希望運用「一種符號式的文字寫最抽象的概念」，以實現「近乎音樂的純粹藝術企圖」的文學探索精神[3]。

馮至在這一時期的創作與以前的創作相比也出現大的飛躍。《十四行集》全面吸收了里爾克的詩歌原則：詩不僅僅是感情，而是經驗；不是生活和事物的經驗本身，而是對經驗的提純和昇華。避免純粹的玄想，也不作感情的直抒；玄想從日常生活的情感和經驗中來，同時又拉開與現實情感的距離，冷

---

1 沈從文：《短篇小說》，《國文月刊》，1942 年 4 月號。

2 沈從文：《燭虛》，《燭虛》，上海文化生活出版社，1941 年 8 月。

3 編者：《雜誌・副刊・中國的新寫作》，《平明日報・讀書界》，第 18 期，1947 年 3 月 22 日。

靜地處理自己的情緒。《伍子胥》則進一步實踐了這個原則。選擇歷史故事有助於保持情感距離；抽象與具象結合的語言描寫有助於經驗的提升；伍子胥故事的戰爭背景與現實有所契合；專寫伍子胥逃亡中的精神流變而放棄時代社會的基本特徵的描寫。這些都使《伍子胥》超越了他的時代而成為一個抽象生命的象徵。

卞之琳的變化也被研究者屢屢提到。他的《慰勞信集》吸收了奧登的寫作方法，以個人內心的意念和想像去熔鑄和凝練火熱的戰爭激情，以詼諧和機智拉開審視自我和觀察現實的距離，將理智和親切有效的結合。小說《山山水水》接觸到三、四十年代之交中國知識份子精神世界、自我改造和人生選擇的問題。而卞之琳以一種準意識流的手法呈現出主人公的心理感受和下意識，則使小說具備了詩歌的氣質。小說還充分發揮了卞之琳詩歌創作中的語言長處，即以比喻意象的陌生化和充滿詩意的通感延伸聽覺、觸覺、視覺，從而強化了主人公的內心感覺。這種具象化感覺方式所呈現的流動性和主人公的抽象思維方式所具有的凝結性有效結合，使小說呈現出詩化色彩。

此外還有朱自清和聞一多。他們雖然沒有通過自己的創作給文學試驗增添力量，但他們在文學研究活動中對文學試驗表明了自己的態度。朱自清在《新詩雜話》中評述了中國的現代派詩，如馮至的《十四行集》、卞之琳的《魚目集》、《十年詩草》，以及「新生代」詩人的作品，如杜運燮的《滇緬公路》等，並正式提出「我們也需要中國詩的現代化、新詩的現代化」[4]。這一時期，聞一多的美學趣味也發生了變化。他認為自己的《死水》、《紅燭》已經過時，並開始偏向現代派的詩歌[5]。為此，他積極鼓勵「新生代」詩人進行詩歌革新：「要把詩做得不像詩」，「而像小說戲劇，至少讓它多像點小說戲劇，少像點詩」[6]。而在他選編的《現代詩鈔》中，現代派詩歌也被放在極其重要的位子[7]。

西南聯大的青年學生目睹了前輩作家的轉變，體會到了文學家所應有的自我突破的意識。他們追隨著前輩文人的文學探索活動，吸收西方現代派文學觀念，也在為文學探索尋找新路。對現代主義風格的追索主要來自於西方現代派文學的直接熏

---

[4] 朱自清：《詩與建國》，《新詩雜話》，三聯書店，1984 年，第 45 頁。這一時期，朱自清的文化價值觀有很大的變化，表現在文學批評上，出現一些看似矛盾的地方。例如在《抗戰與詩》、《詩與建國》、《愛國詩》、《詩與公眾世界》、《論朗誦詩》等文章中，他對詩的大眾化和集體意念給予極大的肯定，在《真詩》、《詩的趨勢》、《詩與建國》中他批評抗戰以來的詩「側重『群眾的心』而忽略了『個人的心』」，希望詩歌能夠接受西方詩歌的有益影響，從而走向「新詩的現代化」。這些看似矛盾之處，卻正體現了朱自清的此時期文化價值觀的變化。在《論雅俗共賞》中，朱自清提出了新的文化價值標準，即「雅俗共賞」，要求文學作品將純文學的求是求美精神與現實致用精神有效結合。

[5] 劉兆吉：《聞一多先生和學生一起步行三千里》，《笳吹弦誦在春城——回憶西南聯大》，雲南人民出版社，北京大學出版社，1986 年，第 45 頁。

[6] 聞一多：《文學的歷史動向》，《當代評論》，4 卷 1 期，1943 年 12 月 1 日。

[7] 參閱孫玉石，《中國現代主義詩潮史論》，北京大學出版社，1999 年，第 304-305 頁。與朱自清一樣，聞一多這一時期的文藝思想也呈現出類似的複雜性。一方面他關注現代派詩歌的發展，另一方面他對田間的鼓點式的詩歌也給予了充分的肯定。前者將詩歌作為純文學藝術，肯定了現代派詩的發展趨向；後者則從經世致用的角度出發，肯定了文學與社會、時代的關係。這種文學與致用結合的文學價值觀，在一定程度上體現了聞一多對文學本體的綜合而非偏執的認識。

陶。西南聯大青年學生對西方現代派文學資源的吸收主要集中在葉芝、艾略特、里爾克、燕卜蓀、奧登的詩歌，「新批評」理論和紀德、亨利・詹姆斯的小說等等。1938-1939 年間，英國現代派詩人和批評家燕卜蓀為西南聯大外文系開設選修課《現代英詩》。在他的指導下，校園文人們「接觸到了現代派的詩人如葉芝，艾略特，奧登乃至更為年輕的狄蘭・托馬斯等人的作品和近代西方的文論」，「大開眼界，時常一起討論」[8]。另一位青年詩人奧登也曾在 1938 年與英國小說家依修午德一起來到武漢，訪問中國的抗戰前線，寫作了 23 首十四行詩，令中國青年詩人無限欽佩[9]。英國企鵝書店的《新寫作》叢書使聯大青年詩人與當時最先鋒的「新批評」理論家們保持了緊密的精神交流[10]。卞之琳曾在 1943-1944、1945-1946 兩學年為西南聯大外文系開設關於亨利・詹姆斯的選修課，詳細介紹了「意識流」和心理分析派小說。此外，卞之琳翻譯的紀德小說集《浪子回家集　新的食糧》，里爾克的《軍旗手里爾克的愛與死》和福爾的《亨利第三》等，都在聯大學生中頗有影響[11]。

---

8 周珏良：《穆旦的詩和譯詩》，《一個民族已經起來——懷念詩人翻譯家穆旦》，杜運燮等編，江蘇人民出版社，1987 年，第 20 頁。

9 袁可嘉：《從分析到綜合——現代英詩的發展》，《益世報・文學周刊》，第 24 期，1947 年 1 月 18 日。

10 袁可嘉：《新寫作》（書評），天津《大公報・星期文藝》，第 58 期，1947 年 12 月 7 日。袁可嘉談到在昆明期間時常讀到企鵝版的《新寫作》（原版）。

11 參見汪曾祺的《短篇小說的本質》和《美學情感的需要和社會效果》等文章。汪曾祺在文章中回憶西南聯大生活，說他自己曾經「成天挾著一本紀德的書坐茶館」，並稱讚福爾和里爾克的短篇小說是理想的小說。

老師們的文學思考也對他們產生一定的影響。在西南聯大的校園文學活動中，老師和學生之間的交往是很頻繁的。從「南湖詩社」到「高原文藝社」，從「群社」到「冬青社」，學生的文學社團活動一直非常活躍，從沒中斷。前輩文人對他們的活動也頗為關注。聞一多、馮至、卞之琳、李廣田等被聘為社團文學活動的導師，不時地發表文學演講，參加文學座談。朱自清、沈從文合編的《中央日報・平明》副刊成為集中刊發聯大學生文學作品的最早園地之一。學生們創辦的《文聚》雜誌，獲得了沈從文、朱自清、卞之琳等老師的大力支持，成為抗戰時期雲南地區最重要的文學刊物之一。此外，沈從文還時常將學生們的作品成包的寄往香港《大公報》的《文藝》和《戰線》副刊，推薦發表[12]。如上文所說，沈從文、馮至、聞一多等人的文學思想已經漸漸偏向了現代主義，這些必然會在他們與學生的交往中，對學生創作的品評中表現出來。穆旦、杜運燮、羅寄一的充滿現代主義詩風的作品收入《現代詩鈔》，與郭沫若、徐志摩、馮至等人的作品並列，成為中國新詩發展二十年的成果。這一做法必然會影響到學生們的創作方向。從《平明》到《文聚》，學生們的創作逐漸走向成熟，並且呈現出從浪漫主義走向現代主義的傾向。《平明》中的作品大多還是以直抒胸臆的抒情為主，內容多是鄉村牧歌情調和抗日情緒的結合。但穆旦的《一九三九年火炬行列在昆明》和趙瑞蕻的《昆明底一個畫像——贈新詩人穆旦》等詩歌中，已經出現了現代主義

---

[12] 陳紀瀅：《三十年代作家直接印象記》，台灣商務印書館股份有限公司，1986 年 8 月，第 68 頁。

的端倪。進入《文聚》時期，現代主義風格的作品開始占據主力，校園文人們的創作開始走向成熟，穆旦的《讚美》、《詩八首》，杜運燮的《滇緬公路》等，便是其中的佼佼者。

學生們熱切地關注著老師們的理論思考和創作實踐。杜運燮回憶說：「一九四〇年，卞之琳先生從四川到昆明西南聯大任教。……因我愛寫詩，也愛讀他的作品，常去請教，當然也是我的老師。……卞之琳的新作給昆明愛好文藝青年很深的印象，我們那一代青年都讀過卞之琳的《魚目集》、《漢園集》中的《數行集》，以及《斷章》、《尺八》、《距離的組織》等名篇，因此對他去解放區和改變詩風，都特別感興趣」[13]。老師們也從學生們的創作活動中得到種種啟示，產生種種反思。馮至回憶說，在昆明時常去參加學生們的文學聚會，「每次開會回來，心裏都感到興奮，情感好像得到一些解放」[14]。這些年輕的文人，「新鮮活潑，因為他們深知他們處在一個既不新鮮也不活潑的社會裏。由此他們更深一層意識到時代給與他們的幸福與苦難。他們的作品使前一輩詩人回顧自己走過狹窄的道路而感到慚愧，他們的聲音使一些自居為青年導師的人們失去『尊嚴』，這中間不是隱隱地孕育著一個新的趨勢、新的發展嗎？」[15]聯大師生之間相互推進相互影響，共同探索著文學發展的新路程。

---

[13] 杜運燮：《捧出意義連帶著感情——淺議卞詩道路上的轉捩點》，《卞之琳與詩藝術》，袁可嘉等主編，河北教育出版社，1990 年，第 86 頁。

[14] 馮至：《從前和現在——為新詩社四周年作》，《北大》半月刊，1948 年第 4 期。

[15] 馮至：《新的萌芽——讀繆弘遺詩》，《中央日報》，1945 年 10 月 10 日。

## 二

比較聯大時期的文學探索與平津文壇的「新寫作」，兩者之間存在著一個質的區別。聯大時期，沈從文、馮至、卞之琳的文學探索基本上還是出於自身創作的需要，出於對自身所面臨的創作困境的思考，因而具有一定的不自覺性。

在抗戰爆發前的一兩年，沈從文的文學活動由《邊城》的頂峰進入波谷。《邊城》雖得到極大的讚美，但沈從文卻感覺到沒有人明白「我寫它的意義」。「友誼的回聲中證實生命的意義」，於是「自己得到了安全」，但閱讀和創作的誤差使他對這種「安全」（習慣秩序的理解和承認）產生了懷疑。沈從文陷入了對寫作的意義，對生命存在的價值、時間的永恒性的形而上的思考。在昆明郊區的呈貢縣的八年生活中，沈從文的個人精神經歷與昆明的海天山水相連，使他感悟到其中隱含的神化的生命本質，從而啟發他做形而上的終極追思[16]。於是「生命」、「愛」、「美」成為沈從文構建新的文學觀念的核心概念。但沈從文的困惑在於，當愛欲與「神與美」等同，而抽象成為一種生命形式時，他將如何書寫和表達？「我寫了無數篇章，敘述我的感覺或印象，結果卻不曾留下。正因為各種試驗，都證明它無從用文字保存。」但「生命與抽象固不可分，真欲逃避，唯有死亡」，對自我的苛求驅使他尋找新的表達方式和

[16] 沈從文：《水雲——我怎麼創造故事，故事怎麼創造我》，《文學創作》，1卷4、5期，1943年1月、2月。

手段[17]。1940 年前後他開始創作散文集《燭虛》，這些哲理化的散文集中體現了沈從文對生命、愛與美的思考，標誌著他的創作從「外」向「內」轉變的開始。1941 年他創作《看虹錄》，將他的抽象思考融入到小說創作中。

沈從文出於對內在的精神探求，找到了抽象的「詩的抒情」以解決自己所面臨的寫作困境。而作為一位沉思型詩人，馮至則始終面臨著如何面對現實的問題。30 年代前期，馮至在德國聆聽雅思丕斯講存在主義哲學，閱讀基爾克哥爾特和尼采的著作，體會里爾克的詩歌。30 年代後期，他不得不面對戰爭、流血、死亡的震撼。在長達四年的沉默後，他創作了將現實困境融入到哲思冥想中的《十四行集》和《伍子胥》。卞之琳受抗戰現實的鼓舞，1938 年前往延安，受到毛澤東的接見。在此後的創作中，如何跳出自我擁抱現實成為他反思自身文學創作的重點。

進入「新寫作」時期，沈從文、馮至、卞之琳等人由於各種原因而減弱了自身文學創作的先鋒性。沈從文的文學試驗目標開始從文學走向文化，進而試圖走向社會政治。因此 1946 年以後，沈從文的主要活動集中於寫作政論雜文和編輯副刊，以副刊為據點推動新的文學革命運動。與此相應的，是他在文學試驗上的先鋒性有所減弱。馮至的文學觀念在抗戰勝利後發生了很大的變化。如果說，戰爭期間，馮至主要的精神資源是歌德，那麼抗戰勝利後，馮至將大部分經歷投入到杜甫研究中去，審美取向上逐漸偏向現實主義。在《今日文學的方向》座談中，他的文學觀念的變化最顯著。卞之琳 1946-1947 年在南

---

[17] 沈從文：《潛淵》，《燭虛》，上海文化生活出版社，1941 年。

開大學外文系講授英國詩歌，1947 年暑假應英國文化協會邀請赴牛津大學研究一年，1948 年底回國。其間，卞之琳的主要文學活動是翻譯奧登、艾略特的詩歌，評論紀德的小說，翻譯和修改小說《山山水水》。但在從文學革新進而到社會革新的目標的指導下，他們的文學試驗思想則由不自覺走向了自覺。他們開始了有意識的宣傳和推廣活動，大力培養和鼓勵「新生代」作家的文學試驗。

「新生代」作家也由學習和消化西方現代主義文學觀念，轉入了對「新寫作」的建設和宣傳。汪曾祺的發展便是一個例證。「新生代」作家的創作，在聯大時期還處於接受期和消化期。汪曾祺這一時期的創作如《復仇》、《待車》等等，顯示出學習意識流小說的企圖，但模仿的痕迹還很明顯，意識流的運用也還很生硬。進入「新寫作」時期，他開始嘗試將西方現代小說理念化入到對中國的人情風俗的描寫中，以純粹「中國的氣派和風格」實現「隨處是象徵而沒有一點象徵『意味』」的「現代主義的小說理想」[18]。此外，汪曾祺也開始了嚴肅的理論探討，從學習、模仿紀德、里爾克、伍爾芙的短篇小說創作，進而開始吸收其文學思想，建構自己的短篇小說理論。

抗戰勝利後，各種文學力量都在積極發展，以建立自己理想的文學生態。隨著「文藝的新方向」的喧囂和壯大，聯大的文學探索色彩逐漸暗淡。復員歸來，人們不得不投入到歷史洪流中去，更多地關注現實的社會政治鬥爭，減少對個體存在的關注。但放棄對個體存在的反思，事實上也就等於放棄了對文

[18] 唐湜：《虔誠的納蕤思》，《新意度集》，三聯書店，1990 年，第 140 頁。

學試驗的思考。比較聯大時期的文學探索活動與復員後北平城裏的文學活動，袁可嘉認為「復員以來，一般人們對新知識新事物的追求遠不如在昆明時勇銳熱烈；大家面對北平這中國歷史的具體象徵仿佛都一下累了」。他將昆明和北平作比，稱北平為「中國歷史的具體象徵」，這顯然是把昆明時期作為探尋「抽象」個體存在意義和生命永恒價值的「個體意識」覺醒的時期，昆明時期的生活列在「具體」的「中國歷史」之外。這情況讓袁可嘉頗為不滿。他自覺地探索現代英詩的發展道路，建構自己的「新詩現代化」理論的活動可以說是一種反撥。

對於前輩文人創作的反思，「新生代」作家也開始由感性進入理性。這種變化自然有評論者個人氣質的原因，但評論的目標和前提的變化也不能忽視。

在 1940 年，杜運燮曾經對新詩發展二十年做了一番評論。他認為早期白話詩幾乎毫無建樹。徐志摩和聞一多「以舊學為根基，外國形式為依據」翻出了一些新花樣，但又「太偏重形式」。轉型後的卞之琳開始了新的創作，「也給我們一個光明的啟示」，他的詩「素樸新鮮，形式情感似乎都可稱為現代的」[19]。穆旦則評論卞之琳的作品過於「冷」，繼承了艾略特的「腦神經的運用代替了血液的激蕩」的寫作，而他更希望看到「帶著血絲」的意象，「充滿著遼闊的陽光，和溫暖，和生命的誘惑」的詩歌[20]。這些評論多是感性的認識，而評論目標也偏向於指導創作。

---

[19] 杜運燮：《尋路》，昆明《中央日報・平明》，1940 年 5 月 30 日。

[20] 穆旦：《「他死在第二次」》，《大公報・文藝綜合》，1940 年 3 月 3 日。

進入「新寫作」時期，對前輩創作的認識進入了理性的思辨層面，其目標指向了理論建構，同時在視角上也從破壞走向了建構。袁可嘉把「新詩現代化」理論的源頭追溯到戴望舒、馮至、卞之琳、艾青的創作。他把他們的創作稱為「舊感性的革命」。他稱卞之琳詩有「傳統感性與象徵手法的有效配合」，馮至《十四行集》「更富現代意味」，並多次以卞之琳的詩作為例證，來解說現代詩的寫作技巧[21]。袁可嘉主要將前者的革新歸納為表達方式層面，有現代意味而無現代意識。而「目前的感性改革者則顯然有一個新的出發點」。新的「感性改革者」則以鮮明的「現代意識」與西方現代主義詩歌潮流接軌，推動了中國新詩的現代化進程。袁可嘉分析以艾略特為代表的西方現代主義詩歌潮流，認為他們在創作意識上有一個基本點。這就是他們都以「個人自覺意識」為創作起點，而以「理想社會的出現為其歸宿」[22]。他表示新的「感性改革者」正是吸收了這種將個人意識與社會意識的「有機綜合」的創作意識，把它作為自己詩歌創作的「出發點」，建立起「現實、象徵、玄學」綜合的新的美學傳統。

---

[21] 袁可嘉：《新詩現代化——新傳統的尋求》，天津《大公報・星期文藝》，第 25 期，1947 年 3 月 30 日。

[22] 袁可嘉：《從分析到綜合》，《益世報・文學周刊》，第 24 期，1947 年 1 月 18 日。

## 第二節　自覺的現代主義追求

### 一

抗日戰爭勝利前後，對西方現代主義文學的介紹出現了一個全面復蘇的階段。瞭解和認識當時西方世界的文學發展前景，以中國新文學的發展狀況為潛在背景自覺地去思考和理解這些創作，是這一時期西方現代主義文學創作引進的一個重要思路。1945 年任教於西南聯大的卞之琳便是懷著這樣的希望，來組織學生翻譯六種英文小說的[23]。儘管卞之琳說自己的目的是要「藉此在國內翻譯界多少樹立一點嚴正的標準與風氣」[24]，但他為每一個譯本所作的序言卻表明了他的目標在於要為中國小說創作提供更多的參考，促進小說表現方法的「多樣性」[25]。

---

[23] 卞之琳組織翻譯的六種小說包括班雅明・貢斯當的《阿道爾夫》，亨利・詹姆斯的《詩人的信件》和《螺絲扭》，大衛・加奈特的《女人變狐狸》，桑敦・槐爾德的《斷橋記》，凱瑟琳・坡特的《開花的猶大樹》。這六種小說並不同屬於某一種流派或風格，從卞之琳的《小說六種》（南京《世界文藝季刊》第 1 卷 3 期，1945 年 11 月）可以看出，他關注的是這些作品提供了哪些新穎的表達觀念和表現手法。在《新文學與西洋文學》（南京《世界文藝季刊》第 1 卷 1 期，1945 年 9 月）中，他批評當前的小說創作和理論只遵從「法俄寫實主義和自然主義」，從題材到手法都「缺少了多樣性，取材也公式化，八股化，寫實反而失實」。 應該說，卞之琳組織翻譯六種小說的動因正在於他對現有的小說創作和理論的不滿，希望能夠提供更多種類的樣本供中國的小說家們學習和借鑒。

[24] 卞之琳：《小說六種》，《世界文藝季刊》，1 卷 2 期，1945 年 9 月。

[25] 卞之琳：《新文學與西洋文學》，《世界文藝季刊》，1 卷 1 期，1945 年 8 月。

在詩歌方面，主要有兩條線索。其一是 T．S．艾略特以及受艾略特影響而在 30 年代崛起的英國現代詩人奧登（W．H．Auden）、史班特（S．Spender）等詩人；其二就是里爾克。

對艾略特的關注貫穿了三、四十年代的中國詩壇。早在 30 年代，艾略特的《荒原》和《傳統與個人才能》等文論便被引入中國，並形成了所謂的「《荒原》衝擊波」[26]。進入 40 年代，艾略特仍然吸引著詩歌研究者的視線。他的《普魯佛洛克底戀歌》和《四個四重奏》先後被翻譯出版，他的名字在穆旦、袁可嘉、陳敬容、唐湜等年輕的中國詩人的詩論中常常出現，他的某些詩學理論仍然被奉為經典。王佐良的《艾里奧脫：詩人及批評家》系列論文，站在 40 年代中國的文化語境中重新評價了艾略特的作品和詩學，是這一時期艾略特研究的重要論文。奧登、史班特等年輕的英國詩人的名字也曾在 30 年代中國詩壇出現過，但並沒有留下太多的痕迹。這一時期他們的影響力逐漸上升，在 40 年代後期出現了一系列的有關他們的文章。袁可嘉翻譯了史班特的《釋現代詩中的現代性》，並根據他們的創作撰寫了《現代英詩的特質》。楊周翰撰寫了《奧登——詩壇的頑童》。李旦翻譯了《史彭德論奧登與三十年代詩人》。陳敬容翻譯了《近代英國詩一瞥》。「年輕的一代看向他們自己的詩人」，與艾略特相比，奧登、史班特等更年輕的詩人對中國年輕詩人有著更大的吸引力。奧登、史班特等「全都受艾里奧脫的影響，但是精神上，他們卻表現《荒原》作者所沒有的

---

[26] 參見孫玉石的《〈荒原〉衝擊波下的現代詩人們的探索》，《中國現代詩歌藝術》，人民文學出版社，1992 年。

戰鬥性」，而正是這一點吸引了袁可嘉，吸引了穆旦[27]。袁可嘉研究艾略特和英國新詩人的詩歌傾向，借鑒現代英詩的發展歷程，結合中國自身的創作實踐和創作環境，提出了中國「新詩現代化」。

里爾克是這一時期中國詩壇矚目的又一個重要詩人。在二、三十年代，馮至是里爾克的主要介紹者和接受者。20 年代的馮至在第一次閱讀了里爾克的《旗手》後，便對里爾克的作品著了迷。30 年代他翻譯了里爾克的《馬爾特・勞利特・布里格隨筆》、《論山水》、《里爾克詩抄》、《給一個青年詩人的十封信》，並寫作了《里爾克——為十周年祭日作》一文概括里爾克的詩學精神。進入 40 年代，對里爾克的接受進入了新的階段。抗戰期間，徐遲撰寫了《里爾克禮贊》，吳興華翻譯出版了《黎爾克詩選》，並撰寫了論文《黎爾克的詩》。抗戰勝利後，回到北平的馮至多次在各種文學集會上發表有關里爾克詩歌的演講，激發了一般閱讀者的閱讀興趣。陳敬容、唐湜等人在詩論文章中也多次討論到里爾克的影響。

小說方面，主要集中在當時正在西方世界發生重大影響的紀德和以吳爾芙夫人為代表的心理（或稱意識流）小說。

40 年代後期，在中國文壇對於西方現代派小說的引進和介紹中，20 世紀 20 年代以來的西方「意識流」小說是焦點之一。吳爾芙夫人、詹姆斯、普魯斯特、喬伊斯等小說家在這一時期獲得了中國作家的極大關注。事實上，早在「五四」新文化運動前後，正盛行於西方文壇的「意識流」文學便已進入了中國

[27] 王佐良：《詩的社會功用》，《大公報・星期文藝》，第 26 期，1947 年 4 月 6 日。

文人的視野。作為「意識流」小說的代表性作品之一的喬伊斯的《尤利西斯》在 1922 年 2 月甫一出版，便引起了中國現代作家的注意。正在康橋大學皇家學院學習的徐志摩對《尤利西斯》給予由衷的稱讚。[28]這一年的 11 月，《小說月報》主編沈雁冰在第 13 卷第 11 號的「海外文壇消息」中，及時向中國現代作家推介喬伊斯的這部新作。在 20 年代後期和 30 年代中期，中國新文壇先後出現了兩次對「意識流」文學的集中討論。受中國新文壇與生俱來的「現實主義情結」的影響，「意識流」小說的譯介者們在討論其新奇的寫作技巧以及風格之後，都以「為人生的現實主義」為標準對其進行價值判斷。不同的是，20 年代的「意識流」譯介常常把「下意識」列入「現實」之一種，肯定其對「現實」的拓展。隨著現實社會和政治環境的演變，30 年代的「意識流」譯介在確定了「現實」的社會性內涵之後，把「為人生」的寫作目標放到了更高位置，從文學的「現實性」、「社會性」出發，對「意識流」小說給以徹底的否定。[29]

進入 40 年代後期，「意識流」小說又一次成為熱點。據筆者的不完全統計統計，1946-1948 年間，僅平津報紙副刊和雜誌上發表的關於「意識流」小說及小說家的論文和譯文超過 15

---

[28] 徐志摩：《康橋西野暮色·前言》，《時事新報》副刊，1922 年 7 月 6 日。

[29] 來自現代派的聲音，如葉靈鳳的《作為短篇小說家的海敏威》（《現代》第 5 卷第 6 期，1934 年 11 月）、施蟄存的《從亞倫坡到海敏威》（作於 1935 年 2 月，收入《施蟄存七十年文選》，上海文藝出版社，1996 年，第 354 頁）與來自左翼文學圈的聲音，如傅東華翻譯的喬伊斯的小說《複本》的譯者序言（《文學》第 2 卷第 3 期，1934 年 3 月）、周立波的《詹姆斯·喬易斯》（《申報·自由談》第 17 版，1935 年 5 月 6 日）、左翼劇作家石凌鶴的論文《關於新心理寫實主義小說》（《雜文》第 4 號，1935 年 12 月 15 日）等都表現出這樣的傾向。

篇。在 1946-1948 年間的「意識流」小說譯介中，蕭乾最為引人注目。[30]他連續發表了多篇論文，包括《小說藝術的止境》、《詹姆斯的四傑作——兼論心理小說之短長》、《詹姆斯掌故錄》、《小說家的技巧小論》、《〈焦點〉與〈黑碉〉》、《吳爾芙夫人》、《E・M・福斯特》、《V・吳爾夫與婦權主義》等對「意識流」小說及小說家展開深入探討。汪曾祺的論文《短篇小說的本質》更是在向吳爾芙的致敬中闡述了自己對短篇小說的認識。此外常風的論文《小說家論小說》同樣把「意識流」小說列為研究對象。

1946-1948 年間中國文壇對「意識流」小說的引介包含著更深沉的期待：將以「意識流」小說為代表的現代派文學看作是世界文學發展的趨勢，是文學進步的標誌，因而充滿了迎頭趕上的衝動和渴望。蕭乾回憶自己 1940 年代在英國研究「意識流」小說時的心境時說，「我心裏也一直很明確，這不是中國作家要走的路。我們還太窮、太落後，搞不起象牙之塔。我們的小說需要更貼近社會、更貼近人生。可同時又覺得在中國從事文學寫作或研究的人，應該知道西方有這麼一本書，瞭解它的藝術意圖和寫法。」 換句話說，「貼近生活」、「貼近人生」並不是小說創作的唯一標準，只不過目前中國社會狀態下這類小說更能令人接受。應該說，對於「新寫作」文學思潮的文學探索和文學試驗的歷史地位和價值，蕭乾是滿含著信心。

---

[30] 1939-1944 年蕭乾先在倫敦大學東方學院授課而後入康橋大學攻讀研究生，英國心理小說正是他的研究課題，喬伊斯、吳爾芙、亨利詹姆斯、福斯特等意識流小說家的作品都曾出現在他的書桌上；1945 年歸國前夕，蕭乾還曾在喬伊斯的墓前追思、憑弔。

首先，從小說藝術的角度上說，他強調「意識流」小說的「勇敢的試驗性」：伍爾夫的小說「篇篇是不同的實驗」，喬伊斯試驗的腳步走得更遠。「小說藝術要進步，小說家必須變成有意識的作家」，蕭乾認為正是這種「勇敢的試驗性」推動了小說藝術的發展。蕭乾敏感地意識到了「意識流」小說在小說寫作技巧上的跨時代意義，肯定了「意識流」小說藝術在小說史上的重要意義：「自有小說寫作以來，從沒有比過去三十年更注重技巧的了。」[31]在從康橋寄給胡適的明信片裏，蕭乾大膽斷言道：「這本書如有人譯出，對我國創作技巧時必大有影響，惜不是一件輕易的工作。」[32]應該說，對「意識流」小說的「勇敢的試驗性」的肯定，從某種意義上說，也是對「新寫作」文學思潮的探索性肯定。

其次，從其現實性來看，蕭乾注意到這一新的小說創作思潮的形成有著深刻的社會歷史背景：工業革命以及後工業時代舊倫理體系的崩潰與時間焦慮、現代孤獨感的產生、商品經濟的重壓下的「通俗」與「嚴肅」之爭、現代哲學與心理學的發展，還有非洲原始藝術的發現等等。這種認識使得蕭乾能夠跳出既有的思維定勢，保持客觀立場，歷史地看待其價值和意義。[33]當整個世界戰火紛飛之時，蕭乾正在康橋皇家學院的書房裏，研究著《尤利西斯》。蕭乾回憶說：「當時一邊讀得十

---

[31] 蕭乾：《小說藝術的止境》，《大公報・星期文藝》，第 15 期，1947 年 1 月 19 日。

[32] 蕭乾：1940 年 6 月 3 日致胡適明信片，《蕭乾書信集》，河南教育出版社，1991 年，第 157 頁。

[33] 蕭乾：《叛逆・開拓・創新——序〈尤利西斯〉中譯本》，蕭乾、文潔若譯，喬伊斯著《尤利西斯》，譯林出版社，1994 年。

分吃力，一邊可又在想，不管你喜歡也罷，不喜歡也罷，它總是本世紀人類在文學創作上的一宗奇蹟」。[34]他進一步對中國的小說創作提出新的希望，鼓勵中國的小說家們大膽地借鑒西方小說創作的經驗，創作心理小說，「探索一下新領域」[35]。

蕭乾對「意識流」小說的評介同時也是在對「意識流」的反思中進行的。在蕭乾看來，「意識流」存在著兩個主要的缺點。其一，儘管「意識流」小說在表現人生的深度上是一次飛躍，但在表現人生的廣度上，可謂是「交了白卷」。「褫奪了小說中的人生豐富知識，一個個人物都仰了慘白的臉，對月自語」，「沒有了小小天窗，以透視各角落的人生」。其二，「意識流」小說在表現力方面以及對讀者的感染力都大打折扣。有意境、有旋律、有型樣，但沒有凸顯的人物。由此，蕭乾總結道：「在一個生活經驗少（如吳夫人），或行動不方便（如普魯斯特），心理小說是一條路，但對於一個充滿了生活經驗，而且性情好動的人，作品裏儘量加進心理成分還是比專寫心理小說更為適宜」。結合中國的小說創作，蕭乾提出，「從中國現階段的處境，中國人熱愛生活的先天氣質，從小說本質的血肉性來看」，純「意識流」小說是「死路」，但是「它們為達成『深度』而走過的路」，卻為中國當前的小說創作提供了很好的參考。[36]顯然，怎樣將「意識流」與中國人的生活趣味、審

---

[34] 蕭乾：《叛逆・開拓・創新——序〈尤利西斯〉中譯本》，蕭乾、文潔若譯，喬伊斯著《尤利西斯》，譯林出版社，1994 年。

[35] 蕭乾：《詹姆斯的四傑作——兼論心理小說之短長》，《文學雜誌》，2 卷 1 期，1947 年 6 月 1 日。

[36] 蕭乾：《詹姆士四傑作——兼論心理小說之短長》，《文學雜誌》，2 卷 1 期，1947 年 6 月。

美趣味有效綜合，使「意識流」能夠更好地表現中國現實生活，是要使意識流在中國的小說創作中扎下根來必須面對的問題。

經歷了八年艱苦抗戰的中國作家們，顯然既不會「生活經驗少」，也不會「行動不方便」。相反，他們在流亡和戰鬥中深深地扎根於現實生活，對於現實有著豐富的體會和深切的認識，也迫切地希望表達他們對現實的關懷和對生命的理解。「意識流」手法吸引了更多的「新生代」作者，汪曾祺、金堤、馮健男、王忠等都做過嘗試。他們的創作，大多經歷了從學習、模仿到熟練運用的過程。但是純「意識流」的表達精神和表現手法的自身局限，以及中國人的審美趣味和習慣，都妨礙了小說的表現力和感染力。可以說，改造「意識流」，使它更適於表現中國人的現實生活和生命形態，是有意引「意識流」入中國的小說家的必然選擇。這種改造不僅包含了他們對這些西方文學藝術的精神和手法的中國式改造，更多還包含著他們對於當時的中國現實生活和生存狀態的理解和認識。

20 年代初，紀德的名字開始出現在中國文壇。《小說月報》第 14 卷 1 期「法國文壇雜訊」是目前所見最早提到紀德的文字。其後的一些研究法國文學的文章中也有一些關於紀德生平和創作的簡單介紹。同時紀德的作品也已經開始被翻譯成中文。據趙景深《現代文壇雜訊》可知，至少在 1925 年前，穆木天就已經譯出了紀德的《窄門》和《牧歌交響曲》[37]。

[37] 趙景深：《康拉德的後繼者紀德》，《小說月報》「現代文壇雜訊」，20 卷 9 號，1925 年。

進入 30 年代，紀德開始成為中國知識界「一個較為熟識的名字」[38]，中國文壇出現了第一次「紀德熱」。30 年代有關紀德的引入主要有三種情況。其一是他的作品大量翻譯到中國[39]。其二是紀德的單篇散文或論文的翻譯。外國研究者對紀德的研究文章也是翻譯的重點。《文學》、《譯文》、《世界日報》、《光明・文壇情報》、《小說半月刊》等雜誌報刊都發表了大量這一類的譯文[40]。其三是對紀德的研究。但是有關紀德的研究卻並沒有取得多大的成績。大多數都還只是一些生平以及創作的介紹，對藝術涉及不多。如沈寶基的《紀德》、盛澄華的《紀德》、允懷的《紀德的生平及著作》等等。1931 年留法博士張若名的博士論文《紀德的態度》作為《中法大學叢書》之一在北平出版，可以說是 30 年代紀德研究的最好成績，然而並沒有太大的反響。

---

[38] 魯迅：《〈描寫自己〉和〈說述自己的紀德〉譯者附記》，《魯迅全集》，第 10 卷，人民文學出版社，1981 年，第 454 頁。

[39] 王了一、陳占元、金滿成翻譯了《少女的夢》（金滿成譯為《女性的風格》、陳占元譯為《女人學校》），施宣華、郭仁安（麗尼）翻譯了《田園交響樂》，邢桐華翻譯了《文化擁護》，林伊文翻譯了《從蘇聯歸來》，聞家駟翻譯過《浪子回家》，而卞之琳成績最多，他翻譯過紀德的四種《解說》、《浪子回家》、《贗幣製造者》、《贗幣製造者寫作日記》、《窄門》和《新的糧食》等（《贗幣製造者》全稿在抗戰中遺失，僅刊出一章）。

[40] 如黎烈文譯紀德的《論古典主義》、《詩》以及愛倫堡的《紀德之路》等；樂雯譯紀德的《描寫自己》以及日本人石川涌著的《述說自己的紀德》；陳占元譯紀德的《哥德論》、《論文學上的影響》、《戲劇的進化》；徐懋庸譯紀德的《王爾德》、《隨筆一則》；沈起予譯紀德的《我所喜歡的十種法國小說》；卞之琳譯紀德的《菲洛克但德》；王然譯的《紀德論普式庚》、《紀德與小說技巧》等等。

到了 40 年代，紀德又一次成為文壇熱點。40 年代的「紀德熱」首先出現在西南聯大師生中。盛澄華翻譯的《地糧》、卞之琳翻譯的《新的糧食》等，先後由「新生備出文具公司」和桂林明日社出版。1941 年卞之琳為重印的《浪子回家集》撰寫譯序，次年寫作了長文《紀德和他的〈新的糧食〉》。紀德開始成為中國學生們的寵兒。汪曾祺回憶西南聯大生活時說，他自己曾經「成天挾著一本紀德的書坐茶館」[41]。抗戰勝利前後，「紀德熱」進一步擴大了。一方面，紀德的作品繼續翻譯和出版。盛澄華翻譯了《尼日薇》、《幻航》、《答客問》、《意想訪問》、《薩加斯海上——幻航之一章》；施蟄存譯《擬客座談錄》；陳占元譯《紀德日記鈔》；卞之琳的《浪子回家集》、《窄門》等繼續重印。但更引人注目的是，出現了大量有關紀德的研究和評論文章。如卞之琳的《紀德的〈窄門〉》、《紀德的〈浪子回家集〉》；李廣田的《說紀德的〈浪子回家〉》；盛澄華的《憶紀德》、《試論紀德》、《關於幻航》、《紀德的藝術與思想的演進》、《安德烈・紀德》、《紀德的文藝觀》[42]；王鋭的《安德烈・紀德（Andre Gide）》，張若名的《紀德的介紹》、《小說家的創作心理——根據司湯達（Stendhal）、

---

[41] 汪曾祺：《美學情感的需要和社會效果》，《晚翠文談》，浙江文藝出版社，1988 年。

[42] 1948 年 12 月，盛澄華將他有關紀德的文章結集為《紀德研究》，由上海森林出版社出版。專集包括了《安德烈・紀德》、《地糧譯序》、《試論紀德》、《新法蘭西評論與法國現代文學》、《普魯及其往事追蹤路》、《紀德藝術與思想的演進》、《紀德的文藝觀》、《介紹一九四七年諾貝爾文學獎金得主紀德》8 篇文章和《紀德作品年表》、《紀德書簡》兩個附錄。

福樓拜（Flaubert）、紀德（Gide）三位作家》等等。紀德研究論文的整體水平比 30 年代的紀德評論有了很大的提高。比較 30 年代與 40 年代「紀德熱」的重點便可以看出，30 年代的「紀德熱」還處在翻譯和介紹階段，而 40 年代的「紀德熱」則已經開始了對紀德的創作、理論的消化吸收和借鑒。

這些關於西方現代作家作品的譯介和評論，幾乎與當時的世界文學藝術發展潮流相平行。這表明了蕭乾、卞之琳、盛澄華、袁可嘉等人對於世界文學藝術發展趨向的高度敏感。而這些譯介和評論也為中國的文學家們提供了更系統也更明晰的參照系，啟發他們去嘗試文學創作的各種可能。

## 二

這裏，筆者將以「紀德熱」為例，來具體說明這一時期「新寫作」對西方現代派文學的認識和接受上的特色。

30 年代「紀德熱」的出現很大程度上是思想意識原因，眾多關注的目光源於紀德的兩次準政治態度的「轉變」。1927 年，紀德出版了記述殖民地黑人悲慘生活的《剛果紀行》。該書產生了極大反響，引來無數反對，同時也得到傾向社會主義的人群的同情。之後，紀德開始閱讀馬恩著作，參加左傾青年的集會，並且發表了不少支持共產主義的言論。因為這些言論，紀德成為蘇聯人的朋友，在各國的社會主義者心中占有一席之地。1936 年紀德應蘇聯之邀以貴賓身份參加高爾基的葬禮。這次實地考察使他對蘇聯非常失望，回國後他寫了《從蘇聯歸來》，對蘇聯的集權主義、形式主義給予嚴厲批評。這一次的「轉變」又為紀德招來了左右兩面的夾擊。右派指責他去了蘇聯，左派說他詆毀了蘇聯，是一個「玩弄誠意」的「澈頭澈尾的個人主義者」，「國際法西斯與託派的很好工具」[43]。但在另一些人的眼中，紀德試圖超越黨派紛爭，「始終是一個忠實於他的藝術的人」[44]。他那種「排除一切先入為主的成見」，完全忠實於自我的思考，令人敬佩[45]。正因為這次的「紀德熱」是由政治原因引起，所以儘管有一些成果，但整體而言還是處於淺顯介紹的階段。

「紀德熱」在 40 年代後期的出現，自然與紀德獲得 1947 年諾貝爾文學獎有關。像紀德這樣的作家能夠引起眾多普通閱讀者的關注，應該得益於他此時如日中天的名望。但更重要的是，紀德自身以及人們對於紀德的認識都發生了變化。

首先，作家對引發 30 年代「紀德熱」的紀德的兩次轉變經歷有了不同的認識。如果說 30 年代人們主要是從抽象的政治意識角度來看待紀德的轉變，那麼這一時期，由於作家們自己面臨著「決斷」和「轉變」的選擇，因此紀德的經歷在他們個人的具體精神生活中產生了共鳴。以卞之琳為例，1938-1939 年，卞之琳從成都轉道延安，然後又追隨著八路軍進入太行山。這一次的經歷留給他的是《慰勞信集》和《第七七二團在太行山

---

[43] 楊秋帆：《紀德所成就的》，《魯迅風》，19 期，1939 年 9 月。
[44] 戴望舒：《法國通信》，《現代》，3 卷 2 期，1933 年 6 月。
[45] 施宣華：《〈田園交響樂〉．小引》，《田園交響樂》，啟明書局，1938 年 10 月。

一帶》。在許多人眼裏，卞之琳的行動便是一次「轉向」。因此，當四川大學校方在得悉卞之琳去過延安之後，便決定解聘他。然而他畢竟回來了，並於 1939 年底在香港《大公報》上連續發表了《慰勞信集》。在《慰勞信集》中，他不是站在某一個黨派而是站在民族國家的立場上，本著實事求是、不偏不倚的態度，對國共雙方的抗戰實績都給予肯定。對於這一點，曾經熱情接待過他的共產黨方面也不太滿意。但是對於卞之琳來說，無論是去延安還是回到西南後方，他的選擇都忠實於自己，是真誠的，只是遵循著個人的情感，沒有那麼多的政治鬥爭的偏向[46]。在來自各方的壓力之下，卞之琳從紀德身上尋找到了力量和勇氣。卞之琳用「超越前去」的觀念解釋紀德的「轉向」。「超越前去」是一種「螺旋式的進步」，「老超越前去，這樣的進步，表面上又自然會常常顯得前後互相抵觸。不斷修正，不斷揚棄……本就是新陳代謝的條件」，因此，「紀德在《蘇

---

[46] 關於去延安和回到西南內地的原因，參見卞之琳《第七七二團在太行山一帶一年半戰鬥小史》初版（1939 年 11 月）前言。卞之琳說：「去年夏末離開了成都，老遠地出去走了一年，主要的也是為的想知道。當我經過西北走到華北去的時候，知道我從前是怎樣一個人的都不免驚訝；當我回到四川的時候，忘記了我從前是怎樣一個人的就又不免懷疑。其實來去都在我預定計畫之內，縱然時間有了長短，路線有了出入，結果也有了歧異。可是我還是我。我坐既未改姓，行又未改名。在抗戰觀點上來說，則我還是一個雖欲效力而無能效多大力的可愧的國民。」在當時國家積弱，國民黨消極抗日的情況下，積極組織抗日的延安吸引了許多知識份子的目光，丁玲、艾青、曹葆華等文藝界人士先後來到延安。卞之琳要去延安可以說也是大勢所趨。當然他的更主要的原因還是出於一種知識性的探求，「為的想知道」，探求自我也探求這個世界。他的離開同樣如此，此外還有私人原因，希望離自己傾慕的人更近一些（此處參見卞之琳的《何其芳與〈工作〉》，《人與詩：憶舊說新》，三聯書店，1984 年）。

聯回來》和《蘇聯回來補》裏並沒有什麼惡意，他不過還是取了宗教的懺悔精神、科學的一切公開（tout ouvert）的態度」，是根據一個天真的童心而採取的「真摯的行動」[47]。這話是在說紀德，同時也可以說是夫子自道。

其次，對於紀德作品的認識也出現新的取向。30 年代的中國知識份子主要閱讀的是紀德前期的作品如《浪子回家》、四種《解說》、《窄門》等。到了 40 年代，人們開始更多地關注紀德後期的作品如《新的糧食》等，並對紀德的文學理論也給予了關注。「思想必須與表達它的形式有一種完美的配合」[48]的平衡理論與「純小說」觀念被引介進來。汪曾祺則在紀德的要求取消小說中的情節、結構等一切非小說成分的「純小說」觀念啟發下，構建了他的短篇小說理論。30 年代的中國知識份子把紀德列入象徵主義作家的範疇，關注的是紀德作品中對完滿的觀念世界的尋求和馬拉美式的神秘和晦澀[49]。到了 40 年代後期，歷史進入了一個光明和黑暗決戰的關鍵時刻。「把握整個時代的聲音在心裏化為一片嚴肅」，概括了整個時代的氛圍和精神[50]。超越境界狹小的象徵主義，走出個人主義的小圈子，更多地把握現實，走向大眾，成為人們新的追求。這正如劉西渭所說：「用文字曲曲折折把事物擬出，因而陷入晦澀的微妙

---

47 卞之琳：《〈新的糧食〉譯者序》，《明日文藝》，1 卷 2 期，1943 年 11 月。

48 盛澄華：《試論紀德》，《時與潮文藝》，4 卷 5 期、6 期，1945 年 1 月、2 月。

49 參見卞之琳的《納蕤思解說·譯者附記》（《文季月刊》，1936 年 1 卷 1 期）、劉鋆的《法國象徵派小說家紀德》（《文藝月刊》，1936 年 9 卷 4 期）、沈寶基的《紀德》（《中法大學月刊》1936 年 4 月刊）等文章。

50 編者，《我們呼喚》（代序），《中國新詩》第 1 集，1948 年 6 月。

階段，究竟不是中國這個茁壯的時代（我們直著嗓子喊還來不及，如何可以磨著性兒兜圈子）所能夠允許的。」[51]卞之琳反思象徵主義，認為「象徵的過失是偏重自己而不顯示真理，即以辭害意」，批評紀德早期的著作以「遺世獨立的馬拉美式的隱逸主義」，把「美學與倫理學的說法打成了一片」[52]。馮至則節錄了紀德批評象徵主義的一段話，作為他對詩歌將來的發展提供的建議之一：象徵主義者「對於人生太少好奇心，……詩在他們變成了避難所；逃出醜惡的現實的唯一去路，……他們只帶來一種美學，而不帶來一種新的倫理學」[53]。

顯而易見，對紀德作品的認識，已經從關注象徵主義因素進入到重視超越象徵主義因素的階段：

> 紀德初期的作品是濃重地受著象徵主義派的影響的。但紀德始終認為象徵主義的天地太窄。象徵主義派不夠對生命發生驚奇，因此它徒有新的美學觀，而無新的倫理觀……象徵主義派作家由於反抗寫實主義而同時也反抗巴那斯派（Parnasse）乃以叔本華（Schopenhauer）作為他的哲學背景，而把生活中五光十色都只認作是偶發事件，因而他們是背向現實的。他們的作品中缺乏某種人性的感動。美則美矣，但美中永遠脫不了某種苦味。因

---

[51] 劉西渭：《從生命到字，從字到詩》，《中國新詩》，1948 年第 2 輯。
[52] 卞之琳：《譯者序》，《浪子回家集——西窗小書之二》，1947 年 6 月。
[53] 馮至：《關於詩》，《生活導報》附頁「生活文藝」，1944 年第 37 期。

> 此《地糧》的另一企圖是想把文學從當時「極度造作與窒息的氣氛中」解放出來，「使它重返大地。」[54]

盛澄華用「重返大地」一詞準確地概括出了紀德從象徵主義的超驗和玄想中清醒過來，開始正視複雜多變的現實社會的轉變。這一轉變標誌著紀德徹底擺脫臨水自鑒、自我觀照的情緒，獲得了全新的自我：「於是從憧憬之高塔跌下了，／紀德深深詛咒，自己著了魔。／眼光失卻了新奇的感覺，忘了蝶。／忘了長柄的捕蝶。／終於他衝出謊言的黑屋」[55]。

然而，在走向現實、進入「社會化的時代」的同時，紀德並沒有徹底拋棄自我，喪失自我。紀德的內心充滿了掙扎和鬥爭，他思考、觀察和嘗試，以無比的勇氣實現了社會和個人這二者的轉化：

> 他索性拋開自己，毅然決然地走入於千迴百折的人生迷途；並能乘興之所至，偷著窺看他人的生活秘密。然而當他認為已經離開了自己，並且忘掉了自己的時候，他卻很驚訝地發現出來，與他自己相同的人物亦是好的，原來他與他們，本具有同樣的志趣，嗜好，性格，熱情和處世的方略。又因為在此時期，他的經驗已經更為豐富了；他的學識已經更為淵博；他的眼光，也因此而更加銳敏。所以他能看見別人所從未注意過的事實，他能發現人生中所隱藏著的意義。他還能尋出一切人生必然

---

[54] 盛澄華：《試論紀德》，《時與潮文藝》，4 卷 5 期、6 期，1945 年 1 月、2 月。

[55] 汪銘竹：《紀德與蝶》，《紀德與蝶》，詩文學社出版，1945 年。

> 的法則與認清社會的複雜的背景。因此，他的宇宙觀比著往昔更為擴大，而他的生命也得到一個雄厚的表現。[56]

象徵表現與現實視域有機綜合，獲得了最豐富和多元的自我。「唯有把個人從他的小天地中解放出來始能完成個人最高的人性」，在「否定自我」的前提下完成「自我肯定」，在「棄絕自我」之後「充實了自我」[57]，紀德的個人主義深深植根於大地。正是在這個意義上，卞之琳稱讚紀德「不僅是代表了而且是啟發了一個時代」。這種綜合了美學觀與倫理觀、藝術與現實、個人與社會的理想也正是40年代後期這批自由主義作家的追求。紀德啟發人們去思考在時代與藝術之間建立諧和的關係的一種可能：「惟有表現時代的藝術品才有永久性，不錯，可是也就在它表現到時代的深處，不再表現了瞬息萬變、朝三暮四的浮面，而在表現現象，以意識到本質的精神」[58]。

紀德的文體中便蘊含著這種「綜合」的精神。他的文體「富於聖經體的兩重美處，靈性的熱烈與感官的富麗」[59]。一方面，他用象徵派的音樂流動式方法來組織字句，這些字句「像浮在水流裏的木片，被一浪折下去，過了一程，又出現了，也就像編製的阿拉伯花邊，意象相依相違，終又相成，得出統一的效

---

[56] 張若名：《小說家的創作心理——根據司湯達（Stendhal）、福樓拜（Flaubert）、紀德（Gide）三位作家》，《新思潮》，1卷2期，1946年9月。

[57] 盛澄華：《試論紀德》，《時與潮文藝》，4卷5期、6期，1945年1月、2月。

[58] 卞之琳：《〈新的糧食〉譯者序》，《明日文藝》，1卷2期，1943年11月。

[59] 卞之琳：《紀德的〈浪子回家〉》，天津《大公報·文藝》，第63期，1947年2月18日。

果／有些字眼與意象顯得是重複的，可是第二次出現的時候，跟先一次更不一樣，另帶了新的關係，新的意義」[60]。另一方面，這種流動式的字句組合方式與思想曲線的流動性相合，恰恰展示出了思想形成和發展的過程。這種表達方式既體現出人性的真實，又激發了人們的想像和思考。正如盛澄華所總結的：

> 紀德作品大體可說是剛性的思想配合了柔性的藝術。他的藝術中並無咆哮和呼號，自然更無口號。他以纖淨峻嚴的文筆道出了人生的諸問題。他作品所發揮的力量是內在的。它引起你的饑餓，引起你的焦渴；引起你的不安，使你發生疑問，從而進一步激動你去作進一步的探究與思索。假定一般作家的作品著重於「解答人生問題」，紀德的，則是「提出人生問題」。他的每一作品幾乎都代表一個問號，「使你苦惱，正是我的本務。」他曾說。從否定作出發的紀德，其精神卻是勇往地肯定的。[61]

左翼文學界對「紀德熱」的出現並不滿意。他們基本上延續了 30 年代的政治意識角度，給「紀德熱」潑冷水，同時也對所謂「紀德的信徒」提出批評。他們分析紀德的「個人主義姿態」，認為他所反抗的「只是資產階級的，市儈的頹廢了，特別是文化概念上的，所謂社會的偽善，所謂文明的醜惡，所謂宗教的墮落」，然而他不能也不願看見「出現代替著要不得的

---

[60] 卞之琳：《紀德和他的〈新的糧食〉》，《明日文藝》，1943 年第 1 期。
[61] 盛澄華：《介紹本年度諾貝爾文學獎金得主　安德烈．紀德》，天津《益世報．文學周刊》，1947 年 11 月 30 日。

一切」的力量。[62]思想根源上的問題甚至使他的文學思想也有了錯誤，他「把生活上升轉化為觀念，然後再用他的觀念編造成藝術，……掉進了知識份子的傳統，游離了生活」。[63]歸根結底，紀德只是資產階級中苦悶的知識階層的代言人，推崇紀德對於無產階級的革命是有害的。

## 三

與 30 年代相比，這一時期的「新寫作」作家群對西方現代派文學的借鑒出現了一些新的特點。一方面，他們對於西方現代派文學的認識進一步加深，由借鑒現代主義的社會意識和表達手法，轉而開始從其文學價值觀念，創作過程所體現的意識傾向，以及具體的藝術手法等方面對現代主義文學作綜合研究。另一方面由於時代語境的改變，社會現實強有力地衝擊了文學的世界，作家們的感覺世界也被注入了硝煙和烈火，因此他們有意識地把對西方現代派文學的作品和思想的研究和評價與 40 年代中國的社會現狀結合起來。艾略特的研究正反映了這種對西方現代派文學借鑒的新特點。

艾略特在 30 年代就已經進入了中國詩人的視野。但 30 年代中國詩人對艾略特的關注，主要集中於《荒原》所表現出的對現代社會的絕望和否定精神，以及他詩歌藝術的手法。這一

---

[62] 冰菱（路翎）：《紀德底姿態》，《希望》，1 卷 4 期，1945 年 1 月。
[63] 端木蕻良：《創作和生活》，《文藝春秋》，4 卷 5 期，1947 年 5 月。

時期對艾略特的關注則深入到他的創作觀念和創作過程，用新批評的細讀方式從其作品中挖掘其創作意識活動的全過程，並將這個過程與他的理論闡述結合起來，以便從整體上把握艾略特的詩學體系。[64]

例如，王佐良就曾經提出，自己要從純學術研究的角度出發，系統研究以艾略特為代表的西方現代主義詩歌的文學特質和文化精神。但是，他們的研究和評價又始終與中國的現狀密切結合，融入了這個時代獨特的文化語境，反映出他們對於中國社會的生存狀態的思考。王佐良分析艾略特的創作歷程，認為他早期的作品「應該對詩與公眾生活脫節負一部分責任」，但後期的艾略特通過詩作《四個四重奏》、戲劇《大教堂謀殺案》，「將詩又直接聯上了人生，回到了土地。這試驗在技術上並不失敗，在精神上又一次說明了艾里奧脫不是一個象牙之塔的居民」[65]。對艾略特作為詩人的「社會作用」的強調，透露出了 40 年代後期政治文化局勢對他們的文學認識的影響。

此外，在評價《荒原》時，王佐良雖然提出「荒原」是「現代化」困境所形成的「現代文化荒原」，但他還是脫離了純粹的哲學概括，強調了戰爭這一現實狀況。這一點可以說與中國現狀相契合：「第一次大戰之後，一個敏感的人，在幻滅之餘，對於整個現代世界的一個批評。在這個意義之下，《荒原》還

---

64 參見王佐良的《現代文化的荒原》（《大公報·星期文藝》，1947 年 3 月 16 日）、《宗教的迴旋》（《益世報·文學周刊》，1947 年 6 月 14 日）等文章。

65 王佐良：《詩的社會功用——艾里奧脫論第五章》，《大公報·星期文藝》，1947 年 4 月 6 日。

是一首戰爭詩，因為他雖然沒有描寫戰役和戰場上士兵的心境，第一次大戰所引起的失望和痛苦卻在這裏得著最清楚和動人的表現。」[66]

「文學救國」的思路使他們把文學研究和評價與重建民族國家的希望聯繫起來。他們明確地將現代派文學看作是世界文學發展的趨勢，是文學進步的標誌，因而充滿了迎頭趕上的衝動和渴望。在書評《新寫作》中，袁可嘉評論 John Lehmann 編的 *The Penguin New Writing 30*，介紹 1946 年世界文學思潮的新動向，將「有結構的象徵系統」視為中國文學未來的發展的光明大路。二十世紀前期，西方現代主義文學創作和文學批評中出現了一個追求神話美學的潮流。他們研究古代神話，重建古代神話美學為「有結構的象徵系統」，並將其運用到現代派詩歌和小說創作中。袁可嘉列舉了《聖經》、莎翁的悲劇、《唐吉訶德》、《戰爭與和平》、里爾克的《杜伊諾哀歌》、艾略特的《四首四重奏》和《阿 Q 正傳》，然後斷言說「偉大的文學作品幾乎無一不是」有結構的象徵系統。他進一步指出「重要的幾位現代批評家，間接直接，從理論闡述到作品分析，對這個問題無不談過」。因此「有結構的象徵系統」成為「現代文學的一個中心課題，詩人、小說家、批評家都無不有意識的在向它接近。」直到 1948 年底，解放軍兵臨城下之際，袁可嘉仍然堅持著這一主張。他說，「就目前中國的文化現狀說，我承認這類詩（指比較晦澀的現代詩——筆者注），是並非必需的」，但「我相信，

[66] 王佐良：《現代文化的荒原》，《大公報・星期文藝》，第 23 期，1947 年 3 月 16 日。

中國文化不向前走則已，如果還有發展的話，從簡單到複雜怕是必然的途徑。」顯然，袁可嘉始終將現代文學思潮看成是文學發展的必然趨勢。一種與世界文學同步發展的渴望，使他近乎急切地盼望著中國新文學的現代化的到來，也使他強烈地感覺到將西方現代主義文學思潮引入到文學試驗中來如此重要[67]。

由文學發展的滯後，聯繫到文化發展和整個社會發展的滯後，「新寫作」作家群對西方現代主義文學觀念的深入研究，實際上包含了他們迎頭趕上世界文學發展潮流的渴望。

汪曾祺在他的小說理論中一再強調，人類已經進入了「現代社會」。雖然「我們耳熟了『現代音樂』、『現代繪畫』、『現代塑刻』、『現代建築』、『現代服裝』、『現代烹調術』」，可是「現代小說」在這「東方一個又很大又很小的國度中」卻沒有一點前進的徵兆。顯然，汪曾祺試圖以「現代小說」指代現代社會，對於古舊中國的停滯不前充滿憂慮。「這裏的空氣實在該換一換，悶得受不了了」，他抱怨道。然後，他發出了這樣的呼喚「多打開幾面窗子吧：只要是吹的，不管是什麼風」[68]。袁可嘉在他的詩論中說得更加明確，他說「如果想與世界上的現代國家在各方面並駕齊驅，詩的現代化怕是必須採取的途徑」[69]。

而王佐良對艾略特的研究也源自追趕世界文學潮流的緊迫意識。在《〈艾里奧脫：詩人及批評家〉序》中，他講到自己

---

[67] 《今日文學的方向》（座談），《大公報・星期文藝》，第 107 期，1948 年 11 月 14 日。

[68] 汪曾祺：《短篇小說的本質》，《益世報・文學周刊》，第 43 期，1947 年 5 月 31 日。

[69] 袁可嘉：《詩與民主》，《大公報・星期文藝》，第 101 期，1948 年 10 月 3 日。

的研究企圖是「想藉別的詩人來反襯艾里奧脫的進步或停頓，以表示在詩的進程中他占了什麼地位。」這種企圖也適用於中國的新詩創作。王佐良同樣感覺到了時下中國新詩創作的落後，這種落後於世界文學潮流的緊迫感使他深深地感覺到「任何新的景象對於中國讀者總是有用的」，推動他深入探討艾略特詩歌的創作和發展，要以艾略特來反襯中國新詩的「進步或停頓」[70]。他試圖把艾略特作為一個窗口，通過艾略特去考察整個西方現代詩歌的發展趨向，為中國新詩的全面現代化發展提供佐證。

蕭乾在《小說藝術的止境》中介紹西方現代小說的發展。他指出「橫在我們眼前不可否認的一個事實是：晚近三十年來，在英美被捧為文學傑作的小說中，泰半是以詩的形式，以心理透視為內容的試驗作品」。蕭乾認為這種文學試驗活動的興盛正體現出藝術的進步和發展，體現出一個時代和社會的進步和發展。他慨歎道，對於「杌隉不安」的中國來說，這一切是無法想像的。[71]他接著號召道：「中國不妨有人試寫純心理小說，應該有人（性格和文學觀點相近的）碰碰這硬釘子，為同行探索一下新領域，正如中國應該有人研究原子，探險喜馬拉雅極峰和試驗起死回生術一樣。有氣度，真正關心中國小說前途的批評家，可以嚴格地檢查試驗者的成績，卻不必去挫折他們的勇氣，阻撓他們的嘗試。」[72]

---

[70] 王佐良：《〈艾里奧脫：詩人及批評家〉序》，《平明日報·讀書界》，第41期，1947年10月13日。

[71] 蕭乾：《小說藝術的止境》，《大公報·星期文藝》，第15期，1947年1月19日。

[72] 蕭乾：《詹姆士四傑作——兼論心理小說之短長》，《文學雜誌》，2卷1期，1947年6月。

上述對於西方現代派文學的介紹和研究，彷彿開闢了「新天地」，給平津文學青年以極大的震撼。面對蕭乾等前輩文人的鼓勵和支持，他們堅定了文學試驗的勇氣和決心。在書評《從封面的素描像談起——讀蕭乾先生的〈珍珠米〉》中，畢基初明確表達了「探索新領域」的願望，他說：

> 也許我們中國人不適合寫心理小說，但問題不在是否適合我們，而是「橫在我們眼前不可否認的一個事實是：晚近三十年來，在英美被捧為文學傑作的小說中，泰半是以詩的形式，以心理透視為內容的試驗作品」，我們沒有理由遮住自己的眼，堅持自己的傳統，既不認識也不接受新的空氣和血液。[73]

可以說，這些介紹和研究中所體現出的對於中國現代文學落後於世界文學發展的焦慮，進一步激發了平津文學青年對於文學試驗的決心。

---

[73] 畢基初：《從封面的素描像談起——讀蕭乾先生的〈珍珠米〉》，《民國日報・文藝》，第 148 期，1948 年 10 月 16 日。

# 第五章

# 新表達方式的出現

「一個有一己思想和情感要表達的藝術家，或時代，必須另行探找一個新的表達方式」[1]。「新寫作」文學思潮便是如此。它在表達層面上表現為對「非個人化」的「個人化」表達的追求；在創作心理層面上則提倡從個人體驗出發實現現實的「內在化」；在文本上表現為要求突破既有文體的規範，實現各種文體的有機綜合。上述這些基本特徵，一方面出於文學發展的內部要求，另一方面也體現了「新寫作」作家面對時代風浪所做出的選擇。個體與群體、現實困境與文學想像的矛盾等，是1946-1948 年整個中國文壇都必須面對的問題。「新寫作」作家群以他們的文學創作和文學理論給出了他們選擇：從個體走到群體而不放棄個體，保持文學想像而又將現實困境融入藝術創造。他們希望能夠在這兩條道路中作一種調節和綜合。

---

1　盛澄華：《紀德的文藝觀——北京大學「文藝社」講稿》，《華北日報・文學》，第 6、7 期，1948 年 2 月 1 日、8 日。後再刊於《人世間》，2 卷 4 期，1948 年 3 月。

## 第一節 文體綜合的深化

### 一

「文體」是一個歧見頗多的文學術語，至今仍沒有一個比較一致的看法。在西方文學批評中，批評家們從語言、結構等不同方面給予文體以不同的解說。但概略而言，他們所講的「文體」主要涉及到文學作品的語言風格、修辭手法和結構模式等等。而中國古代的文體論主要講的是文章的體裁、體制、樣式等等。劉勰的《文心雕龍》中，從《明詩》到《書記》，用了二十篇的篇幅論述了詩、樂府、賦等三十四種不同的文章體式。今人的文體研究如儲斌傑的《中國古代文體概論》等，仍然將「文體」的內涵概括為「文學的體裁、體制和樣式」。本文在更為狹窄的範圍內使用「文體」這一概念，指的主要還是文學體裁。

文體綜合的嘗試並不是什麼新話題，在晚清文學革命和五四新文學創作初期就已經開始出現了。晚清文學革命中，小說創作已經開始融合日記、書牘、遊記等其他文體的因素[2]。而五四文學革命，從文體層面來看，實質上就是一場文體的革命。新詩創作中有「詩體大解放」、「作詩如作文」等變革主張；小說創作中對日記體、書信體、紀傳體的引入，以及抒情寫意的詩體小說蓬勃發展；散文中有「美文」和「雜感」的出現；戲

[2] 有關問題參見陳平原《中國小說敘事模式的轉變》，上海人民文學出版社，1988 年。

劇方面，則打破傳統戲劇的拘囿，引入了西方的話劇等等。這些無不說明顛覆既成文體的規範，創造新的文體形式正是五四文學變革的一個重要的切入點。1946-1948年平津文壇的「新寫作」也正是首先從突破文體界限，顛覆既成的文體規範著手的。

與以前的文體變革相比，「新寫作」文學思潮對文體綜合的追求有了一些新的特點。首先，以往的文體綜合的追求比較零散地分散在不同歷史時段、創作流派以及某種文體的理論探討和創作實踐中，像「新寫作」文學創作思潮這樣，在一個特定歷史段落內，集中地對小說、詩歌等各種文體都提出「文體綜合」的要求，並進行多種創作嘗試和深入理論探討的現象並不多見。其次，「文體綜合」要求的出發點有了很大的不同。例如，五四時期出現了「抒情小說」，綜合小說藝術與詩歌藝術，呈現出新的文體風貌。「抒情小說」的出現首先與西方文學作品譯介密切相關。從五四新文學運動開始，西方近現代文學作品和理論著作大量翻譯介紹，開拓了作家們的藝術視野。20世紀西方小說藝術表現由「外」向「內」轉化的趨向給作家們以極大的啟示。周作人就是在翻譯介紹西方小說的過程中，改變了對於小說文體的認識的[3]。他提出「抒情詩的小說」的概念，希望小說藝術能夠同詩歌藝術結合起來，這一主張給現代小說家以極大的啟示[4]。而「抒情詩的小說」之所以蓬勃發展，

---

[3] 在周作人翻譯的柯羅連科《瑪爾加的夢》、顯克微支的《願你有福了》、庫普林的《晚間的來客》等文的「譯後記」中，周作人表示了對於這些作品「使詩與小說幾乎合而為一」的讚賞。

[4] 例如，葉聖陶正是在庫普林的《晚間的來客》的啟示下，提出在小說中抒寫細微瑣事，沉思遐想以及心靈的激蕩等等。見葉聖陶《文藝談》（三）、（十七），《晨報》1921年3月10日、4月16日。

顯然與中國古典文學所固有的，並深深沉澱於中國文人心理結構中的抒情傳統有關。在此基礎上，作家們對於「抒情性的小說」的要求形成了各自不同的出發點：或從小說取材的廣泛性入手，如葉聖陶等；或從審美鑒賞的角度出發，如朱光潛等；或以文學的本質立論，如郭沫若等等[5]。然而，「新寫作」的文體變革已經有了「新的出發點」。這個「新的出發點」就是袁可嘉所說的個人意識與社會意識各自的充分發展和有機綜合。

個人意識與社會意識各自的充分發展和有機綜合使這一時期人們的思維方式具有複雜性和豐富性。袁可嘉明確指出面對這種複雜性，文學創作者的第一個難題，將是「如何在種種藝術媒劑的先天限制之中恰當而有效地傳達最大量的經驗活動」。[6]這種面對複雜的現代經驗卻缺乏有效的表達的焦慮，促使文學創作者尋找新的表達方式。既有的小說、散文、詩歌的寫作，無法表現這種情緒生活的複雜性，而通過文體的綜合實現多種表達方式的綜合從而展現出這種複雜性，可能是最便利、最直接的方式。袁可嘉指出他所提倡的通過「新詩戲劇化」來實現「新詩現代化」，就是要讓現代詩能夠具有最大的「包容性」：綜合自我意識與社會意識，現實描寫與宗教情緒，歷史傳統與現實處境，抽象思維與敏銳感覺，輕鬆與嚴肅等因素，以及人生、文學與文化的綜合嘗試[7]。只有如此才能真正表達出現代人面對複雜的現實生活經驗的感受。

---

[5] 有關問題參見方錫德的《中國現代小說與文學傳統》，北京大學出版社，1992 年。

[6] 袁可嘉：《新詩現代化的再分析》，《大公報・星期文藝》，第 32 期，1947 年 5 月 18 日。

[7] 袁可嘉：《新詩現代化——新傳統的尋求》，天津《大公報・星期文藝》，第 25 期，1947 年 3 月 30 日。

沈從文、馮至、卞之琳等人在抗戰期間的文學探索已經顯露了文體綜合的特點。如前文所述，沈從文在「詩的抒情」入小說的理論指導下創作的小說《看虹錄》充滿了詩的抽象意味，卞之琳的《山山水水》通過詩歌的語言方式和主人公的意識流動增添了小說的詩味，馮至的《伍子胥》則在文體上綜合詩歌、散文和小說的因素，帶給平津文學青年極大的震撼。事隔五十年後，卞之琳在《詩與小說：讀馮至創作〈伍子胥〉》中，將馮至的文體融合歸結為作家創作的一種自然規律。他說：「從青少年時代以寫詩起家的文人，到了一定的成熟年齡（一般說是中年前後），見識了一些世面，經受了一些風雨，有的往往轉而嚮往寫小說（因為小說體可以容納多樣詩意，詩體難於包含小說體所可能承載的繁夥）。他們既不滿足於十九世紀拜倫和普希金那樣寫詩體『小說』，進而也不滿足於二十世紀初年詩風正在轉變的里爾克寫《旗手克利斯托弗・里爾克的愛與死之歌》那樣的散文敘事詩。他們真像要所謂『摒除絲竹』就用散文體寫小說。」[8]這種闡釋也可以用來解釋沈從文和卞之琳自己在這一時期的創作中出現文體綜合的趨向。

如果說聯大時期的文學探索中出現的文體綜合傾向，主要是出於自身創作的需要，還沒有作為一個自覺的要求被明確地提出，那麼 1946-1948 平津文壇的「新寫作」已經明確地將突破文體界限作為文學試驗的第一步。在《新廢郵存底》中，沈從文指導青年作家的創作，闡述了自己對小說、詩歌革新的設

8　卞之琳：《詩與小說：讀馮至創作〈伍子胥〉》，《中國現代文學叢刊》，1994 年第 2 期。

想，提出了文體綜合的主張。他回顧抗戰以來的文學創作，認為此期「問題多，機會多，有分量的作品並不多」，根本原因就在於「將文學限定於一種定型格式中，使一般人以為必如此如彼，才叫作小說，叫作散文，叫作詩歌」，必須設法解放這些拘束才會有嶄新的作品產生。[9]汪曾祺所設想的現代小說是一種「不像小說」的小說，它可以「像詩，像散文，像戲，甚至什麼都不像」。他堅決否定傳統小說所必備的結構以及人物與命運所慣有的因果邏輯，要求小說應當綜合戲劇、散文、詩歌諸多因素，能有戲劇的活潑、尖深，散文的廣度和自然，詩的敏感和掙扎，在融合中實現對傳統小說的消解。袁可嘉認為實現新詩現代化革新的途徑在於新詩創作的「戲劇化」，將戲劇的結構精神運用到詩歌創作中。作為對文體綜合的一種理論支持，朱光潛發表了不少文章，從文體綜合的角度分析和討論對話體、日記、隨感錄、書牘的文體特點和發展趨勢。例如，他分析對話體，認為對話體具有戲劇化的內在結構，它陳列各種矛盾對立因素，讓這些對立因素的交鋒和消長實現綜合和統一，展示出思想的流動過程，是「思想的戲劇」。在討論到日記體時，他強調日記體對現代小說的影響，認為喬伊斯的《尤利西斯》和吳爾芙的《黛洛維夫人》都受到了日記體的影響。

---

[9] 沈從文：《窄而霉齋廢郵（新十九）》，《平明日報·星期藝文》，第 23 期，1947 年 9 月 28 日。

## 二

「新寫作」是基於人們心理意識和思維方式的變化，開始進行文體革新活動的。因此，他們的文體革新首先是從重新界定各類文體的內涵開始的。沈從文認為真實的文學應當寫出「現代人情緒發展」[10]；汪曾祺把短篇小說的文體內涵界定為「一種思索方式」，「一種情感形態」[11]，「人類智慧的一種模樣」，「或者說與人的心理恰巧相合的形式」；袁可嘉則將現代詩歌的文體內涵界定為「包容的詩」[12]，是人類「最大可能量意識形態活動」，是「複雜經驗有組織的傳達」，是辨證地表現人類在複雜的現代生活中的深層意識活動的方式。這一時期，文體綜合理論的探討重點在小說和詩歌。

詩歌方面，沈從文界定了現代詩歌的文體，指出了中國現代詩歌發展的大方向；袁可嘉則在理論和技術層面作了詳細的闡述。沈從文對現代詩歌內涵的界定與西方現代主義詩歌潮流有共通之處。他認為現代詩歌應當「是一種情緒和思想的綜合，一種出於思想情緒重鑄重範原則的表現」[13]。它「不僅僅是二十歲年青靈魂的發酵物，還可望是四十歲以上的思想家表示思

---

[10] 沈從文：《窄而霉齋廢郵（新十九）》，《平明日報・星期藝文》，第23期，1947年9月28日。

[11] 汪曾祺：《短篇小說的本質》，《益世報・文學周刊》，第43期，1947年5月31日。

[12] 袁可嘉：《談戲劇主義——四論新詩現代化》，《大公報・星期文藝》，第84期，1948年6月8日。

[13] 沈從文：《新廢郵存底》，《益世報・文學周刊》，第33期，1947年3月22日。

想情感和人生態度最精巧工具，以及共同生命更深一點的東西」[14]。這段話讓我們想起了里爾克對於現代詩歌的著名論斷：「詩並不像大眾所想的，徒是情感（這是我們早就有了的），而是經驗」。所謂「情緒和思想的綜合」，實際上是強調現代詩必須具有全面綜合的能力，要求它能夠實現生活經驗和生命體驗的結晶和昇華。

沈從文對於現代詩歌的要求與袁可嘉的「新詩現代化」理論不謀而合。袁可嘉指出實現「新詩現代化」的基本途徑就是新詩的「戲劇化」。袁可嘉的「戲劇化」主要強調「戲劇化」所具有的「有機綜合」的能力，即「調和許多互相衝突的因素」，「綜合一切相反相成的因素」，從矛盾中求統一，從而再現出現代人生的基本特徵。詩歌中的戲劇化因素在新詩誕生之初就存在。郭沫若的《女神》中有詩劇，「新月」時期的聞一多時常運用戲劇獨白的方式抒情。在早期的探索中，「戲劇化」主要關注的是敘事性、口語化、緊張的現場氣氛等戲劇的外部特徵。把新詩「戲劇化」作為一個問題提出並加以討論則開始於 30 年代[15]。

袁可嘉的「戲劇化」要求將戲劇的內在結構運用到詩歌創作中去。這種將戲劇結構運用到新詩創作中的創作思想，卞之

[14] 沈從文：《論現代詩——廢郵存底之一篇》，北平《益世報・詩與文》，第 10 期，1947 年 12 月 22 日。

[15] 1937 年柯可在《新詩》上發表了《論中國新詩的新途徑》，將散文詩、敘事詩、詩劇並列為新詩形式方面的三個「新方向」；聞一多 1943 年在《當代評論》發表了《文學的歷史動向》，預感到「在一個小說戲劇的時代，詩得儘量採取小說戲劇的態度，利用小說戲劇的技巧，才能獲得廣大讀者。」他們都從擴大詩的影響力方面提倡新詩的戲劇化。葉公超、林庚的戲劇化要求雖然是認識到戲劇的複雜意態可以擴大詩的表現力，但最後還是落腳於戲劇效果上。

琳在 30 年代的創作中已經表現出來。在《雕蟲紀曆·自序》中，他說，「我總喜歡表達我國舊說的『意境』，或者西方所說的『戲劇性處境』，也可以說是傾向於小說化、典型化、非個人化，甚至偶爾用出了戲擬。」[16]他善於通過人稱的變化來轉換不同的視角，通過戲擬的方式使獨白變成眾聲喧嘩，詩人將「我」的聲音隱藏在眾聲喧嘩的戲劇性處境中，從而達到結構上的戲劇化效果。但卞之琳將「戲劇化處境」與古代文論中的「意境」並列，可見他更關注情緒上的和諧與平衡，他重視的是「戲劇化」的效果而不是「戲劇化」的過程。因此他的詩作雖有多聲部、多視角，但並不構成複雜激烈的衝突。袁可嘉提倡新詩的戲劇化，不僅關注戲劇化的結果（即現代詩歌的複雜性和包容性），而且關注與現代人生狀態相吻合的戲劇化的過程，即在矛盾和衝突中獲得和諧。他認為，只有這種在矛盾和衝突中獲得的和諧才能真正呈現出「最大量的意識狀態」。為此，袁可嘉提出了兩種實現新詩「戲劇化」的方法。其一是通過將詩歌「想像結構」和「感覺結構」戲劇化建立起「有結構的象徵系統」，「構成了有強烈戲劇性詩意義的『立體』組織」，從而獲得「空間、時間、廣度、深度諸方面的自由和彈性」。其二就是直接寫作詩劇。

文體綜合的嘗試在詩歌創作中表現為「散文化」和「戲劇化」。

作為抗戰詩歌的餘韻，詩歌的「散文化」傾向非常明顯。廢名的詩歌洗淨鉛華，詩風由奇絕歸於平澹，漸趨直露，呈現出散文化的特點。林徽因的詩歌在保持了一貫的雅正的同時，

---

[16] 卞之琳：《雕蟲紀曆·序》，人民文學出版社，1984 年，第 15 頁。

也顯示出散文化的趨勢。但由於大多數詩人對「散文化」理解存在偏差，結果使詩歌變成了分行的散文，對此蕭乾、楊振聲都提出了嚴厲的批評。在《給寫詩的朋友們》中，蕭乾批評說「把詩寫成散文」是當前詩歌創作中的「幾種典型的詩『病』」之一。他承認「現代詩逐漸走向散文的形式是事實」，但是「詩人們的本意，正在通過散文形式所具有的較大的自由，加強經驗中的詩歌本質」。蕭乾進一步辨析詩經驗與散文經驗的差異，指出散文經驗「是擴展的」；詩經驗「是濃縮的」，「通過表面的鬆開得到更高的凝聚」。詩經驗應該是一種「立體的」經驗，具有「沿著中心而四散的發展性」，其「構成的部分，不僅彼此間有密切的關係，而且與詩的中心有連繫，而這種連繫不僅是平行的，而且是一步一步向前發展的」。同樣，在傳達的技巧上，也應當創造出一種「沿著中心而四散的發展性」的立體的結構。由此方可創作出「不僅包含完整的經驗，而且給人不可避免的影像」的成功詩作[17]。

詩歌「戲劇化」的嘗試收穫頗豐。穆旦的《隱現》、鄭敏的《農人》、張白的《喂，那城裏來的哥兒——記種菜戶和一個大學生的談話》[18]等，都採用了詩劇的寫法。但詩劇包含了

---

[17] 蕭乾：《給寫詩的朋友們》，《大公報・星期文藝》，第 105 期，1948 年 10 月 31 日。此外，楊振聲的《致不知名的先生》（《經世日報・文藝周刊》，第 86 期，1948 年 2 月 29 日）也對詩經驗和散文經驗的問題作了區分。

[18] 張白，生平不詳，他的詩歌主要是鄉村抒情詩，充滿鄉土氣息，完全使用口語，善於用調侃和反諷的語調表達對悲慘的農村生活的不平。曾在《大公報・文藝》、天津《益世報・文學周刊》、《平明日報・星期藝文》上發表長詩 11 首，其中文中所提的詩作分別在沈從文主編的天津《益世報・文學周刊》和《平明日報・星期藝文》上兩次登載。沈從文也在《新廢郵存底（二七三）——一首詩的討論》鼓勵張白進行文學創作。

詩歌和戲劇雙重才能，難度顯而易見。因此比較起詩劇而言，通過「想像結構」和「感覺結構」實現詩歌的「戲劇化」更加普遍。穆旦、袁可嘉、鄭敏、李瑛、王道乾、俞銘傳、葉汝璉等人的詩作中都顯露出對新詩戲劇化的嘗試。穆旦常常以幾種力的相互作用來構架詩情，幾種力相互牽引和糾結，最後獲得平衡。《詩八首》通過「上帝」（代表一種命運或規律）、你、我這三個矛盾力量的變化、游移、消長來展示愛情的各個側面和內在質地。穆旦用戲劇性衝突理論來解釋《詩八首》的寫作：「愛情的關係，生於兩個性格的交鋒，死於『太親熱，太含糊』的俯順。這是一種辨證關係，太近則疏遠，應該在兩個性格的相同和不同之間找到不斷的平衡，這才能維持有活力的愛情。」[19]鄭敏的《人力車夫》包含了車夫奔跑中體現的生命與死亡的矛盾（車夫有力的奔跑是生命力的象徵，同時也是消耗生命接近死亡的象徵），乘車者與車夫之間支配與被支配的矛盾，野草叢生的小路和踏出一條坦途的矛盾，幾種矛盾最終都集中在車夫「舉起，永遠的舉起，他的腿」上。李瑛的《冰場》中冰場是觀察者，也是被觀察者。它與滑冰者之間是一種受難者和施難者的關係。這種關係是通過冰場本身的「平面」與滑冰者所留下的幾何「線條」，冰場的「零度」特徵和滑冰者留給冰場的「爆裂」這幾個矛盾展現出來的。王道乾的《造型的猶豫》則從戰爭中生與死的矛盾和愛情中情與欲的矛盾，推演出「生命」誕生所包含的悲哀。

---

[19] 郭保衛：《書信今尤在　詩人何處尋——懷念查良錚叔叔》，《一個民族已經起來》，江蘇人民出版社，1987 年，第 178 頁。

## 三

小說方面，沈從文、汪曾祺、廢名所提出的文體綜合的方式各具特色。

沈從文設計了兩種小說類型。其一，是將故事散文遊記合而為一，並適當的將樂曲的寫法運用到小說結構中[20]。這種類型可以說是沈從文為「新生代」作家的小說寫作提出的方向。綜合故事散文遊記，是希望能夠保存現實生活的原色，即沈從文所說的「保存原料」，而將音樂結構運用到小說創作中有助於增強小說的抽象色彩。其二，沈從文提出將「詩的抒情」與「現世成分」有機結合[21]。「詩的抒情」是沈從文在西南聯大時期所提出的小說創作追求。進入「新寫作」時期，他修改了這個極具先鋒性的主張，提出加入「現世成分」。這顯然與沈從文發起「新寫作」時所暗含的社會理想有關。這兩種類型都體現出沈從文要求將具象與抽象結合，從而使小說的表現力能夠獲得「廣大與精細」的小說創作理想。

這一時期，廢名不僅將創作重點放在散文上，而且他的小說和詩歌創作都呈現出散文化的特點[22]。這時的廢名對「散文」

---

20 詳見沈從文與周定一和蕭鳳的通信，分別刊登在《窄而霉齋廢郵（新十九）》（《平明日報・星期文藝》，第 23 期，1947 年 9 月 28 日）和《新廢郵存底（二八五）——一個邊疆故事的討論》（《益世報・文學周刊》，第 58 期，1947 年 9 月 20 日）。

21 上官碧（沈從文）：《新燭虛》，《經世日報・文藝副刊》，第 6 期，1946 年 9 月 22 日。

22 廢名此期發表了約 16 篇散文（其中有些在戰前已經發表過），詩歌 6 篇，小說 1 篇，新詩論文 4 篇。

情有獨鍾。在《莫須有先生坐飛機以後》中，廢名反省自己原來的小說創作，認為以前的小說「注重情節，注重結構」，都是「裝假」。經歷了戰爭之亂後，他走出個人的小天地，開始「注重生活，注重事實」。他甚至將過去的小說創作完全否定，「有心將以前的小說都給還原」，「讓事實都恢復原狀」[23]。所謂「恢復原狀」就是要摒除「結構」和「情節」。為此，他將目光轉向了散文，認為散文記錄人情風俗，不求安排布置，行文自由而且自然，既能保存「原料」和「事實」，又有教育意義[24]。

汪曾祺對現代小說文體內涵的界定中包含了他對人類心理意識形態的思考。無論是「思索」、「情感」還是「智慧」，都包含了主觀意識和客觀世界兩個層面。這兩個層面之間的反覆投射構成人類思維和感覺的基本過程。當汪曾祺將「思索」、「情感」、「智慧」上升為一種「形態」和「方式」，並與短篇小說等同時，實際上就是要求短篇小說要在主觀意識和客觀世界之間建立一個相互映射的渾融的意識結構。汪曾祺認為只有建立了這樣的意識結構的小說，才能全面呈現生命個體真正的生活狀態。散文、小說、戲劇、詩歌在意識結構上各有偏頗，應當將散文、詩歌、戲劇、小說的文體優勢有機綜合，才能真正實現意識結構的建構。他認為，現代小說應當吸取戲劇的「活潑，尖深，頑皮，作態」。他進一步解釋說，活潑、尖深就是「一切在真與純之上的相反相成的東西」。「相反相成」強調

[23] 廢名：《散文》，《華北日報．文學》，第9期，1948年2月22日。

[24] 廢名：《莫須有先生坐飛機以後》，第8章，《文學雜誌》，2卷8期，1948年1月。

的是辨證性、矛盾性、複雜性、綜合性，正是經受戰爭洗禮的現代人的基本心理狀態。散文隨意自然的結構方式和敘述方式符合弗洛伊德所說的人的「自由聯想」的思維特點，它將進一步擴展日常生活狀態的內涵和外延，真正體現出現代生活經驗的多樣性和複雜性。詩性精神的融入則深化了小說的內蘊，將小說由寫實引領入象徵。汪曾祺強調小說家必須具有詩人氣質，他們「深知人在凡庸，卑微，罪惡之中不死去者，端因還承認有個天上，相信有許多更好的東西不是一句謊話」，換句話說，他所說的小說家詩人氣質就是敏銳和包容。因為敏銳，所以能夠抓住生活潛在的脈搏；因為包容，所以能夠最大限度的展現生活。這種借鑒了戲劇、散文和詩歌的精神和氣質後的小說將實現沈從文所謂的「廣大和精細」。

在此期的小說創作中，作家表現出強烈的文體綜合的努力。同一位作家在同一時期的創作中，呈現出截然不同的文本特徵，進行文體試驗的目的非常明顯。例如，金隄的《還鄉流水》系列將心理分析化入到濃重的鄉土色彩中，而他的《渴睡的故事》、《人見》、《近乎沉默——擬日記》則顯然是心理分析小說的演習。又如，畢基初的《一個人自傳的橫切面》系列結合運用了象徵與心理分析，來解剖知識份子在現實生活中的心理狀態；而他的《槍魘》則將心理分析與離奇故事結合起來，《界碑》等作品在鄉土故事中增加大量的傳奇色彩。此外，李拓之的《文身》、《埋香》等則接續了施蟄存心理分析手法的香火，將性心理分析手法用在歷史題材，想像豐富瑰麗，鋪排描寫細膩華麗，色彩濃豔，繪畫感強，而他的《招魂》卻頗似一個寓言。

而廢名的《莫須有先生坐飛機以後》，邢楚均的《故事採集者日記》系列，畢基初的《一個人自傳的橫切面》系列，以及汪曾祺的小說等作品都表現出了小說、散文、詩歌相綜合的特色。

廢名宣稱《莫須有先生坐飛機以後》是實錄，是真人真事，從內容上看也確實如此。但從整體上來說，它採用的是小說的構架，以第三人稱敘述，有貫穿始終的人物。小說涉及的內容很多，如童年回憶，黃梅的歷史傳說，抗戰時期的教育問題，老百姓的生活態度，地方官吏的辦事作風，自己的人生感悟等等，但小說不以邏輯來結構事件，各個事件之間依靠「聯想」建立關係，再加上大量的散漫議論，都使小說在行文中具有一種散文的自由流動之感。

邢楚均的《故事採集者日記》系列最得沈從文的稱讚。沈從文認為，這個系列故事「揉遊記散文和小說故事而為一，使人事凸浮於西南特有明朗天時地理背景中」，既充滿傳奇性又富有現實性，帶點「保存原料」的意味[25]，「將于蘆焚、艾蕪、沙汀等作家，揉小說故事散文遊記而為一體的試驗以外，自成一個新的形式。」[26]他的散文《壺水曲》寫「我」與同學子康在抗戰爆發後帶領學生一起逃難的故事以及子康的死亡。散文有一個完整的故事形態，但主要結構方式是散文式的自由聯想。此外，

---

[25] 沈從文：《新廢郵存底（二七三）——一首詩的討論》，《益世報．文學周刊》，第 58 期，1947 年 9 月 20 日。

[26] 沈從文：《窄而霉齋廢郵（新十九）》，《平明日報．星期藝文》，第 23 期，1947 年 9 月 28 日。

這篇散文大量運用跳躍性極大又具有強烈暗示性的比喻和通感，如「四周如說謊一般空洞」等，又使文章產生了詩的意境。

畢基初的《一個人自傳的橫切面》系列，在題目上就顯露出文體試驗的特徵。「自傳」的線性特徵有利於敘事，「橫切面」的面性特徵有利於抒情。把二者結合，表明了作者以系列抒情的方式達到小說敘事效果的企圖。既然是自傳，敘述方式應偏向小說的敘事一類。但實際上，作品是採用散文的文體，剖析了知識份子在時代風潮中的精神鬥爭，並企圖以此勾勒出時代精神的流變史。而作者對象徵和心理分析手法的有意識的運用，又使作品具有詩的意味。《向日葵》從美軍強暴女大學生沈崇的案件感嘆耶穌的自我犧牲；《野獸》寫自己面對物質世界的諸多誘惑，產生了難以把握自己的恐懼；《腳印》寫自己每天經過都市的街道，由腳印產生的生命領悟；《沒有凝結的山脈》談到知識份子對集體的渴望和排斥，對保有自我的驕傲和羞愧；《巉岩有溶流的蜜》以巉岩與蜜的關係象徵生命的意義和價值。

作為「最可注意的」青年小說家，汪曾祺更是積極地試驗著自己的小說革新主張。汪曾祺在這一時期的小說分為三類：第一類中如《復仇》、《小學校的鐘聲》、《綠貓》，有意識地運用了意識流技巧。《小學校的鐘聲》如吳爾芙《波浪》，包含了自然和諧的音樂流動，呈現出詩化小說的味道。在《小學校的鐘聲》裏，汪曾祺明顯地表示出要以音樂入小說的企圖：

> 「韻律和生命合成一體，如鐘聲。」我活在鐘聲裏。鐘聲同時在我生命裏。天黑了。今年我二十五歲。一種荒唐繼荒唐的年齡。

> 老詹的鐘又敲起來了。風很大，船晃得厲害，每個教室裏有一塊黑板，黑板上寫許多字，字與字之間產生一種依稀可辯的朦朧的意義，鐘聲作為接引。我不知道在船上還是在水上，我是怎麼活下來的。有時我不免稍微有點瘋，先是人家說起，後來是我自己想起，鐘……

第二類中如《風景》、《職業》、《昆明的叫賣》、《驢》、《冬天》，《蝴蝶——日記抄》，已經沒有完整的故事核心，幾乎近於小品。第三類如《老魯》、《戴車匠》、《異秉》、《落魄》、《雞鴨名家》，故事情節完整，具有濃郁的鄉土色彩，行文中有散文化的傾向，技巧比較成熟。第一類是作家對自己的文學試驗的理論資源的刻意模仿，比較生硬；第二類與第三類之間存在著練筆和成型的關係。在第三類作品中，幾乎隨意抽出一段來，就可以變成第二類作品，單獨發表。汪曾祺通過這種小品片段似的散文段落的練習，走上了散文化小說的創作道路。

## 第二節　「非個人化」的「個人化」表達

### 一

在持續了八年的抗日戰爭中，人們的群體意識（社會意識）和個體意識（自我意識）都被高度地激發出來。高度的群體意識和高度的個體意識並存的局面，使人們對於社會、人生、生命、存在的感受和體驗也高度複雜化。這種生命感受和生活體驗的高度複雜化，使人們對文學作品的表達能力提出了新的要求。「新寫作」正是以此為起點，開始文學試驗活動的。

群體意識（社會意識）和個體意識（自我意識）都被高度地激發出來所導致的意識結構的變化，促使作家們選擇全新的表達方式。另一方面，外在的政治壓力也要求作家們在個體話語和群體話語之間做出選擇：是放棄個人的聲音而歸入群體的洪流，還是置集體的召喚於不顧，堅持自我的道路？作為一個藝術工作者，放棄自我就意味著藝術的死亡，但中國知識份子所固有的歷史感、責任感使他們無法完全背棄歷史推進的方向。內外矛盾之下，文學創作者們不約而同地選擇了「非個人化」的「個人化」表達的道路。而這種「非個人化」的「個人化」表達，因此也就包含了「藝術」和「意義」兩方面的追求。

「新寫作」對於「非個人化」的「個人化」追求與二十世紀前期西方現代文學發展潮流保持了同步性。「非個人化」的「個人化」表達是二十世紀前期，以艾略特為代表的西方現代主義創作潮流中的一個重要傾向。艾略特的名言——「詩歌不是放縱感情，而是逃避感情；它不是表現個性，而是迴避個性」——解釋了「非個人化」的美學原則。瑞恰茲進一步的解釋：「我們是無個性的這個說法無非是我們的個性更加完整地投入進去的巧妙說法而已」，直接點出了通過「非個人化」實現「個人化」的實質。對以艾略特為代表的西方現代主義詩歌寫作來說，「非個人化」的「個人化」來源於他們創作意識活動中的一個共同點，即袁可嘉所總結的以個人自覺意識為出發點，以理想社會為歸宿。從創作者的心理模式來看，「非個人化」的「個人化」要求作者個體意識的極度擴張，有效啟動「大記憶」，將「自我」由現實中的「自我」擴展到整個歷史傳統之中，挖掘出「類」和「群」的意識特徵，從而實現「非個人化」。

卞之琳在30年代的創作中就已經體現出了「非個人化」的特點。正如卞之琳後來所回憶的那樣，「我總怕出頭露面，安於在人群裏默默無聞，更怕公開我的私人情感」[27]，他的「非個人化」主要是出於一種自我保護的意識。四十年代末期平津文壇的「新寫作」中，「非個人化」的「個人化」表達成為一種文學創作傾向。沈從文的「詩的抒情」，袁可嘉的「戲劇化」，廢名對於「實錄」的強調，汪曾祺小說創作上的變化，都體現出了作家對「非個人化」的「個人化」表達的追求。

沈從文的「詩的抒情」包含了兩層意思：其一是「詩」，其二是「詩的抒情」。所謂「詩」，是強調從個體經驗出發去探求形而上的抽象的生命存在；所謂「詩的抒情」，是強調抒情的抽象化[28]，——不是直抒胸臆，也不是運用抒情意象，而是借用對客觀事物的精神的認識來抒情。在小說《莫須有先生坐飛機以後》第八章中，廢名說自己以前的「小說可以見作者個人的理想，是詩，是心理，不是人情風俗」。然而在座談《今日文學的方向》中，廢名又說：「文學有兩種技巧，一是寫實的，要把當時的真實經驗生動地表現出來。而每一個經驗都是特殊的，具體的，因此比較難懂，另一種寫法是回憶的，如馮

---

[27] 卞之琳：《雕蟲紀曆·自序》，人民文學出版社，1984年，第3頁。

[28] 這裏的「抒情」包括了抒情和敘事。在沈從文的表述中，抒情和敘事作為表達具象的手段，與「詩」的抽象意味相對。

至的十四行詩，這類詩比較容易懂。」[29]廢名將自己的創作歸入寫實一類，他認為「寫實」的作品，應當表現「當時的經驗」，然後強調這種經驗是「特殊的，具體的」。顯然，這種經驗是作者的主觀體驗。由此看來，他所謂的放逐「作者個人的理想」、「詩」、「心理」，並不是要放棄個人體驗，而是指放棄那種直接表達主觀體驗的寫作方式，將主觀體驗的表達間接化和客觀化，以潛移默化的方式達到教育讀者的目的。吳爾芙的「主觀真實」論，是汪曾祺的現代小說革新的理論源泉之一。但汪曾祺有意識地改造了意識流手法，將意識流內化為結構小說，從而實現了「非個人化」的「個人化」表達。

對於如何從技術層面實現「非個人化」的「個人化」表達問題，袁可嘉在新詩現代化理論中就此作了詳細的闡述。他指出，新詩現代化主要是通過「戲劇化」來實現，而「戲劇化」的實質就是「表達上的客觀性和間接性」[30]。這種客觀性和間接性的表達所達到的效果就是「非個人化」的「個人化」。「間接性」和「客觀性」所強調的重點略有不同。「間接性」強調要為主觀情思和觀念尋找「客觀聯繫物」，引起豐富的暗示和聯想。袁可嘉將這種表達稱為「感覺的曲線」，具體的手法包括構造特殊的意象比喻，運用想像邏輯、反諷、多聲部的對立等等。「客觀性」強調與現實社會和自我人生經驗都要保持一定的距離，冷靜客觀，入乎其內，出乎其外；超越個人視角，

---

[29] 《今日文學的方向》（座談），《大公報·星期文藝》，第 107 期，1948 年 11 月 14 日。

[30] 袁可嘉：《詩的戲劇化》，《大公報·星期文藝》，第 78 期，1948 年 4 月 25 日。

疏離對社會的直接判斷，詩人的聲音則化為詩歌的一個結構性的要素，隱藏起來，詩人的個性價值從整個文本中得到體現。

## 二

「新寫作」對「非個人化」的「個人化」表達在文本中，主要表現為以下三種方式。其一是遠距離觀照生活；其二是通過結構上的矛盾與和諧形成對比關係進行抒情；其三是智性抒情。下面將對這三種方式作分別闡述。

首先，所謂遠距離觀照生活，是指作家要有意識地與現實生活拉開距離，對現實人生採取冷靜觀察的態度。從人生現象入手，目標卻在挖掘其心理本質。在廢名、汪曾祺、金隄的小說中，穆旦、杜運燮的詩歌中，這種觀照方式非常明顯。廢名稱《莫須有先生坐飛機以後》是真人真事，是「傳記文學」。寫自傳就必然是回憶，就必然有「我」，應將「我」作為視角的中心，這顯然與表達的間接化和客觀化矛盾。為了實現小說的「非個人化」，廢名設計了「莫須有先生」這個人物。通過他，廢名觀察自己的生活和情感，也觀察到了人情風俗。小說將議論與描寫、敘述並行，在描寫和敘述中不斷插入長段的分析。這裏的分析和議論實際上是對抒情的替代，作用在於拉開與現實的距離，使抒情客觀化或非個人化，減少了個人色彩。汪曾祺的《老魯》、《雞鴨名家》，金隄的《還鄉流水》等等作品中，「我」處於觀察者的位子，觀察和展示他人的生活。這種觀察是絕對冷靜和客觀的，不深入對方的內心或偷窺他的「故事」，只通過白描來展現他人生活的基本面貌，然後通過意象的自由運行，挖掘出外在生活中包含的生命意態，將他人的日常生活昇華為一種生命形態。在汪曾祺的《風景》有這樣的描寫：

> 在郵局大樓側面地下室的窗穹下，他盤膝而坐，他用一點竹篾子編幾隻玩意，一隻鳥，一個蝦，一頭蛤蟆。人來，人往，各種腿在他面前跨過去，一口痰唾落下來，嘎啦啦一個空罐頭踢過去，他一根一根編綴，按部就班，不疾不緩。不論在工作，在休息，他臉上都透出一種深思，這種深思，已經習慣。我見過他吃飯，他一點一點摘一個淡麵包吃，吃得極慢，臉上還保持那種深思的神色，平靜而和穆。

汪曾祺以白描和對比的手法展示這個竹編藝人外在的生活狀態，並不涉及到他的具體的心理活動，然後通過「我」的觀察和想像概括出他內在的近乎停滯的生命形態。

其次，排除直接抒情，通過結構上的矛盾或和諧進行抒情，是袁可嘉所提倡的新詩戲劇化的手法之一。在《新詩現代化》中，袁可嘉分析穆旦的《時感》，特別注意到了詩歌在意識結構上的矛盾糾葛。「絕望裏期待希望，希望中見出絕望」，這兩個相反相成的主題思想在詩歌的每一節裏都「交互環鎖，層層滲透」；每一節中有兩句表示「希望」，剩下兩句則是「絕望」的反問反擊，對於時代的控訴通過情緒結構委婉卻又強烈的表達出來[31]。沈從文對借用結構抒情也頗為心儀。他指導青年女作家蕭鳳在小說中運用情緒結構抒情。一方面強化人情風俗的穿插，增加小說的心理分析，增強情緒上的矛盾和對比；另一方面用作曲的方法結構小說，使小說在結構上「矛盾對立而又諧和一致」。沈從文提出的以結構上的對立和諧進行抒情的方式，使抒情客觀化，實現了「詩的抒情」[32]。馮至的《伍子胥》也通過意識結構來表達主題[33]。小說中的伍子胥一直處於緊張的逃亡中，一方面追求著永恒靜穆的生命存在，另一方面又無法卸去復仇的歷史使命；一方面憎恨戰爭所帶來的流離和荒蕪，另一方面又不得不依賴戰爭來達到復仇的目的。戰爭、復仇、生命理想之間相互糾葛，有對立也有依賴，將主人公置於激烈的矛盾衝突中。這種既矛盾又交融的關係，不僅是內容上的，也被運用到結構中：楚狂、太子建、漁夫、季札成為抽象化的符號，構成一個外圓，代表了生命中的一個個境遇；伍子胥則是圓心，與他們既矛盾又相通，每一種聲音對他都是誘惑，在彼此的掙扎和溝通中，伍子胥完成了自我，獲得了平衡。

再次，智性抒情在「新寫作」中運用得最為廣泛。所謂「智性」是指感性昇華、經驗結晶後的哲理玄思，規律本質等等，

---

[31] 袁可嘉：《新詩現代化》，《大公報．星期文藝》，第 25 期，1947 年 3 月 30 日。

[32] 沈從文：《新廢郵存底（二八五）——一個邊疆故事的討論》，《益世報．文學周刊》，第 58 期，1947 年 9 月 20 日。

[33] 馮至的《伍子胥》創作於 1942 年，嚴格的說並不能算在「新寫作」中。但《伍子胥》這篇小說對於平津文學青年影響極大，對「新寫作」的發展有很大的推動力。所以本文仍將《伍子胥》作為例證，來說明「新寫作」的文學特徵。

體現出一種理性精神。智性抒情意味著在感性和理性之間，在思想經驗與情感情緒之間，以思想經驗的結晶代替情感情緒的流動。智性抒情可以分為兩種形式：一種是智性在作品中網絡化，一種則是將智性與敘述相結合。

穆旦的《控訴》（二）充分體現了智性在作品中網絡化的特點。詩作共分八節，分別表達了生命的誘惑使人尋找享樂，復仇的思想使人彼此傷害，彼此不信任，平凡人生中蘊藏著死亡和生機等等。詩歌並沒有創造出一個意象群落，而是完全從經驗和哲思出發，作觀念的直訴。這些觀念之間並不以邏輯或情感順序排列，而是雜亂地糾纏在一起，但這種「雜亂」正是穆旦所要反映的主題。這種網絡化的智性抒情需要高度的濃縮能力。因此在「新寫作」中，將智性與敘述相結合的方式被運用得更多。

所謂「智性」與敘述的結合，實際上就是要求將具象描寫與抽象沉思有機結合。關於這一點，馮至的《伍子胥》給了人們極大的啟示。《伍子胥》成功的關鍵就在於它對抽象與具象間的距離有效地協調。如上文所述，《伍子胥》中的人物如楚狂、太子建、漁夫、季札等人都被抽象化為一種精神符號，與伍子胥共同構成了一個點與圓的結構。通過這個結構體現出雙方之間的矛盾和衝突關係，「點」遊走於「圓周」，充分接受了來自「圓周」的力的衝擊。這種結構實際上就是作者理性思考的外化，而這種理性思考建立在伍子胥的逃亡故事這一基本事實之上，兩相結合構成了馮至式的智性抒情。在語言方面，《伍子胥》不僅有意識地將具象辭彙與抽象辭彙結合，如「蕭聲漸漸化為平凡」，「艱難的航行需要無數人的撐持」等等；

而且將日常語彙和書面語彙相結合，如「在原野的中央，一個女性的身體像是從草綠裏長出來的一般，聚精會神地捧著一缽雪白的米飯，跪在一個生疏的男子面前。」……

此外，袁文的《晝寢》也同樣在人物的結構和情節的推進中，化入作者的理性思考。《晝寢》是一個荒誕的歷史故事。在傳統沒落，暴力昂揚的時代，孔子周遊歸來，辦了尼甫大學，吸引學子。小說在人物設置上也採用了點與圓的結構。宰我、子路、子貢等分別作為自由主義者、激進分子、教條主義者等的代表，各方圍繞著宰我的日常生活和行為主張，充分表現。點與圓之間的矛盾和衝突是靜止的，主人公的精神生活是自給自足的。正因為此，小說充滿了溫和的諷刺、嘲弄，同時又暗含著悲憤和無奈，現實感格外的明顯。

智性抒情不僅在小說創作中有著廣泛的運用，同時也被運用到散文創作中，劉榮恩[34]的《修道院的誘惑》，黎先智的《黃昏的夢囈》、S．P的《思想的漫步》，湯一介的《流浪者》等作品，都以智性的思考代替直接的抒情。《黃昏的夢囈》寫作者在山谷中獨處，偶然見到一架運輸機飛過，在飛機的陰影中，作者突然領悟到了生命的偶然和突變。一方面，飛機被虛擬為「我」的談話對象，另一方面「我」也將「我」的思考加諸於飛機：飛機何來何往，為何生為飛機等等。於是「我」的思索過渡為「我們」的追問，小我的感嘆自然地轉入對人類歷史之長河的審視。

[34] 劉榮恩，抗戰期間曾在西南聯大中國文學系擔任輔導教員，此時仍在北京大學中文系任教員。創作主要集中於詩歌和散文，出版詩集《詩五十五首》等。袁可嘉將他的詩歌作為政治感傷性的代表，進行過嚴厲地批評。

## 第三節　現實的「內在化」

### 一

在四十年代後期批判「主觀論」的運動中，平津文壇的「新寫作」活動受到了猛烈抨擊。《新詩潮》、《新詩歌》、《詩號角》、《螞蟻小集》、《泥土》等堅持現實主義的詩歌創作雜誌，對平津文壇的「新寫作」表示了極大的不滿，批判的矛頭之一指向了「現實」。1947 年《泥土》刊登了初犢的文章《文藝騙子沈從文和他的集團》，文章指責袁可嘉、穆旦、鄭敏、李瑛等青年詩人「公然打著『只要大的目標一致』的旗幟」，卻在「在現實面前低頭，無力，慵惰」[35]。作為對這種批評的反擊，袁可嘉在《「人的文學」和「人民的文學」》、《我的文學觀》、《詩的再解放——〈新批評〉自序》、《詩與民主》等文章中，多次強調新詩現代化對「現實」的要求。事實上，「新寫作」對於現實的要求是非常鮮明的。袁可嘉把詩歌「應包含，應解釋，應反映」人生的現實性，作為新詩現代化的七項原則之一[36]，明確地將「現實」作為文學創作的基本要素。

---

[35] 初犢：《文藝騙子沈從文和他的集團》，《泥土》，第 4 輯，1947 年 7 月 25 日。

[36] 有關「七項原則」見袁可嘉的《新詩現代化》。這七項原則包括：一、肯定詩與政治的平行密切聯繫，但否定二者之間有任何從屬關係；二、肯定詩應包含，應解釋，應反映的人生現實性，但肯定詩作為藝術時必須被尊重的詩底實質；三、詩篇優劣的鑒別純粹以它所能引致的經驗價值的高度、深度、廣度而定；四、絕對強調人與社會、人與人、個體生命中諸因

廢名的創作在戰爭前後也有極大的轉變。在《散文》、《莫須有先生坐飛機以後》等文章中，他多次表示要拋棄以前小說創作中的「夢」的主觀色彩，客觀地記錄「事實」。汪曾祺的小說創作在由模仿意識流到形成自己獨特風格的轉變過程中，關注「現實」起了重要作用。由此不難看到，一方指責另一方不談「現實」，另一方卻極力表示自己對「現實」的關注，這偏差的關鍵就在對於「現實」的理解。

中國文學的現實主義思潮在五四前後開始興起，到了 30 年代現實主義文學理論逐漸發展和豐富。隨著抗戰的爆發，現實主義理所當然地成為中國文學最重要的文學潮流。圍繞著現實主義，人們展開了積極的思考和熱烈的論爭。於是，在 40 年代，中國的現實主義文學建立了基本的理論框架，形成特有的理論形態。當時主要存在這兩種現實主義觀：胡風的以「人」為中心的現實主義文藝體系和周揚的以「人民」為中心的現實主義文藝體系。兩者間既有相同之處，也有互相矛盾的地方。

在周揚的體系中，「現實」的內涵比較狹窄。他們相信「現實」存在於前線戰場和後方與敵人的鬥爭中，主要與革命鬥爭、與工農兵生活密切相關。同時，他們提出作為文學題材的「現實」，應該能夠給人們指出一條出路。因此必須體現時代主流，反映歷史本質，代表光明傾向。胡風對「現實」的認識要寬泛

---

子的相對相成，有機綜合，但絕對否定上述諸對稱模型中任何一種或幾種質素的獨占獨裁；五、在藝術媒介的應用上，絕對肯定日常語言，會話節奏的可用性，但絕對否定目前流行的庸俗浮淺曲解原意的「散文化」；六、絕對承認詩有各種不同的詩，有其不同的價值與意義，但絕對否認好詩壞詩，是詩非詩的不可分；七、文學創作的新傾向出自內發的心理需求，最後必表現為現實、象徵、玄學的綜合傳統這一美學追求。

一些，他認為「哪裏有人民，哪裏就有歷史。哪裏有生活，哪裏就有鬥爭，有生活有鬥爭的地方，就應該有詩」[37]。在胡風看來，「現實」不僅包括戰鬥的經驗，也包括了一般小市民的生活。因為戰爭不僅發生在戰場上，它還深入影響到了生活的每一個環節。周揚的體系緊緊追隨毛澤東《在延安文藝座談會上的講話》精神，胡風的體系則有所偏離。由於政治權力的差異等諸多原因，周揚的現實主義文藝體系占據了優勢地位，而胡風的體系則受到了嚴厲批判。「為工農兵服務」、「寫光明為主」的要求，將作家的思想觀念提到了首要地位。因此，周揚強調作家世界觀對創作的指導作用，強調作品的政治傾向，要求「現實」生活必須經過「革命意識」的過濾才能進入創作。由此，「現實」在一定程度上被抽空、壓縮，簡化為「人民」的群體政治意識。革命文學運動時期就已經出現的「題材決定論」，又以「公式主義」等新的形式表現了出來。

袁可嘉對這種「否定過去」，「否定自然、美」，「否定表現與文學中的愛情，友誼，個人心靈活動終極有意義的瑣事細節」的「現實觀」非常不滿。他認為這樣的「現實觀」過於狹隘，應當有一種更為廣泛的對「現實」的認識。袁可嘉這樣總結他對作為創作基礎的生存經驗的認識：

> 所謂吸收經驗，並不一定真正要你親身經歷人生中已經存在的一切經驗，這既不可能，也不必要；要緊的是一

---

[37] 胡風：《給為人民而歌的歌手們——為北平各大學〈詩聯叢刊〉詩人節創刊寫》（作於 1948 年 6 月 4 日），《胡風選集》，第 1 卷，四川人民出版社，1996 年，第 271 頁。

> 個創造者必須如狩獵者一般的注意宇宙運化，人生百態：他必須向一切打開眼睛，尖起耳朵，敞露胸膛，運用所有天賦的感官能力去看，去聽，去感覺，去思索；而他的觀察體驗的對象也就不必僅僅局限於現實界的熙攘糾紛；對過去，對將來，對自然，對生命他都有天賦權利去探索，發掘。[38]

袁可嘉從「個人生命」、「全人類的生命」、「個人的生活經驗」、「人民的生活現狀或經驗」出發，討論「現實」的內涵。他認為，「現實」既包括「現實生活」也包括「現實政治」，既包括「外在現實」也包括「心理現實」。袁可嘉指出「現實」應當包含「廣大深沉的生活領域」：社會更替，政治風雲，人民疾苦是現實，個體生命體驗同樣是現實[39]。而從現代心理學的角度來看，現實不止包括外在的生活經驗（外在現實），還應當包括內在的意識活動（心理現實）。袁可嘉的「現實觀」囊括了人們內在的精神生活和外在的物質生活，包含了日常生活的各個層面，可謂是一種「立體的現實觀」。

這種對於「現實」的認識並非是袁可嘉的首創。早在 1938 年，李南桌就已經提出了「廣現實主義」的概念。李南桌指出，在一般人看來，現實只是「一般日常生活中最容易使人聽到，看到，嗅到，覺到……的物，的事」；而認為「文藝上的『現實』，決不只

---

[38] 袁可嘉：《批評漫步——並論詩與生活》，《大公報‧星期文藝》，1947 年 6 月 8 日。

[39] 袁可嘉：《「人的文學」和「人民的文學」》，天津《大公報‧星期文藝》，第 39 期，1947 年 7 月 6 日。

是限於簡單的直接的有形的東西，而是非常複雜非常曲折的」[40]。所以他認為，「現實」遠比日常生活現象豐富得多。從心理學的角度來看，顯意識是現實，潛意識也是現實。就文藝表現而言，反映社會生活的所謂「正確的」一面，固然是現實主義；暴露「醜惡的」一面，也可以是現實主義的。從藝術手法上，無論是古典的、浪漫的，還是寫實的、象徵的，「從橫的方面綜合起來看，或者是一個表現全現實的一個較全的方法」。具象是現實，幻想也是現實；生活的「正號的一面」是現實，「負號的一面」也是現實。換句話說，「現實包括一切」[41]。袁可嘉的「立體的現實觀」與李南桌的「廣現實」的現實觀之間是否存在著某種必然性的聯繫，我們不得而知。但他們的現實觀對於 30 年代以來中國文藝界逐漸形成的狹隘、機械的，並已經顯出僵化趨勢的現實主義理論模式形成了一種衝擊。雖然這衝擊並沒有引起太大的注意，也不曾引發深入的探討。

## 二

作為文學題材的「現實」與文學作品的「現實」之間存在著差異。袁可嘉對於這一點尤為關注。他不止一次地強調「現實裏有人生現實與詩現實，在生活裏有生活經驗與詩經驗」，區分「人生現實」與「詩的現實」，「生活經驗」與「詩的經驗」的不同。他指出：

---

[40] 李南桌：《再廣現實主義》，《文藝陣地》，1 卷 10 號，1938 年 9 月。
[41] 李南桌：《廣現實主義》，《文藝陣地》，創刊號，1938 年 4 月。

> 詩的經驗來自實際生活經驗，但並不等於，也不止於生活經驗；兩種經驗中間必然有一個轉化或消化的過程；最後表現於作品中的人生經驗不僅是原有經驗的提高，推廣，加深，而且常常是許多不同經驗的綜合與結晶。[42]

袁可嘉堅持只有「人生現實」、「生活經驗」的作品決不是好作品，必須將「人生現實」轉化為「詩的現實」。他強調把意志或情緒等生活經驗化作「詩經驗」的過程，是文學「唯一的致命的重要處」。「人生現實」與「詩的現實」的區別在於：「人生現實」是靜態的、直線式的、零碎的、單一的，在某種意義上說甚至是抽象的；「詩的現實」則具有動態的、曲線式的、整體的、複雜的等特徵。「人生現實」轉化為「詩的現實」的唯一途徑，就是徹底融入「詩的結構」中去。

袁可嘉曾以李白的《靜夜思》為例，探討詩與主題的問題。而他對《靜夜思》的分析恰恰也是「人生現實」如何進入「詩的現實」的一個好例子。從「李白想家」到「李白在月夜想家」，再到「李白在月明如霜的夜裏懷念家鄉」，最終成為一首千古傳誦的傑作：「床前明月光，疑是地上霜，舉頭望明月，低頭思故鄉」。月夜思鄉這個人人都有可能經歷的生活體驗，通過節奏、音韻、意象的延伸，比喻、象徵、聯想、想像的綜合，以迂迴間接的方式，給靜止、單一的生活經驗以詩的生命[43]。

---

[42] 袁可嘉：《批評漫步》，《大公報・星期文藝》，第 35 期，1947 年 6 月 8 日。

[43] 袁可嘉：《詩與意義》，《文學雜誌》，2 卷 6 期，1947 年 11 月。

不僅如此。由於現實本身是複雜多樣的，並且不同作者對現實的觀察、體驗、表現方式也是多樣的。因此只能將重視對現實的描寫，「注釋為寫作者的主觀態度」，而不能作為「客觀地衡量作品的標準」。在「人生現實」向「詩的現實」，「生活經驗」向「詩的經驗」轉化的過程中，袁可嘉認為，想像起了決定性的作用[44]。他認為「想像」不同於幻想、幻覺或夢，而是一種對於人生活動有積極作用的心智能力，基本上偏於人的理性意識。這種「心智能力」在「創造」現實的過程中具體表現為批評、選擇、綜合等等。作家以自我意識為出發點，充分發揮「想像」的作用，在批評、選擇、綜合各種現實景象和生活經驗的過程中，實現對現實的擴展和昇華。現實的擴展和昇華最終又將推動自我意識的擴展和昇華。作家在自我意識的極度擴張中實現對自我意識的消滅，最終走向「群」的意識。「人生的現實」就這樣表現在文學作品中，成為「詩的現實」。

袁可嘉強調作家對現實的積極能動作用，要求在作家與現實間建立互動關係。在 40 年代後期，袁可嘉並不是強調作家對現實的積極能動作用的唯一的人。事實上，胡風對作家的積極能動作用的呼喚更加引人注目。袁可嘉提出以「自我意識」來推動現實，而胡風將這種能動作用概括為「主觀戰鬥精神」。他的「主觀精神」是指作家的個人素質、事業心和人格等等。「主觀精神」與現實之間發生關係的方式是「突擊」、「搏戰」等等，因此具有戰鬥性，充滿強烈的「生命強力」的意味。與

---

[44] 袁可嘉：《批評漫步》，《大公報・星期文藝》，第 35 期，1947 年 6 月 8 日。

這種充滿感性意味的主觀精神不同，袁可嘉所說的自我意識更具有理性色彩。胡風的「主觀戰鬥精神」與現實之間的互動是一種平面雙向的運動，袁可嘉的自我意識與現實之間通過分析與綜合發生關係，二者的互動方式是螺旋上升式的。儘管存在著很大的差異，但胡風與「新寫作」作家一樣，都要求作家的主觀或自我對現實進行修改和整合。這種要求實際上也是一種現實「內在化」的要求，只不過在出發點和具體方式上有所不同。

在分析了「現實」的內涵之後，袁可嘉提出了「外在的現實主義」和「內在的現實主義」兩個概念，並對「外在的現實主義」提出了嚴厲的批評[45]。「外在的現實主義」有兩個特點。首先，它以詩的內容的範圍為範圍，是典型的題材決定論。其次，它把「反映」現實作為目的，像照相機一樣直接把現實搬進詩歌，其結果是詩作中只有「現實的碎片」，並不能真正的表現現實。而「內在的現實主義」則把現實作為詩歌的題材，以「反映」現實作為手段，而不是目的。「內在的現實主義」的目標是從「人民生活」入手，最後走向「人類生命」。因此「內在的現實主義者」將現實作為突破口，以便能夠「擁抱全面人生經驗」，最終目的在於獲得「最大量的心神活動」，從而提高人生的價值。從這一點來看，對「內在現實主義」而言，自我意識是創作的出發點，創作的歸宿在於對人生與生命的全面觀照，在這個過程中現實生活只能是一種手段。因此與「外在的現實主義」的「反映」現實相比，「內在的現實主義」要求

---

[45] 袁可嘉：《詩與民主》，《大公報・星期文藝》，第 101 期，1948 年 10 月 3 日。

作家能夠「創造」現實。所謂「創造」現實是指作家應當「綜合」現實經驗，挖掘現象之後的本質（精神）。這個「創造」現實的過程實際上就是「人生的現實」（生活經驗）轉化為「詩的現實」（詩經驗）的過程，也就是現實的「內在化」過程。袁可嘉指出，在對現實「內在化」之後，生活經驗和生活情緒將從簡單走向複雜，從直覺走向理性，從平面走向立體，從單純的熱情呼喚變為「實質深厚的有機組織」[46]。然而，在今天看來，袁可嘉對「外在的現實主義」的認識有所偏頗。所謂「照相術似的」現實主義與「內在的現實主義」之間的區別不在於有沒有作者的「心神活動」的進入。畢竟，即便是「照相」，在取景等問題上也同樣需要攝影者的主觀精神進入其間。可以說，這二者的區別主要不在有無作者「心神活動」的進入，而是在於作者「心神活動」進入的多少，以及怎樣進入的問題。當然，在理論的建構和提倡過程中出現這樣的偏頗，也是可以理解的。

## 三

強調對現實的「內在化」，是「新寫作」作家群的普遍要求。沈從文在抗戰結束後，修改了自己的小說試驗，要求在「詩的抒情」中加入「現世的成分」。廢名則明確提出只要「事實」，不要想像。汪曾祺以「自然主義」修正「主觀真實」，使他的

[46] 袁可嘉：《關於詩的迷信》，《華北日報．文學》，第42期，1948年1月4日。

小說創作終於由模仿和學習走向了成熟。「現世成分」、「事實」、「自然主義」這些概念都是「現實」的代名詞。但他們並沒有直接使用「現實」加以概括，可見他們對於「現實」都有自己的側重。那麼，沈從文、廢名、汪曾祺筆下的「現實」又有什麼特別的含義呢？

1946年在寫完小說《虹橋》之後，沈從文基本上終結了《看虹錄》、《綠魘》一類純粹以「詩的抒情」入小說的創作活動，要求將「現世的成分」綜合到「詩的抒情」[47]。在對「新寫作」作品的評價中，沈從文尤為關注邢楚均的系列故事《故事採集者日記》。他認為這個系列故事的最大優點就在於它具有「保存原料」的意味，並希望「新生代」小說作家能夠吸收這個創作方法。所謂「保存原料」，是指小說中保存了原生態的生活面貌。由上述可以推測，沈從文所謂的「現世成分」是包含人類的生存狀態或者說生活的原色的人情風俗。

汪曾祺用「自然主義」來概括他所理解的「現實」。在《短篇小說的本質》中，他說「希望短篇小說能夠吸收詩、戲劇、散文一切長處，可仍舊是一個它應當是的東西，一個短篇小說」[48]。這是否意味著他仍然承認小說還是有其之為小說的基本因素？汪曾祺借用畢卡索作畫的故事表達他的看法：第一張畫人像人、狗像狗；第二張畫不太像，但「大體還認得出」；第三張畫則「簡直不知道是什麼東西」。他認為，第一張只有

---

[47] 沈從文：《新燭虛》，《經世日報．文藝周刊》，第6期，1946年9月22日。

[48] 汪曾祺：《短篇小說的本質》，《益世報．文學周刊》，第43期，1947年5月31日。

「常識」，小說「也許不該像第三張，但至少該往第二張上走一走」。這即是說他雖然承認「『事』的本身在小說中的地位行將越來越不重要」，但小說中必須有「常識」，必須包含一些「事」，而這些「常識」和「事」，其實就是真實的日常生活的原生形態。正如他在給黃裳的信中所說，他的《趙四》可能太過平淡，但「自然主義有時是沒有辦法的事」[49]。

廢名表示在經歷了戰爭之亂以後，他對於「事實」更感興趣。那麼廢名的所說的「事實」究竟是什麼呢？在《莫須有先生坐飛機以後》中，他說因為關注「事實」，所以他願意寫散文而不願意再寫小說。他把他的「事實」界定為「可以興觀，可以群怨，能夠多識於鳥獸草木之名」的「事實」。從這個界定來看，他所說「事實」，範圍極廣，包含了整個生活領域（現實生活和意識活動）。具體到小說《莫須有先生坐飛機以後》中，他的「事實」更多的則是人情風俗，是原生態的生命活動，以及原生態的生命活動給予他的心理投射。

以上分析了「新寫作」作家對於「現實」的理解，雖然表述不同，但他們不約而同的都將「現實」歸納為原生態的日常生活。放棄鬥爭、流血、革命的現實，將目光投射到日常生活，應該說是四十年代文學中一部分作家創作的潛在趨向。封鎖下的張愛玲，淪陷中的周作人，早已經表達了執著於日常生活和蒼涼人生的小說觀念。但張愛玲的小說觀念主要是基於戰爭中的特別的生存體驗，周作人則從其審美趣味出發提出對傳統小

---

[49] 汪曾祺致黃裳的信，1948 年 11 月 30 日，《汪曾祺全集》，北京師範大學出版社，1998 年。

說進行改造。1946-1948 年平津文壇的「新寫作」對於原生態生活的關注有其特別的原因。正如廢名在《莫須有先生坐飛機以後》第八章中所說，他因為「喜歡事實」所以關注散文。在他看來，散文的優點主要有兩方面：其一是行文自由而且自然，符合佛家對於生活的理解；其二是散文具有「教育的意義」，「讀之可以興觀，可以群怨，能夠多識於鳥獸草木之名」。廢名所強調的散文的優點，歸根結底還在於它能夠於無形之中實現文化教育的目的。沈從文更明確地將現實的「內在化」與平津文壇的新文化建設運動緊緊相連。他強調原生態的生活，是希望從中發掘存在於日常生活中的人類社會的普遍的文化精神。

在如何將這些現實「內在化」的問題上，作家們各有認識。如上文所述，袁可嘉提出應當借助具有理性意味、發自自我意識的「想像」。沈從文認為應當在「詩的抒情」與「現世成分」的有機結合中實現現實的「內在化」。汪曾祺希望將心理小說的「主觀真實」與「自然主義」的客觀真實「圓到融匯」，他認為只有如此才能有「風色入牛羊」，才能有「在秋風裏飄揚的風旗／它把住些把不住的事體」。廢名的方法在《莫須有先生坐飛機以後》中非常明顯，這就是議論。在這篇小說中，廢名將「議論」的地位與敘述和描寫同等。大量散漫的議論一方面挖掘出「事實」的精神或意義，另一方面也在散漫中將片段的、點狀的生命體驗綜合為一種整體性的領悟。無論是「詩的抒情」，「主觀真實」，還是議論，這些「內在化」現實的方法實際上都具有抽象與具象結合的味道。同時，這種現實「內在化」的方法也與自我意識和群體意識的同時覺醒所造成的作家思維方式的變化，有著密切的關係。

最後，筆者特別想指出的是，馮至的小說《伍子胥》在文本表達方式上做出的努力在這一時期所產生的深刻影響。在 1946-1948 年的平津文壇，《伍子胥》的影響是非常巨大的。就筆者所見，約有 10 篇文章對《伍子胥》進行評價。其中不少作者都是「新寫作」作家或「新寫作」的贊同者，如畢基初、馬逢華、唐湜、田堃、陳敬容等。

《伍子胥》給人們的震撼，首先在於它的獨特文體特徵。聯大學生王季這樣表達他的驚訝，他說：「如果小說的任務在於創造典型，則《伍子胥》不是小說；如果散文只限於以簡短的篇幅，抒寫片段的情與事，則《伍子胥》不是散文。把一件作品硬安上小說或散文的類名，有時原屬無稽，但《伍子胥》的寫法，在中國文學的創作裏，（至少在我有限的見聞裏）卻似乎是一個獨創。」[50]他們普遍注意到《伍子胥》綜合了詩、小說和散文的因素，所以或稱它為「散文詩」，或稱它為「散文化的小說」[51]。正是這種文體的有效綜合使得人們對《伍子胥》的解讀各不相同，甚至可以說差異很大。有的人稱它為「時代的聲音」，是「一個遭難國家的艱難，一個追求理想人的受難，而巧合了，或者說自然的敘述了我們的國家與我們自己所經歷的」[52]；有的人則認為它蘊蓄了人類靈魂（個體的，也是全體）的成長、嬗變，於是稱伍子胥為中國的哈姆雷特，「描

---

[50] 王季：《讀〈伍子胥〉》，《經世日報．文藝周刊》，第 29 期，1947 年 3 月 2 日。

[51] 山地：《讀〈伍子胥〉》，《大公報．時代青年》，第 18 期，1947 年 9 月 22 日。

[52] 田堃（即王鐵臣，聯大學生）：《伍子胥》，《大公報．文藝》，第 34 期，1946 年 10 月 15 日。

摹出我們的靈魂裏有過的衝突」[53]；有的人把它與《莎美樂》、《浪子回家集》比較，認為《伍子胥》表達的是對生命的詩的體驗[54]；還有人把它看作「瑰麗而悠揚的史詩」，認為從中可以看到浮士德的影子[55]……

出現這麼多真誠的「誤讀」，是由《伍子胥》獨特的表達方式決定的。正如一位作者所說，上述的幾種解讀有的是「『詩』的解釋」，有的是「『散文』的解釋」。詩的解釋注重小說的抽象色彩，散文的解釋注重小說的現實意義，兩者間並不存在矛盾[56]。小說、散文和詩歌的因素在《伍子胥》中有機地綜合在一起：「歷史的故事借馮先生以間架，散文的情感才是充盈間架的磚石，而詩的氣氛瀰漫於楹柱帷幔間，使它在藝術上形成了一所莊嚴美好的建築」[57]。

《伍子胥》將敘述與哲思玄想、具象與抽象有效結合，作者的聲音被隱藏起來。作者的個性和個體價值通過整體的文本轉化為一種共性、一種群體價值。正如畢基初所說，「這個孤獨背弓者的負擔遭遇正是我們（從我們的祖先直到我們的後代）靈魂上的矛盾和糾結」，「藉著這個孤獨的背弓者的經歷，

---

[53] 畢基初：《孤獨的背弓者——讀馮至先生的〈伍子胥〉》，《益世報・文學周刊》，第 27 期，1947 年 2 月 8 日。

[54] 盛澄華：《讀馮至：〈伍子胥〉》，《西方與東方》，1 卷 3 期，1947 年 6 月。

[55] 少若（吳小如）：《伍子胥》，《民國日報・文藝》，第 67 期，1947 年 3 月 3 日。

[56] 王季：《讀〈伍子胥〉》，《經世日報・文藝周刊》，第 29 期，1947 年 3 月 2 日。

[57] 王季：《讀〈伍子胥〉》，《經世日報・文藝周刊》，第 29 期，1947 年 3 月 2 日。

作者把我們自浪漫、幻想的氛圍裏，引領到他發現的新宇宙。在那裏一切理想、欲念、友誼、背叛、高貴、卑賤都化身為季札、太子建、漁夫，……使我們沉思，反省，憬悟，終於發現我們與那孤獨的背弓者原是契合的一體」[58]。

在現實的「內在化」方面，《伍子胥》也獨具特色。馮至首先選擇了伍子胥故事作為戰爭現實的影射，然後又通過獨特的情節和人物結構關係，以抽象的哲思玄想挖掘伍子胥故事中包含的生命體驗和生存意味。這種雙重的「內在化」使得《伍子胥》在現實和哲學兩方面都得到深化。怎樣在歷史題材中「探索到人物的內心和故事的內壁景色」，是歷史題材小說必須解決的問題。陳敬容認為《伍子胥》對此做出了有益的嘗試[59]。她指出《伍子胥》「生根於現實裏，帶給我們的卻不僅是現實而已。現實只是一個軀體，得給它注進生命，它才是活的，才有聲音，有力氣。它反映現實不僅僅使用著攝影的手法，它有它的堅實、博大，和深邃」。而它之所以能夠獲得「堅實、博大，和深邃」，正在於它「把一切抽象的、飄渺的，陳腐的，形而上的，都賦予以具體，真實，新鮮，現實的形象」，從而貼近了藝術與現實的距離。

---

[58] 畢基初：《孤獨的背弓者——讀馮至先生的〈伍子胥〉》，《益世報・文學周刊》，第 27 期，1947 年 2 月 8 日。

[59] 陳敬容：《伍子胥》，上海《大公報・文藝》，第 86 期，1946 年 12 月 3 日。

# 尾 聲

# 「新寫作」文學思潮的消亡

## 一

北平圍城前後，「新寫作」文學思潮走向了消亡：「新寫作」作家群逐漸出現了分化，「新寫作」的文學陣地也先後停刊。

「新寫作」作家群的分化在 1948 年間便開始出現。這一年，「新寫作」最引人注目的「新生代」詩人穆旦、鄭敏先後去國。而 1948 年的 3 月，蕭乾接受復旦大學地下黨學生的勸告，堅決辭去了《新路》的工作。在散文《擬 J·瑪薩里克遺書》中，蕭乾表達了選擇的艱難和苦悶心境。而這種苦悶心境在他隨後參加的上海《大公報》地下黨組織的學習會中慢慢廓清，並且開始參加一些共產黨方面的文化活動，如香港地下黨的對外宣傳刊物英文版《中國文摘》*China Digest* 的編譯工作等。沉思者馮至在 1948 年 4 月也走出了書齋，參加北大抗議逮捕學生的示威活動。一直積極參加民主運動的李廣田則在這一年的七月加入了中國共產黨。與此同時，有著「鄉下人」的執拗品性的沈從文卻還在做著創作中國文學的「經典」，「好好的來寫些。寫個一二十本」的夢。[1]

---

[1] 沈從文：《從文家書·霽清軒書簡之二》（1948 年 7 月 30 日），《從文

1948 年 11 月下旬，解放軍發動了平津戰役，北平隨即處在解放軍的包圍之中。政治局勢的突變，圍城的氣氛，以及作家和教授們的不安，自然也會影響到「新寫作」文學陣地的發展。1948 年 11 月，天津《益世報・文學周刊》、北平《平明日報・星期藝文》和《華北日報・文藝》以及《文學雜誌》先後停刊。1948 年 12 月，天津《大公報・文藝》、《星期文藝》、《民國日報・文藝》、北平《益世報・詩與文》、《新生報・語言與文學》也全部走向末路。除了《文學雜誌》，其他所有的刊物都是在倉皇之中，悄無聲息地結束的[2]。沒有結束語，也沒有任何說明，甚至有些作品只刊發了半截就沒有了下文[3]。這種倉皇地結束似乎表明，儘管作家們對於「玄黃之變」已經在精神上做了一定的準備，然而面對「圍城」的事實，大家還是有一些惶恐、一些不安。

近兩個月的圍城生活使人們面臨物質和精神上的雙重困頓。有錢有門路的在積極活動著南逃，北平的普通市民瞻望前路，卻是茫茫無所依。物質上的困頓更讓人無奈，40 金圓可以買一部袖珍精印的《太平廣記》，卻買不了半棵白菜。吳小如由此「恍然大悟為什麼前進的人都好講『唯物論』」，「體會到『精神食糧』云者，只不過是句扯淡的話罷了」[4]，在嬉笑嘲

家書》，上海遠東出版社，1999 年。

[2] 《文學雜誌》的停刊理由是奉國民黨政府「節約紙張的命令」。報紙副刊則不然，因為這些報紙大多生存到 1949 年 1 月底北平和平解放之時，儘管報紙的版面減少了很多，但在新聞之外，基本上都有游藝性的副刊。

[3] 例如，汪曾祺的《卦攤——闕下雜記之一》在 1948 年 11 月 1 日、8 日的《益世報・文學周刊》連載。11 月 8 日刊發的文字結尾標明了「未完，待續」，但卻永遠沒有了下文。

[4] 少若（吳小如）：《圍城默記——兩種食糧》，《華北日報・晚刊》「北斗」副刊，1949 年 1 月 17 日。

弄中滿含著苦澀。圍困中的北平城一片混亂，對於前途人們各懷所想。國民黨已經準備棄城，北平的進步學生和進步市民卻在歡欣鼓舞的準備迎接解放軍進城。各大高校的自由主義知識份子的內心卻是寂寞而又沉重的：是隨國民黨政府南去，還是留下來，等待命運的裁決，他們面臨著艱難的抉擇。12 月 16 日，胡適、王聿修、陳寅恪等離開了北平，六天後，梅貽琦、袁同禮、顧毓珍等也乘飛機前往南京。與此同時，部分青年自發地公開上書文教界的教授們「請勿南飛」[5]。還有一些進步青年學生接受地下黨的指示，專程拜訪部分教授，希望他們留在新中國。圍城的日子裏，大家各懷心思。朱光潛雖然列在國民黨政府擬定需要搶救的「知名人士」中的第三位，但是在共產黨方面的多方勸阻和鼓勵下，他終於還是留了下來。馮思純回憶圍城時的生活說：當時「北大人心惶惶，課也停了」，老師們之間也不時的通通消息，「這些天朱光潛先生常到我家來，和父親說話，聲音很小。雖然那時我還是個孩子，也能感覺到氣氛異樣，就躲在外屋偷聽。朱先生好像問父親走不走，父親說你走我也走。但過幾天又聽說不走了，我們就在北大靜等局勢轉變」[6]。沈從文也受到了來自國民黨和共產黨兩方面的勸誘。陳雪屏給他送來了直飛台灣的機票，親近的學生同時也是中共地下黨員的李瑛、樂黛雲也先後前來拜訪和勸告。最後懷著一種為了兒女犧牲自我的心境，他終於下定決心留下來[7]。

---

5　《北大學生上書教授　請勿南飛》，《平明日報》，1948 年 12 月 23 日。
6　馮思純：《為人父，止於慈》，《新文學史料》，2001 年第 4 期。
7　見沈從文 1949 年 2 月 2 日復張兆和信，《從文家書》，上海遠東出版社，1999 年。

1 月 15 日，天津解放。31 日，北平解放。馮至在 1949 年 2 月參加了歡迎解放軍進城的遊行。解放軍和平進入北平後不久，李瑛便參加了第四野戰軍隨軍新聞隊南下。汪曾祺也在 1949 年 3 月間報名參加第四野戰軍南下工作團，隨軍深入新解放區。但就在這個月的九號，沈從文卻因在政治壓力和個人心理壓力中神經極度紊亂，用刀片割破手腕。幸虧發現及時，搶救脫險。

就在沈從文承受著肉體和精神上的雙重創傷時，馮至已經準備好了為新時代、新生活的到來而歌唱。這一年的五月，馮至創作了詩歌《第一首歌》、《共同的一天》、《握手》，先後刊登在北大《五四紀念特刊》、《大眾詩歌》、《人民詩歌》等雜誌上。也在這一個月，楊振聲在由《大公報》改版而來的《進步日報》上發表了雜文《我蹩在時代的後面》。蕭乾也先後發表了《培爾・金特——一部清算個人主義的詩劇》、《試論買辦文化》等文章進行深刻的自我批判。到了八月底，他參加了新中國的國際新聞局的籌備工作，正式投入到新中國的建設中。經過了死亡考驗的沈從文，心境漸漸平靜，在做出退出文學界，加入文物界的決定後，他發表了長文《我的學習》，在深刻的自我批判中與自己的過去徹底告別。

## 二

左翼文學界整合文學格局，日益加緊推進文學的一元化步伐，是促使「新寫作」消亡的最重要的外部原因。

左翼文學界對「新寫作」的批判，是從 1947 年開始的。在沈從文發表了《從現實學習》後，就有葉以群的《論沈從文的從現實學習》、林默涵的《清高與寂寞》等文章從意識形態領域批判沈從文的自由主義立場。1947 年 7 月，北師大的校園刊物《泥土》雜誌第 4 輯，發表了署名初犢的文章《文藝騙子沈從文和他的集團》。文章對沈從文以及沈從文扶持並多方肯定的穆旦、鄭敏、袁可嘉、李瑛等構成的所謂「沈從文集團」予以尖銳的批評和嘲諷。文章斥責「沈從文集團」用「同行估價」這種「偷天換日的竊騙辦法」，讓「連充數都不夠格的『詩人』」（指穆旦、鄭敏等人）去「承受在文學史上留下那個位子」，讓「連狗糞和鼻涕都不如的『詩』」確立為「最高尚的藝術品」，「還明目張膽地鼓吹死亡，用甜言蜜語鼓勵人們走向頹廢」。作者要求人們「拿起掃把和剪刀來，掃除這些壅路的糞便，剪斷這些死亡主義和頹廢主義的毒花」[8]。

隨著共產黨對國民黨在軍事鬥爭中逐漸取得優勢地位，中共中央調整了方針政策，在文藝方面提出了新要求。左翼文學力量加緊了文學一元化的步伐，清理舊的文學規範，建立新的文學格局。加強文藝批評工作成為推進文學「一元化」的重要手段。到了 1948 年，對「新寫作」作家群的批判在範圍上和力度上都逐漸加大，成都的《呼吸》、南京的《螞蟻小集》、香港的《小說月刊》等先後發表了阿壠的《詩論二則——自由主義論片・鑒賞論片》、高丘的《「祥和之氣」及其價錢》、孟

---

[8] 初犢：《文藝騙子沈從文和他的集團》，《泥土》，第 4 輯，1947 年 7 月 25 日。

超的《朱光潛的「粗略」》、張羽的《南北才子才女的大會串——評〈中國新詩〉》等文，對他們的文學思想和文學創作提出批評。但是直到由當時以及建國後主管共產黨文藝工作的重要領導人擔任主要著作者的《大眾文藝叢刊》創刊，並開展大力批判之後，以沈從文、朱光潛、蕭乾等為代表的自由主義作家才正式被列入了左翼文藝界的清算名單，成為重點清算對象。郭沫若的《斥反動文藝》、馮乃超的《略評沈從文的〈熊公館〉》、邵荃麟的《朱光潛的怯懦與兇殘》、聶紺弩的《有奶便是娘的乾媽媽主義》等文章，以政治權力話語的姿態，明確的從兩條政治路線鬥爭的立場出發，將他們指稱為「革命的對象」。在《斥反動文藝》中，郭沫若旗幟鮮明地指出：「今天是人民的革命勢力與反人民的反革命勢力作短兵相接的時候，衡定是非的標準非常鮮明。凡是有利於人民解放的革命戰爭的，便是善，便是是，便是正動；反之，便是惡，便是非，便是對革命的反動。」據此，他把「反動文藝」分作「紅黃藍白黑」五種，指出以朱光潛、蕭乾、沈從文等為代表的藍色、桃紅色、黑色作家所代表的是「反人民革命」的「封建」、「買辦」文藝。要求對這些作家「毫不留情地舉行大反攻」，號召「讀者和這些人們絕緣，不讀他們的文字，並勸朋友不讀。不和他們合作，並勸朋友不合作。」《大眾文藝叢刊》的這一系列批判文章，明確地宣布了這批自由主義作家已經「無地自由」，昭示了這批作家在文學「一元化」進程中被整合掉的命運。

在經歷了「抗議美軍暴行」、「反內戰、反饑餓、反迫害運動」，「抗議四一一暴行」和「反扶日大遊行」等轟轟烈烈的學生運動之後，校園的教學活動出現了一些變化。學生們對於讀書求學的看法發生了轉變，他們認為不僅新文學要「打開生路」，新生活更應該「打開生路」。「在這真理滅絕於某些人而卻生長在人民的心理的年代裏，文字是沒有槍桿的正義的人們所可能拿到的武器的重要的一種」[9]。由此，學生們提出了教學與現實相結合的要求。這種情形之下，沈從文在「課堂上津津有味地講這一篇文章的『設計』，一首小詩字句的安排等等」無法滿足學生們的需要。中文系學生明確地批評他脫離實際，「似乎覺得一將創作和生活連起來，便不免流行淺薄」。甚至連廢名講《論語》、《孟子》，也被當時的進步學生們批評為「牧師說教」[10]。1948 年 11 月，北大的校園刊物《詩號角》同時刊發了《獻給「詩人」——仿袁可嘉〈詩三首之二〉》、《袁可嘉和他的方向》、《為袁可嘉的詩尋注腳》三篇文章，集中火力討伐袁可嘉，批判他是「掛羊頭賣狗肉的偽善者」。這批判在 1949 年 1 月達到頂點。學生們用大字報轉抄了郭沫若的文章《斥反動文藝》，並在教學樓掛出了「打倒新月派、現代評論派、第三條路線的沈從文」的大幅標語。30 年代師生融洽、相互愛護的溫情固然已經不再，復員初期「新寫作」與校園文學活動各自發展、互不干涉的平和氛圍，此時也徹底消失。對於郭沫若發表於 1948 年 3 月的《斥反動文藝》，沈從文並沒有太大的反響[11]。然而學生們的這一動作，卻使一直存在於遙

---

[9] 《我們在成長》，《北大 1946-1948》，北京大學學生自治會北大半月刊社編印，1948 年 7 月。

[10] 《中國語文學系》，《北大 1946-1948》，北京大學學生自治會北大半月刊社編印，1948 年 7 月。

[11] 目前我們沒有看到沈從文關於《斥反動文藝》這一系列文章的文字。這本刊物在香港和國統區文壇發行量很大，產生了極大影響，也引來了各種反

遠的香港的文字批判，由原來的似乎「遙不可及」，變成了他們必須直接面對的迫切的現實。從此，他們再也沒有了生存的空間。

## 三

左翼文藝思潮的衝擊不過是「新寫作」消亡的外部原因，事實上，在「新寫作」內部，在共同的理想和追求以外，不同作家之間本身便存在著許多分歧和縫隙，而這正構成了「新寫作」消亡的內在因素。復員初期，國家重建的希望振奮著大家的心靈，將他們緊緊地結合在一起，這些分歧和縫隙被掩蓋在共同的理想和追求之下。當最後的決定性時刻到來時，現實政治的巨大壓力擠碎了這一層脆弱的外罩，一切的差異都顯現了出來，正是這些差異決定了作家們最後的選擇。

「新寫作」是從反思五四文學運動入手，來建構自己的文學觀念和文學思想的。事實上，五四新文化運動與五四新文藝自誕生以來就一直吸引著學者和作家以不同的標準對它進行評判。40 年代以前，人們對五四文學和文化傳統研究在角度和方法上是多元的。[12]進入 40 年代，政治問題在國民生活中

---

應，應該說，沈從文不可能不知道。但就在這些文章發表了 4 個月後，沈從文還在思考著如何抓緊時間創作，做「中國的托爾斯泰」（參見《霽清軒書簡》，《從文家書》），可見對於這些文章，沈從文並沒有太在意。

[12] 在五四後期到 40 年代初期，人們對五四文學和文化傳統研究在角度和方法上是多元的。既有周作人、胡適的文學進化論、也有魯迅、茅盾的辯證

的日益凸出，使得這一時期的五四文學運動研究不可避免地被納入到政治範疇中去。毛澤東《新民主主義論》、《在延安文藝座談會上的講話》等文章，從政治革命的需要出發，對五四新文化運動和文學革命的領導思想、歷史功過等作出了權威性評述。從運動形態、理論形態來挖掘無產階級思想因素，已經成為 40 年代五四文學運動評價的主導方法和角度。1947 年 7 月郭沫若在《為建設新中國的人民文學而奮鬥》中以「五四文學之所以具有徹底性和不妥協性」，「就是有了無產階級領導的緣故」，論證和預言了「新中國的人民文學」的未來。儘管毛澤東對五四新文化運動的論述已經成為此間五四文學運動研究的評價標準和研究導向，「新寫作」對五四新文化運動的反思主要還是立足於文學本身，為新的文學運動的開展尋求方法。

雖然「新寫作」都是從反思五四文學運動入手，立足於文學創作，來思考新的文學運動，但是不同的作家對於「文學運動」與「思想運動」之間的邏輯關係的理解卻存在差異。

沈從文、楊振聲、蕭乾等，他們先有一個對社會和文化的理想設計，再把這個理想設計運用於文學創作，從而形成文學運動，最後通過文學運動來實現現實的社會思想運動。沈從文曾經這樣說明他對文學理想與政治理想的關係：「未來政治家與專家，就還比任何人更需要受偉大的文學作品所表示的人生優美原則與人性淵博知識所指導，來運用政治作工具，追求並實現文學作品所表現的理想，政治也才會有它更深更遠的意

---

唯物主義方法；既有李何林的階級分析法、又有馮雪峰的文學現代化角度。

義」[13]。歸根結底，通過具體的文學活動，使抽象的文化和社會形態理想變成現實的政治運動和思想運動。

李廣田也是在反思五四文學運動的基礎上，思考抗戰勝利後的文學運動的。但是他的思路與沈從文完全兩樣。他提出應當首先考察時代的思想動向，然後根據時代的思想動向來確定文學運動的思想層面，再將它作用於文學創作，形成新的文學運動。李廣田認為五四文學運動是那個時代的思想運動的一部分，而思想運動發展到一定階段，便會「造成一個具體的政治運動」，從而徹底改變民族命運和民眾生活。在李廣田看來，思想運動是文學運動的根基，而政治運動也就成為文學運動的座標和方向。五四新文化運動時期的主導思想是民主與科學，因而民主與科學構成了五四文學運動的主題，而對民主與科學的追求最終「作了後來的國民革命的基礎」。在此基礎之上，李廣田同理推斷，40 年代後期的中國文學也應當與這一時代的思想運動的主導「相輔相成互為配合」，從而確定「今天的文學主題最重要的是什麼？和這一主要的創作主題相適應的創作方法是什麼？在文學批評方面也就應該建設一種新的批評標準，指出哪是應當發揚的東西，哪是應當拋棄的東西，什麼樣的是適合於今天的作品，什麼樣的作品是違反時代的，而且是有某種毒害的。」[14]因此，李廣田認為，楊振聲、朱光潛、沈從文等人主張從文學革新入手，通過新的文學創作來提升青年

---

[13] 沈從文：《「文藝政策」探討》，《文藝先鋒》，2 卷 1 期，1943 年 1 月 10 日。

[14] 李廣田：《文學運動與文學創作》（1946 年 11 月 3 日），《論文學教育》，文化出版社，1950 年。

國民的思想深度和廣度，推動新時代到來的主張，只是處理文學問題的「方法論」，沒有涉及到「本體論」[15]。在此，李廣田特別提到朱自清的《文學的標準和尺度》，對朱自清所提出的在當前的民主運動下，文學的尺度應由「人道主義」尺度轉變為「社會主義」尺度的主張表示了強烈的共鳴，認為這樣的看法才觸及到了文學的「本體」問題。儘管如此，朱自清和李廣田畢竟還是在文學創作內部承認了楊振聲等人提出的主張，因此才會有李廣田對文學作品形式的熱情關注，才會有朱自清對缺少表達「個人的心」的作品表示遺憾。

隨著國內局勢的日益緊張，在1948年間「新寫作」作家間的差異越來越明顯。這一年的暑假，楊振聲、馮至、朱光潛、沈從文與金隄等幾位年輕的朋友一起前往「霽清軒」消夏。「霽清軒」是位於頤和園東北的園中園，是一個清幽、美麗的地方。他們在別墅裏聊天，在山水間徜徉，享受著黃鸝、知了和鳴蟲構成的動人的靜默。儘管這些消夏的「客人」之間相處融洽，但客人們的心裏卻有著完全不同的體驗。沈從文時常感覺到「倦」、「煩心」，這「倦」和「煩心」來自他在山水之間覺悟到的生命啟示[16]。他領悟到，「仁智所樂而逝者如斯，本身雖無生命，但那點赴海就壑一往不回的願力和信心，卻比一切生命表示得還深刻，目作了歷史上重要心智以種種啟示」[17]。

---

[15] 黎地（李廣田）：《紀念文藝節——論怎樣打開一條生路》，《大公報‧星期文藝》，第30期，1947年5月4日。

[16] 沈從文：《從文家書：霽清軒書簡之一》（1948年7月29日），《從文家書》，上海遠東出版社，1999年。

[17] 翰墨（沈從文）：《霽清軒雜記》（下），《益世報‧文學周刊》，第109期，1948年9月6日。

這啟示使沈從文充滿了創作的欲望。他渴望「恢復在青島時工作能力和興趣」[18]。同是霽清軒的客人，馮至的思考卻完全不同。聽著西郊機場飛機起落的聲音，馮至寫了《郊外聞飛機聲有感》。他說，在抗戰時期，望見中國的飛機起飛，無比興奮。但如今聽到飛機起落的聲音卻非常憎恨：「如今怎樣了呢？飛機，我再也感不到你的可愛了。……尤其是當我想到你來自美國，裏邊裝載的有時是美國的炸彈，有時是美鈔蔭庇下的達官富賈，而受害的都是中國人民時，我對你只有憎恨。在憎恨中，我深深認識到，用外國武器來殺害自己的同胞是最卑鄙的行為。」[19]不久解放區的電台廣播了這篇文章。對於思緒差別如此之大的客人之間究竟在交談些什麼，我們不得而知。但沈從文的書信卻給了我們一絲線索。在給張兆和的信中，他說自己對於「上山『魏晉』」的日子感到厭倦，因為「霽清軒是一個『風雅』的地方，我們生活都實際了點，我想不得已就『收兵回營』也好」[20]。這「風雅」和「實際」的偏差告訴我們，客人們之間顯然已經產生了某種分歧的暗流。

作家間不同的關注點和思考方向不久就在一次公開的文學討論中明確地表現出來。1948 年 11 月 7 日晚上，北大「方向社」在北京大學蔡孑民先生紀念堂召開了第一次座談會，出席者包括朱光潛、沈從文、馮至、廢名等文學前輩，也有汪曾祺、

[18] 沈從文：《從文家書：霽清軒書簡之一》（1948 年 7 月 29 日），《從文家書》，上海遠東出版社，1999 年。

[19] 馮至：《郊外聞飛機聲有感》，《新路周刊》，1 卷 13 期，1948 年 8 月 7 日。

[20] 沈從文：《從文家書：霽清軒書簡之一》（1948 年 7 月 29 日），《從文家書》，上海遠東出版社，1999 年。

金隄、馬逢華、袁可嘉、葉汝璉等文壇新人。會議記錄《今日文學的方向》刊登在 14 日的天津《大公報・星期文藝》上。作為主持人，袁可嘉希望與會者能從社會學、心理學、美學的觀點來討論「今日文學的方向」。然而談話的重心卻很快轉入了文學與政治的關係，討論如何對待「紅綠燈的指揮」的問題。

從這份記錄可以看出，「新寫作」作家群已經在文學（包括文學家）與政治的關係這一核心問題上發生了分歧。

廢名始終以一種理想主義的浪漫的態度來考慮文學（包括文學家）與政治的關係的。他認為政治不能指導文學，堅持文學「只是宣傳自己而非替別人說話」的主張。但是對於其實現的可能性，廢名並不過於執著。他縱觀中國古代文學史，又繪出了另一幅圖景：「中國文學史上確實有第一流的文學家是聽命於政治的，如忠君的屈原、杜甫，但仍能在忠君之餘發揮他們的才能。另外亦有文學家雖反抗社會而不成其為文學家的，如周秦諸子。大概而論，周秦以後的文學家聽命的多，不過他們的天才大，情感重，所以不妨礙他們成為文豪」。由此他得出了一個極為豁達的結論：「文學的界限甚寬，只要自己能寫，別把這些看得太嚴重了」。

沈從文的內心卻充滿了現實的憂慮。他固然希望「不要紅綠燈，走得更好」，但如果「紅綠燈」已然是無法迴避的存在，他便讓步為：「文學自然受政治的限制」，但文學「在接受政治的影響以外，還可以修正政治」。然而這個結論卻是以疑問句的方式提出的，這反映出沈從文對其成立的現實可能性存在疑慮。「一方面有紅綠燈的限制，一方面自己還想走路」，沈從文無可奈何地將自己放入了一個兩難境地。對於沈從文的困惑，錢學熙給出了一個答案：「如果自己覺得自己的方向很對，而與實際有衝突時，則有二條路可以選擇：一是不顧一切，走向前去，走到被槍斃為止，另一是妥協的路，暫時停筆，將來再說。實際上妥協也等於槍斃自己。」關鍵在於確定「自己的方向是不是一定對？如認為對的，那末要犧牲也只好犧牲。」

馮至卻似乎早已經下定了決心。他沒有再多考慮這兩難境地的可能性、合理性。他強調的只是人生必須作出選擇：「日常生活中無不存在取決的問題。只有取捨的決定才能使人感到生命的意義。一個作家沒有中心思想，是不能成功的」。而他的選擇便是「既要在這路上走，就得看紅綠燈。」

有關「今日文學方向」的討論使作家們之間的分歧和差異明朗化了。這次討論預示了他們在最後時刻到來時的不同選擇，同時也預示了「新寫作」文學思潮不可避免的分裂和消亡。

## 四

就每一個作家個體而言，也存在著自身的複雜性。這直接導致了他們在面對時代變遷時的態度和選擇。以下將以沈從文、卞之琳和馮至為例，討論作家們在 40 年代的複雜局勢中的心路歷程。

有研究者用「從『抽象的抒情』到『囈語狂言』」來概括沈從文在 40 年代的精神歷程，是十分準確的[21]。如筆者在論文

[21] 張新穎：《從「抽象的抒情」到「囈語狂言」》，《當代作家評論》，2001

第四章所言，抗戰前一兩年，沈從文的文學活動由頂峰進入波谷。《邊城》在創作和閱讀上的差異使沈從文陷入了對寫作生活的意義，對生命的終極意義和價值、時間的永恒性等問題作出形而上的思考，開始了「向內探索」的心路歷程。抗戰全面爆發後，沈從文逃出北平，流亡到武漢，然後從武漢返回家鄉，在沅陵大哥家停留了三個月。三個月的停留，使他對湘西乃至整個國家的複雜政局都有了一定的認識，由此而創作了散文集《湘西》和小說《長河》。世異時移，《湘西》和《長河》沒有了《邊城》中牧歌式的舒緩柔和的調子、寧靜安然的心態，有的只是對湘西乃至整個中國的歷史、現實的反思和未來命運的憂慮。然而，「向外注視」並沒有壓抑住「向內探索」。事實上，社會現實所引發的危機感與內在的生命探索交織融匯，構成了 40 年代沈從文的精神世界。此時的沈從文面臨著雙重的困擾：一方面他前所未有的體會到個人與時代、社會之間的相互依賴而又相互鬥爭的緊張關係；另一方面，他也更深地陷入了個人的精神危機之中，為生命、存在、愛和美這一系列抽象的概念而苦惱。

然而，沈從文的「向外注視」和「向內探索」並不是截然分開的。「向外注視」往往會轉入「向內探索」，「向內探索」又常常以「向外注視」為基礎。在關注到現實生活中的某些不平和醜惡後，沈從文的思路總是快速跳躍到民族、國家、文化等層面，最終將其歸結到對「愛與美」的抽象思考上。例如，《燭虛》中，沈從文便是從鄉間路上女學生的打鬧出發，開始

---

年第 5 期。

反思五四後的女子教育，憂慮國民素質降低，重倡「美育代宗教」，最後進入對「愛」與「美」的終極追尋。又如，從自然萬物的觀察中體會抽象的生命本體等等。可以說，沈從文所探索的「抽象」世界，從來不是純然的「觀念世界」，他的抽象思考也總是從現實經驗中生發出來的。

「向外注視」與「向內探索」的綜合，就是要把個人經驗上升為抽象觀念，在文本上呈現為所謂的「抽象的抒情」。「抽象的抒情」也因此而直接應對了沈從文的現實危機和個人焦慮。在某種意義上說，從個人精神困境中誕生的對「抽象」的思考和追索，成為沈從文解決現實危機，與現實困境搏鬥的方式。而這種以「抽象」對抗「現實」的方式，歸根結底還是某種個人與群體的對抗。「抽象」以及「抽象」和「現實」的「對抗」，使沈從文陷入思想的泥淖難以自拔。這正如他自己所說：「由於外來現象的困縛，與一己信心的固持，我無一時不在戰爭中，無一時不在抽象與實際的戰爭中，推挽撐拒，總不休息」[22]。與此同時，他以「抽象的抒情」的方式所進行的思考和創作，也使他面臨著各種誤解和指責，感覺到孤獨和寂寞。他回憶說，雲南這段時間的生活「相當長，相當寂寞，相當苦辛。但卻依然用那個初初北上向現實學第一課的樸素態度接受下來了。……然而用沉默來接受這一切的過程中，至少家中有個人卻明白，這對我自己，求所以不變更取予態度，用的是一種什麼艱苦掙扎與戰爭！」[23]

[22] 沈從文：《長庚》，《燭虛》，文化生活出版社，1941 年。
[23] 沈從文：《從現實學習》，《大公報．星期文藝》，第 4、5 期，1946 年 11 月 3 日、10 日。

回到北平後，沈從文發表了大量的政論文章，談論政治局勢、民族命運等多方面的問題。似乎他已經走出了個人，走出了「抽象」。其實不然，看看他為國家重建所開的藥方便可知曉：

> 個人以為現實雖是強有力的巨無霸，不僅支配當前，還將形成未來。舉凡人類由熱忱理性相結合所產生的偉大業績，一與之接觸即可能癱瘓及坍，成為一個無用堆積物。然而我們卻還得承認，凝固現實，分解現實，否定現實，並可以重造現實，唯一希望將依然是那個無量無形的觀念！由頭腦出發，用人生的光和熱所蓄聚綜合所作成的種種優美原則，用各種材料加以表現，彼此相粘合，相融會，相傳染，慢慢形成一種新的勢能、新的秩序的憧憬來代替。[24]

沈從文始終不願意放棄「抽象」，放棄個人和自我。儘管他已經清醒地意識到以「抽象」對抗「現實」所不可避免的悲劇結局，但對獨立思想的信仰，「鄉下人」的執拗品性，以及心中隱隱懷著的「野心」和浪漫幻想[25]，卻推動他選擇了這個注定失敗的方向：

> 我的工作即將完全失去意義。一個人有一個人的限度，君子豹變既無可望，恐怕是近於宿命，要和這個集團爭渾水

---

[24] 沈從文：《從現實學習》，《大公報・星期文藝》，第 4、5 期，1946 年 11 月 3 日、10 日。

[25] 參見沈從文的《霽清軒書簡之二》，《從文家書》，上海遠東出版社，1999 年。沈從文與兒子的談話中，表示要抓緊時間，「寫個一二十本」，作兒子心中「中國的托爾斯泰」。

> 摸魚的現實脫節了。這也是一種戰爭！即甘心情願生活敗北到一個不可收拾程度，焦頭爛額，爭取一個做人的簡單原則，不取非其道，來否認現代簡化人頭腦的勢力所作的掙扎。我得做人，得工作，二而一，不可分。我的工作在解釋過去，說明當前，至於是否有助於未來，正和個人的迂腐頑固處，將一律交給歷史結算去了。[26]

甚至在北平圍城之時，沈從文還這樣冷靜地分析自己的命運：

> 人近中年，情緒凝固，又或因情緒內向，缺乏社交適應能力，用筆方式，二十年三十年統統由一個「思」字出發，此時卻必需用「信」字起步，或不容易扭轉，過不多久，即未被迫擱筆，亦終得把筆擱下。[27]

他已經做好了失敗的準備，他說：「這是夙命。我終得犧牲。我不向南行，留下在這裏，本來即是為孩子在新環境中受教育，自己決心做犧牲的！應當放棄了對於一隻沉舟的希望，將愛給予下一代。」[28]

「預感失敗」是一回事，「面對失敗」則是另一回事。1949 年 1 月起，早已下定決心承受失敗的沈從文在面對鋪天蓋地的政治批判時，終於還是精神崩潰了。在給家人的信中，沈從文

---

[26] 沈從文：《從現實學習》，《大公報・星期文藝》，第 4、5 期，1946 年 11 月 3 日、10 日。

[27] 沈從文：《致吉六——給一個寫文章的青年》（1948 年 12 月 7 日），《沈從文全集》第 18 卷，北岳文藝出版社，2002 年，第 519 頁。

[28] 沈從文：《囈語狂言》（1949 年 2 月 2 日沈從文復張兆和信），《從文家書》，上海遠東出版社，1999 年。

清楚的表述了他的精神狀態：「有種空洞游離感起於心中深處，我似乎完全孤立於人間，我似乎和一個群的哀樂隔絕了」[29]，「『我』在什麼地方？尋覓，也無處可以找到」，「孤立而絕望，我本不具有生存的幻望」，「給我不太痛苦的休息，不用醒，就好了，我說的全無人明白」，「做完了事，能休息，自己就休息了，很自然！若勉強附和，奴顏苟安，這麼樂觀有什麼用？讓人樂觀去，我也不悲觀。」這種極度的「孤立」和絕望來源於兩個方面。其一，逐漸收攏的政治之網使他感覺到巨大的壓力：「我『意志』是什麼？我寫的全是要不得的，這是人家說的。我寫了些什麼我也就不知道了。」其二，在歷史大變動中，朋友們順時應變，似乎都站到了他的對面：「沒有一個朋友肯明白敢明白我並不瘋。大家都支吾開去，都怕參預」，「我沒有前提，只是希望有個不太難堪的結尾。沒有人肯明白，都支吾過去。」[30]沈從文自覺已經處在四面包圍的楚歌聲中，最終選擇了自殺。獲救之後的沈從文，心態已經平復了很多。1949 年 7 月，第一次全國文代會將沈從文排除在外，這件事徹底斷絕了沈從文的「從文」之心。他致信丁玲，毅然決然地表示要退出文壇，將身心投入到文物研究上。

[29] 沈從文：《五月卅下十點北平宿舍》，《從文家書》，上海遠東出版社，1999 年。

[30] 以上引言皆出自沈從文的《囈語狂言》（沈從文在張兆和 1949 年 1 月 30 日給他的信上的批覆），《從文家書》，上海遠東出版社，1999 年。

## 五

卞之琳和馮至是以一種比較平和的心態來面對新時代的到來的。可以說，他們比較容易地選擇了新的創作道路，坦然接受了「新寫作」的消亡。卞之琳對於這一「玄黃之變」以及由這變化所帶來的思想改造運動，似乎並沒有太大的驚詫和惶恐。如前文所說，對紀德「轉向」的理解和闡發，已經對卞之琳世界觀人生觀產生了一定的影響。從紀德的道路中，卞之琳總結出了「螺旋式上升」的生命模式。所謂「螺旋式上升」，是指事物在發展中不斷修正、不斷揚棄；既有重複，又有超越的過程。強調在自我揚棄中實現更生的「螺旋式上升」觀念，構成了 40 年代卞之琳的一個核心概念，幫助他建立了一種比較平衡的心理機制，使他能夠較快地接受和適應這些變化。甚至在 80 年代，卞之琳仍然不斷地談到「螺旋式上升」（有時採用類似的詞語如「曲折的進步」、「翻筋斗」等等），表達他對於事物繼承和發展的理解。

在整個 40 年代，馮至的思想、創作與三位偉大的文人有關。其一是歌德，其二是杜甫，其三是里爾克。里爾克是充滿了「偉大的孤獨」的「個體」詩人。歌德呢？此時的馮至超越了 20 年代對「維特」式歌德的認同，對後期的那個奉行「理性」與「節制」的保守的歌德更有興致。至於杜甫，馮至則將他定位為「人民的喉舌」。三者對於馮至的影響是相互交錯的。歌德的影響主要在 40 年代的前期。進入 40 年代後期，馮至對歌德的研究和譯介逐漸淡化，全身心投入了《杜甫傳》的寫作。而里爾克的聲音則幾乎貫穿了馮至在整個 40 年代的思考。

40年代前期，馮至的閱讀重點在歌德[31]。從40年代初翻譯俾得曼的《歌德年譜》，馮至開始了對歌德的研究。他稱讚歌德的《浮士德》和《威廉・麥斯特的學習時代》是「兩部生活教科書」[32]。在歌德的作品裏，他「領悟到一些生活的智慧」，尋找到了調節外部人生和個人內在思想的依據[33]。歌德所倡導的「向內又向外的」生活法則給他以極大的啟發。「向內又向外的」生活，意味著既要走出個人的內在空間，保持與外界的聯繫，從外界汲取營養，積累經驗；同時又能與外界事物「斷念」，返回個人的內心世界，並將外在的經驗化為內在的智慧。抗戰時期的昆明儘管物質生活貧乏艱苦，但因為遠離了重慶、延安這樣的意識形態中心，它反而為聯大師生提供了自由的精神活動空間。雖然不時會有敵機的轟炸，但對於轟炸警報，聯大師生卻能「用一種『儒道互補』的精神對待」[34]。時代的壓力還只是一個遙遠的陰影，學院式的讀書思考和寫作生活還在繼續。但是隨著抗戰末期的來到，國內的政治鬥爭和社會矛盾日益顯明。時代的壓力成為現實的存在，它觸手可及，令人窒息。在《答某君》、《詩與事實》、《界限》等一系列文章中，馮至的目光從抽象的學理探索轉向了現實生活，從生活細節中感受著特殊時代的特別氛圍。

---

[31] 有關馮至40年代對歌德思想的接受，可參見殷麗玉的《論馮至四十年代對歌德思想的接受與轉變》，《文學評論》，2002年第4期。

[32] 馮至：《文壇邊緣隨筆》，上海書店，1995年，第215頁。

[33] 馮至：《論歌德》，上海文藝出版社，1986年，第5頁。

[34] 汪曾祺：《跑警報》，《蒲橋集》，作家出版社，1991年。

於是，40 年代的中後期，馮至的注意力開始由歌德轉向了杜甫。這種變化不是單純的學術興趣的轉移。他關注杜甫是因為他關注這個時代。對於杜甫與這時代的關係，他有這樣的認識。他說，「一個過去的詩人在百年後，甚至千年後，又重新被人認識，又能發生作用」，有兩種情形：其一是因為「同」，「一個時代的精神在過去某某詩人的身上發現同點，起了共鳴」[35]。其二是因為「異」，「一個時代正缺乏某某詩人的精神，需要他來補充」。在馮至看來，這時代在這兩方面都需要杜甫。「抗戰以來，無人不直接或間接地嘗到日本侵略者給中國人帶來的痛苦，這時再打開杜詩來讀，因為親身的體驗，自然更能深一層的認識。」《三吏》、《三別》寫盡了征役之苦，《客從南溟來》道破賦斂之繁，此外如流亡者的心境，貧富過分懸殊的不平，以及一個分裂的民族在戰時所遭逢的必然命運等等，都在杜甫的詩作中有力地展現出來。而這些在馮至看來，也正是現時代的中國人民所經歷的血和淚。杜甫的詩歌說出了一般變亂中人民所蒙受的痛苦，因此得以在千年之後獲得「再生」。接著，馮至開始思考「為什麼與杜甫同時而又與杜甫同享盛名的李白與王維就不能這樣替我們說」？他認為，杜甫有一種在艱難中執著的精神：「寧願自甘賤役，寧願把自己看成零，看成無，——但是從這個零、這個無裏邊在二十年的時間內創造出驚人的偉大。……這裏邊沒有超然，沒有灑脫，只有執著；執著於自然，執著於人生」。這種在艱難中執著的精神滲透在杜甫所有的作品，甚至那些描寫大江落日的山水詩中。正是這

[35] 馮至：《杜甫和我們的時代》，昆明《中央日報》，1945 年 7 月 22 日。

種精神使他「不只是唐代人民的喉舌，並且好像也是我們現代人民的喉舌」。至此，馮至得出了結論：「我們需要杜甫」，這時代需要杜甫。更進一步的，他推論道：杜甫比李白、王維都更加偉大。僅僅是杜甫的「細雨魚兒出，微風燕子斜」這一類的「一部分詩也足足抵得住一個整個的王維」。

從 20 年代以來，馮至一直是里爾克的崇拜者。里爾克那「使音樂的變為雕刻的，流動的變為結晶的，從浩無涯涘的海洋轉向凝重的山岳」的藝術探索給了馮至極大的啟發[36]。進入 40 年代，在民族存亡的戰亂中，馮至對里爾克有了新的發現。馮至考察里爾克的創作歷程，發現在第一次世界大戰中間，以及戰前戰後的一段時期，里爾克陷入了「沉默」。然而，里爾克的「沉默」並不是放棄。馮至解釋說：

> 他看著世界一切都改變了形象，他在難以擔受的寂寞裏，深深感到在這喧囂的時代一切的理想都斂了蹤迹，再也沒有什麼可說的了，但是他銳利的目光無時放鬆時風的轉變，他只向他的友人們傾吐他的關懷。[37]

儘管里爾克「已在紊亂的時代前退卻」，但是「他當時對於人類所有的關懷並不下於指揮三軍統帥在戰場上所用的心機」。馮至總結道：里爾克這「十年的沉默」是「隱伏著，只暗自準備將來的偉大工作」。這種「居於幽暗而自己努力」的精神深深地吸引了馮至：「人需要什麼，就會感到什麼是親切的。里

[36] 馮至：《里爾克——為十周年祭日作》，《新詩》，1 卷 3 期，1936 年 12 月。
[37] 馮至：《工作而等待》，《生活導報周年紀念文集》，1943 年 11 月。

爾克的世界使我感到親切，正因為苦難的中國需要那種精神」。「忍受著現實為將來工作」，此時的里爾克，無論是在個體的生活抉擇，還是在國家民族的群體利益的取捨方面，都給了馮至極大的啟示。

就接受美學而言，一百個讀者就有一百個哈姆雷特。閱讀者總是出於自己的某種需要（包括情感、天性、意志）去接受某個作品或某位作家，以及同一閱讀對象的不同時期的不同形象等等，並根據自己的需要對其加以理解和整合。反之，我們也可以根據閱讀者對作品、作家，以及同一閱讀對象的不同時期的不同形象的選擇，來推斷閱讀者自身的精神世界和生命追求。對於 40 年代的馮至來說，從歌德那裏他領悟到了「向外又向內的生活」，在杜甫的詩歌中他感受到了一個關注時代、關心民生疾苦的詩人的偉大，而在里爾克身上他學會了忍耐，學會了在寂寞中艱難前行。這些選擇和接受幫助馮至克服了由於戰爭所帶來的生命的孤獨感、虛幻感、脆弱感等個人精神上的苦悶和個人與社會關係的重重危機，同時也為他未來將要面對的選擇和決斷鋪好了路。

## 六

「新生代」作家的情況同樣非常複雜。李瑛的校園生活具有雙重性。從政治意識來說，他是偏向於共產黨的。多年以後，李瑛滿懷激情地回憶他的這段校園生活：「我永遠也忘不了我在大學時那一段崢嶸歲月。那裏，我是在一邊讀書、一邊在學生運動的激流中度過的——我們組織社團活動，我們秘密印發傳單」，和同學們一起遊行示威，攀上天安門華表基座的石欄，貼上一條條標語[38]。他也終於在 1947 年加入了中國共產黨。但是在文學觀念和審美追求上，李瑛卻對自由主義的文學觀念和美學理想充滿嚮往，他嚴厲地批評了文學的商業化和政治化傾向，極力肯定文學的獨立價值[39]。因此，李瑛積極投入到「新寫作」文學思潮中去，進入了「新寫作」的活動圈子，在沈從文、朱光潛等人主編的刊物上發表了近 200 篇作品，獲得沈從文、馮至等前輩作家的青睞。他傾心於雪萊、歌德、里爾克和艾略特，馮至、卞之琳、沈從文、袁可嘉等人的文學活動對他有著重要的影響，甚至他所擬定的畢業論文的題目也是《讀馮至的詩》。

這種雙重性的活動在他的評論和作品中表現得非常明顯。李瑛推崇袁可嘉提出的「詩現代化」道路，把「立體的結構」看作是詩歌現代化的特徵之一[40]，並用「詩現代化」的標準來考察穆旦和鄭敏的詩歌創作。他稱讚穆旦是當前得到最豐盛收穫的青年詩人，認為穆旦的詩具有「一種新穎和超越形式」，以「詞句的組織，近時代哲學的高揚與自己感情的調和」形成「勻整網絡」的詩風，而「經驗、思想和情感三者賦予他的產品以一種驚人的溶解綜合力」[41]。他推崇鄭敏的詩，認為鄭敏

---

[38] 李瑛：《李瑛詩選・自序》，《李瑛詩選》，四川人民出版社，1981 年，第 5 頁。

[39] 李瑛：《兩個傾向》，《文藝時代》，1 卷 3 期，1946 年 8 月。

[40] 李瑛：《論綠原的道路》，《詩號角》，第 4 期，1948 年 2 月。

[41] 李瑛：《讀穆旦詩集》，《益世報・文學周刊》，第 59 期，1947 年 9 月 27 日。

的詩「吸收了艾略特，惠特曼，第金生，里爾克，這些詩人的許多優長，甚致至更遠的雪萊與拜倫」。這「使得鄭君在創造上敘寫得很為細緻，美麗又淳樸，率直又坦白，她的消化之後的表現，使她再生為一種風格，一種而且獨立，達到藝術最高的一點」[42]。

與此同時，李瑛也用充滿戰鬥熱情的筆墨呼喚戰鬥的文學，化名寫了多首反映當時學生運動和表示戰鬥決心的朗誦詩，貼在紅樓和民主牆上[43]。他也公開表示贊同馬雅可夫斯基「詩和歌，這就是我們的旗幟和炸彈」的口號，認為「在這幾乎沒有我們生存權利的高壓的中國」，「詩和歌，是任何武器不能陷毀的，也是永遠不會失敗的工具」[44]。表現在創作上，他既有《石頭：奴隸們的武器》這樣控訴民眾的苦難，號召階級覺醒的呼喚；又有《死和變》一類對於生命和死亡、偉大與平凡的哲思玄想。既有《冰場》一類充滿現代主義色彩的作品，也有《再見》這樣充滿政治口號的作品。事實上，李瑛對這兩種衝突的意識活動區分得格外清楚。在 2002 年的李瑛作品研討會上，李瑛談到他在 40 年代後期與沈從文等人的密切接觸時，表示這種密切接觸除了有審美追求上的相近的原因之外，還因為中共地下黨組織希望他們能夠與這些人士多接近，以便在未來的鬥爭中爭取到他們的理解。因此，無論是在他的評論還是在他的創作中，我們都很難看到這兩種精神意識間的衝突。當

[42] 李瑛：《讀鄭敏的詩》，《益世報・文學周刊》，第 33 期，1947 年 3 月 22 日。

[43] 李瑛：《我的大學生活》，《新文學史料》，2001 年 1 期。

[44] 李瑛：《論綠原的道路》，《詩號角》，第 4 期，1948 年 2 月。

政治使命與美學追求發生衝突時，選擇政治使命對他來說是順理成章，自然而然的事。與此同時，他還以自己的政治信念去影響他的師長們，勸告沈從文不去台灣，留下來迎接解放。[45]

在緊張的時局裏，沈從文常常與年輕的學生輩文友交流，談到他對於國家時局和個人命運的認識。當沈從文冷靜地分析自己「過不多久，即未被迫擱筆，亦終得把筆擱下」的命運時，年輕一代又將如何考慮自己的命運呢？畢竟他們還年輕，生活對於他們還是「進行式」，甚至是「未來式」的。沒有那些「凝固情緒」的阻礙，他們更容易接受也更容易理解這個時代所發生的變化。於是，自覺地靠近時代，成為大多數新生代作者的選擇。

1948 年 3 月，為了追隨在北大外文系任教的女友，同時也為了在新的城市闖蕩一番，年輕的汪曾祺離開上海來到北平。此時的解放戰爭已經進入反攻階段，北平生活艱難，就業不易。在北京大學閒居兩個月後，沈從文幫助他在歷史博物館謀了個館員的差使。歷史博物館工作單調而清閒。白天，汪曾祺只是檢查倉庫，換換說明卡片；入夜他獨臥在午門下的小屋裏，大院裏一片靜寂，「真是靜得『慌』」。年輕的心充滿了證明自己的焦慮，然而沉靜的生活給他「浮動的心情加一道封條」[46]。沈從文擱筆的預言對他而言與其說是一個打擊，毋寧說是一個希望。對沈從文而言，他考慮得更多的是抽象的寫作信念，而汪曾祺更關心的是作為日常生活的寫作。寫作信念可以說是沈從文寫作活動的生命底線，從個人之「思」到群體之「信」，

---

[45] 凌宇：《沈從文傳》，北京十月文藝出版社，1988 年，第 420 頁。

[46] 見汪曾祺致黃裳信（1948 年 11 月 30 日），《汪曾祺全集》第 8 卷，北京師範大學出版，1998 年。

寫作信念的變化使沈從文感到無法繼續寫作。汪曾祺關注的則是怎樣繼續寫作這個他唯一想要的生活方式。年輕使他們有願望同時也有能力去適應新的變化，唯一需要考慮的便是怎樣走出「舊我」，創作出適合新時代的作品？因此，儘管有黃裳勸他回上海，有黃永玉邀請他到九龍，但這些都難以平復他內心的焦慮。就在他為自己無法壓抑的躁動情緒而焦慮時，北平和平解放了。北平解放後，中共中央發出號召，希望更多有作為的青年人加入隨軍南下的工作隊。這可以說給了汪曾祺一個機會，一個關係到個人生活轉折的機會。如果要繼續寫作生活，原來的生活體驗、創作題材以及寫作方法顯然是不夠的。他必須要擴大生活範圍，開拓觀察視野，努力去熟悉自己過去不曾熟悉的人與事。於是，在徵得家人的同意後，汪曾祺加入了第四野戰軍南下工作團，積累新生活經驗去了。[47]

「新生代」作者對於前輩作家的認識也是非常複雜的。前輩們的生活經歷、創作經歷以及個人魅力使他們敬重、佩服，同時對於他們的思考也存在著一絲失望和不滿。對於現實政治鬥爭的敏感，使年輕一代與前輩作家之間產生隔膜。在《初見沈從文先生》一文中，蕭鳳表達了她對沈從文的兩種看法。沈從文的熱情、率真吸引了年輕人的目光，他對文學的執著追求和嚴格的創作態度也讓年輕人佩服。然而在這些年輕人看來：

> 他是把自己沉醉在「書籍」，「古玩」和其他溫馨的東西裏了，小天地越來越小，他和以外的現實脫節了，他

[47] 參見陸建華著，《汪曾祺傳》，江蘇文藝出版社，1997 年，第 107-110 頁。

> 是再也不願聽外面那些淒厲，辛酸，壓人心頭的聲音，假如他是一個普通的人，沉默無聞也就算了。但，他既是一個作家，一個青年靈魂的建造者，在這千萬顆跳動的心在等著撫慰和鼓勵的時候，他所表現的實在冷淡了點，人們是因為感到不夠而呵責他的。[48]

除此之外，前輩文人和「新生代」作家之間的差異還存在於思考和創作的基本出發點上。沈從文一方面追索著個人生命的終極意義，一方面以強烈的社會責任感把個人生活與民族國家緊密相連，堅持為創造「民族明日經典」而埋頭工作的信念。對年輕一代來說，他們更願意從日常生活角度出發來討論生命價值和生存的意義，同時更尊重自己個人的現實感受和生活體驗。例如，聯大時期，「牌戲」之風頗盛。浦江清日記裏寫道，這一年的除夕夜，「晚飯後在聞家打牌。同人皆加入，或打四圈，或八圈，十二圈不等」，一直打到第二天天明，然而「晚飯後仍入雀局」[49]。據朱自清日記記載，僅在 1943 年 2 月這一個月內，朱自清便參加了七次牌戲活動。儘管朱自清對於這種頻繁的社交活動也有不滿，覺得耽誤了時間，但終究還是沒有拒絕[50]。老師們如此，學生們也不例外[51]。對於牌戲，沈從文深惡痛絕。他說：「每次我從住處附近什麼茶館前過身，看到明

---

[48] 蕭鳳：《初見沈從文先生》，《平明日報》，1947 年 3 月 19 日。

[49] 浦江清：《西行日記　一九四三年》（1943 年 2 月 4、5 日），《清華園日記　西行日記》，三聯書店，1999 年。

[50] 見朱自清 1939 年 1 月 12 日日記，《朱自清全集》第 10 卷，江蘇教育出版社，1997 年，第 6 頁。

[51] 參見汪曾祺的《泡茶館》等系列回憶西南聯大的散文。

亮燈光下，一些衣冠整齊的年青仕女，臉上表現從容歡樂的顏色，一面輕輕吹口哨，一面用極溜刷手式分散撲克牌給其餘同座時，就想起一個離奇問題，將二十歲左右的有用生命，每次集團投資到這個玩意兒上，這種不經濟的耗費，是誰設計做成的？應當歸誰來負責？是個人的羞辱，教育的失敗，還是國家的損失？」[52]沈從文從抽象的生命價值和生存的意義的角度出發，站在民族、國家的高度來談牌戲，牌戲自然是毫無意義的。然而對於這樣的批評，年輕人並不接受。他們更願意以一種「平常心」對待「牌戲」，提出即使在戰爭期間人還是需要消閒和休息的，而「牌戲」只是戰爭期間人們可以找到的最方便的「娛樂」之一[53]。可以說，對牌戲認識的不同出發點，已經反映出了兩代作家對待生活的差異。而這在某種程度上也解釋了他們在面對外來壓力時的完全不同的選擇。

## 七

「新寫作」文學思潮在新中國成立前夕不可避免地走向分崩離析。外來的政治壓力和「新寫作」作家群體內部的差異自然是重要的原因，但「新寫作」在中國現代社會歷史變革中所處的「縫隙」地位，同樣使這種悲劇性的結局成為宿命。中國

---

[52] 沈從文：《論投資》，《生活導報》，第 15 期，1943 年 2 月 27 日。

[53] 參見姚丹著，《西南聯大歷史情境中的文學活動》，廣西師範大學出版社，2000 年，第 100-102 頁。

社會由自給自足的農業社會向現代社會演進程度的差異，以及現代中國政治局勢的變遷，使現代中國社會政治、經濟、文化發展常常處於一種不平衡或者不穩定的狀態，從而形成各種歷史的「縫隙」地帶。在歷史夾縫地帶形成的文學思想，往往會為文學發展吹來一股清新的風，彌補歷史進程中的某些遺漏的環節。與此同時，它往往也具有與身俱來的歷史局限性，與歷史和時代發展的中心脫節。

30 年代「京派」文學的出現與 20 年代後期中國政治局勢的變遷，以及北平文壇的巨大變動，關係密切。1926 年後，奉系軍閥入駐北京，箝制言論，摧殘自由，北京文人紛紛南下。上海逐漸成為中國的文化中心，北平則走向了邊緣。二、三十年代之交的北平正處在歷史變更時代的一個「縫隙」地帶。這種「縫隙」地位給 30 年代「京派」文學提供了一個發展的空間，同時培植了 30 年代「京派」追求「純正的文學趣味」的文學觀念和以「和諧」與「節制」為特徵的文學審美意識。七七事變後，民族矛盾上升為主要矛盾，原來基於政治立場和文化態度而形成的文學分野和文壇界限迅速消解。進入 40 年代後期，中國政局的變革又一次將北平推到了歷史「縫隙」的地位。北平的這種「縫隙」地位及其所導致的文化真空狀態，為「新寫作」文學思潮的形成和發展提供了一個機會，使這批作家能夠在自由主義的文學立場上繼續進行新的文學試驗和探索。然而，隨著國共鬥爭最後決戰關頭的到來，政治區域的整合不可避免。北平解放了，在中國大地上再也找不到他們能夠依憑的「縫隙」區域。作為「敵人」、「反動派」、「鬼影」、「魍魎」，他們失去了生存空間，也就永遠失去了自由言論的權利，更遑論繼續「新寫作」的文學探索。悲劇是命定的，無法避免。

# 主要參考文獻

## （按漢語拼音排序）

### 一、報紙副刊

北平《北平時報・文園》，1946-1947 年
北平《華北日報・文藝》，1948-1948 年
北平《平明日報・星期藝文》，1946-1948 年
北平《世界日報》，1946 年-1948 年
北平《新生報・語言與文學》，1946-1948 年
北平《益世報・詩與文》，1947-1948 年
天津《大公報・文藝》，1945-1948 年
天津《大公報・星期文藝》，1946-1948 年
天津《民國日報・文藝》，1948-1948 年
天津《民生導報・每周文藝》，1946-1947 年
天津《益世報・文學周刊》，1946-1948 年
上海《華美晚報・新寫作》，1948 年

### 二、雜誌

北平《詩號角》，1948 年
北平《文藝時代》，1946 年

北平《現代文錄》，1946 年
北平《現代知識》，1947 年
北平《新路周刊》，1948 年
北平《知識與生活》，1947 年
北平《周論》，1948 年
成都《螞蟻小集》，1948 年
上海《詩創造》，1947 年
上海《文學雜誌》，1947 年
上海《文藝復興》，1946 年
上海《新詩潮》，1948 年
上海《中國新詩》，1948 年
香港《大眾文藝叢刊》，1948 年

## 三、作品

阿壠著，《人與詩》，上海：書報雜誌聯合發行所，1949 年
亦門（阿壠），《詩與現實》，北京：五十年代出版社，1951 年
卞之琳著，《卞之琳文集》，安徽教育出版社，2002 年
常風著，《窺天集》，山西教育出版社，1998 年
常風著，《逝水集》，遼寧教育出版社，1995 年
廢名著，《廢名選集》，四川文藝出版社，1988 年
馮至著，《馮至全集》，河北教育出版社，1999 年
郭沫若著，《郭沫若全集》，人民文學出版社，1982-1992 年
胡風著，《胡風全集》，湖北人民出版社，1999 年
李廣田著，《詩的藝術》，開明書店，1943 年
李廣田著，《論文學教育》，文化工作社，1950 年
李拓之著，《李拓之代表作》，華夏出版社，1999 年
林庚著，《問路集》，北京大學出版社，1984 年

林徽因著，《林徽因文集》，百花文藝出版社，1999 年
羅大岡著，《羅大岡學術論著自選集》，北京師範大學出版社，1991 年
穆旦著，《穆旦詩全集》，中國文學出版社，1996 年
浦江清著，《清華園日記　西行日記》，三聯書店，1999 年
錢理群編，《二十世紀中國小說理論資料》（第四卷），北京大學出版社，1997 年
沈從文著，《沈從文文集》，花城出版社，1984 年
沈從文著，《沈從文批評文集》，珠海出版社，1999 年
沈從文著，《從文家書》，上海遠東出版社，1999 年
盛澄華著，《紀德研究》，上海：森林出版社，1948 年
唐湜著，《新意度集》，三聯書店，1989 年
唐湜著，《一葉詩談》，廣西教育出版社，2000 年
汪曾祺著，《汪曾祺全集》，北京師範大學出版社，1998 年
王聖思選編，《「九葉詩人」評論資料選》，華東師範大學出版社，1995 年
聞一多編，《現代詩鈔》（《聞一多全集》第四卷），三聯書店，1982 年
吳小如著，《今昔文存》，湖南人民出版社，1998 年
伍蠡甫編，《現代西方文論選》，上海譯文出版社，1983 年
蕭乾著，《蕭乾文集》，浙江文藝出版社，1998 年
蕭乾著，《未帶地圖的旅人》，中國文聯出版社，1991 年
楊振聲著，《楊振聲選集》，人民文學出版社，1987 年
姚可昆著，《我與馮至》，廣西教育出版社，1994 年
袁可嘉著，《論新詩現代化》，三聯書店，1988 年
袁可嘉著，《現代派論・英美詩論》，中國社會科學院出版社，1985 年
袁可嘉著，《半個世紀的腳印——袁可嘉詩文選》，人民文學出版社，1994 年
張若名著，《紀德的態度》，三聯書店，1994 年
朱光潛著，《朱光潛全集》，安徽教育出版社，1992 年
朱自清著，《朱自清全集》，江蘇教育出版社，1996 年

## 四、專著

北京圖書館編，《民國時期總書目》，書目文獻出版社，1986、1992 年
《長河不盡流》，湖南文藝出版社，1989 年
陸建華著，《汪曾祺傳》，江蘇文藝出版社，1997 年
陳旭光著，《中西詩學的會通——20 世紀中國現代主義詩學研究》，北大出版社，2002 年
范智紅著，《世變緣常——四十年代小說論》，人民文學出版社，2002 年
方錫德著，《中國現代小說與文學傳統》，北京大學出版社，1992 年
馮並著，《中國文藝副刊史》，華文出版社，2001 年
高恒文著，《京派文人：學院派的風采》，上海教育出版社，2000 年
韓石山著，《李健吾》，中國華僑出版社，1999 年
胡經之、張首映著，《西方 20 世紀文論史》，中國社會科學出版社，1986 年
黃健著，《京派文學批評》，三聯書店，2002 年
金沖及著，《轉折年代——中國的 1947》，三聯書店，2002 年
李歐梵著，《中西文化的徊想》，三聯書店香港分店，1986 年
李澤厚著，《中國現代思想史論》，東方出版社，1987 年
林秀清編，《現代意識與民族文化》，復旦大學出版社，1987 年
凌宇著，《沈從文傳》，北京十月文藝出版社，1988 年
劉納著，《嬗變——辛亥革命時期至五四時期的中國文學》，中國社會科學出版社，1998 年
羅鋼著，《歷史匯流中的抉擇》，中國社會科學出版社，1993 年
錢理群著，《1948：天地玄黃》，山東教育出版社，1998 年
錢理群主講，《對話與漫遊》，上海文藝出版社，1999 年
錢理群著，《反觀與重構　文學史的研究與寫作》，上海教育出版社，2000 年
商金林著，《朱光潛與中國現代文學》，安徽教育出版社，1995 年

孫玉石著，《中國現代主義詩潮史論》，北京大學出版社，1999 年
溫儒敏著，《新文學現實主義的流變》，北京大學出版社，1988 年
溫儒敏著，《中國現代文學批評史》，北京大學出版社，1993 年
吳曉東著，《象徵主義與中國現代文學》，安徽教育出版社，2000 年
吳野著，《戰火中的文學沉思》，四川教育出版社，1990 年
西南聯合大學北京校友會編，《國立西南聯合大學校史》，北京大學出版社，1996 年
解志熙著，《生的執著　存在主義與中國現代文學》，人民文學出版社，1999 年
許道明著，《京派文學的世界》，復旦大學出版社，1994 年
嚴家炎著，《中國現代小說流派史》，人民文學出版社，1989 年
楊義著，《中國現代小說史》，人民文學出版社，1986 年
姚丹著，《西南聯大歷史情境中的文學活動》，廣西師範大學出版社，2000 年
葉再生著，《中國近代現代出版通史》，華文出版社，2002 年
游有基著，《九葉詩人研究》，福建教育出版社，1997 年
袁可嘉等主編，《卞之琳與詩藝術》，河北教育出版社，1990 年
樂黛雲、王寧編，《西方文藝思潮與 20 世紀中國文學》，中國社會科學出版社，1990 年
張靜廬輯注，《中國現代出版史料》，中華書局，1954-1959 年
張曼儀著，《卞之琳著譯研究》，香港大學出版社，1989 年
中共北京市委宣傳部等編，《解放戰爭時期北平第二條戰線的文化鬥爭》，北京出版社，1998 年
周綿著，《馮至傳》，江蘇文藝出版社，1993 年

# 後 記

「文學的轉折」是一個充滿挑戰性同時也充滿了吸引力的話題。「轉折」過程中的「斷裂」與「承續」，隱含著文學史進程的豐富性和複雜性，對我們慣常的歷史決定論式的文學史敘述方式提出了質疑。從晚清到五四、從辛亥革命時期至五四時期、從「十七年」到「文革」再到「新時期」文學，眾多對轉折期文學的研究和考察，已經見證了這一話題對於文學史敘述的革命性意義。

1946-1948 年間的中國文學，正在經歷著由多元發展趨向一元生存的痛苦轉折，同樣存在著極其豐富的文學實踐活動和複雜的文學思想的交鋒。在這個時間段裏，根據地、解放區文學是怎樣向國統區浸潤的？各種文學成分、文學力量發生了怎樣的分化、重組、位移？文學版圖發生了怎樣的改變？這是一個本質化的過程，還是一個強力命名、重組並因之確立一種文學新秩序的建構過程？（趙園，《研究現狀、問題與方法》，《20 世紀 40 至 70 年代文學研究：問題與方法》筆談之一，《中國現代文學研究叢刊》，2004 年第 2 期）這些問題是我們在陳述當代文學發生的「歷史必然性」時無法迴避的。

在現有的文學史敘述框架中，1940 年代文學被劃分為抗戰文學和解放戰爭文學兩個部分。其中，解放戰爭時期，也就是 1946-1948 年間的中國文學，在中國現代文學史的書寫中，往往一筆帶過，成為我國現代文學研究中的一個薄弱環節。基於對這一話題的重要性的認知，同時也基於個人興趣，我把這個時段的文學活動納入研究視野。由於這一時段文學發展本身錯綜複雜，難以把握，同時資料匱乏，學科積累較弱，再加上複雜的政治背景和現實條件，所以可能會是一個比較長期的研究專案。對於現有的學術體制而言，這並不是一個特別有利的課題。而課題本身的開拓性以及個人長期的研究訓練，决定了我必然要沿襲「以史代論」、「論從史出」的研究方法。在文化比較研究與理論旅行大行其道的時代，這樣的研究思路顯得古老而陳舊。從 1998 年至今，經歷了無數次的思想動搖和審美厭倦，這部著作終於得以面世，聊以告慰那悄然遠去的青春。

需要感謝的是我的老師方錫德先生和孫玉石先生，在他們的嚴格訓練和磨礪之下，我才得以走上學術研究道路。我還想向中國社科院文學所的趙園先生、張中良先生致以誠摯的謝意。在我因為突如其來的沮喪而思考追隨潮流的可能性時，他們給了我最大的鼓勵。最後，還要感謝臺灣中國文化大學宋如珊教授、秀威公司宋政坤總經理、編輯黃姣潔女士，感謝他們的創新意識和責任精神，使我能有這個機會與臺灣讀者展開學術交流、加深瞭解。而宋如珊教授在疾病困擾之下，不僅堅持個人學術研究，同時還致力於兩岸學術界的深入交流，這種對於學術研究的熱情和忠誠令我敬佩。由衷的感激之情，言辭難以道盡。

國家圖書館出版品預行編目

投岩麝退香:論 1946-1948 年間平津地區『新寫作』文學思潮 / 段美喬著.-- 一版.-- 臺北市:秀威資訊科技, 2008.10
面; 公分.-- (大陸學者叢書 ; CG0016)
BOD 版
參考書目:面
ISBN 978-986-221-088-8(平裝)

1. 中國當代文學 2. 文學評論

820.908 97018043

語言文學類 CG0016

# 投岩麝退香

## ——論 1946-1948 年間平津地區「新寫作」文學思潮

作　　者 / 段美喬
主　　編 / 宋如珊
發 行 人 / 宋政坤
執行編輯 / 黃姣潔
圖文排版 / 姚宜婷
封面設計 / 陳佩蓉
數位轉譯 / 徐真玉　沈裕閔
圖書銷售 / 林怡君
法律顧問 / 毛國樑　律師
出版印製 / 秀威資訊科技股份有限公司
台北市內湖區瑞光路 583 巷 25 號 1 樓
電話：02-2657-9211　　傳真：02-2657-9106
E-mail：service@showwe.com.tw
經 銷 商 / 紅螞蟻圖書有限公司
台北市內湖區舊宗路二段 121 巷 28、32 號 4 樓
電話：02-2795-3656　　傳真：02-2795-4100
http://www.e-redant.com

2008 年 10 月　BOD 一版
定價：320 元

# 讀　者　回　函　卡

感謝您購買本書，為提升服務品質，煩請填寫以下問卷，收到您的寶貴意見後，我們會仔細收藏記錄並回贈紀念品，謝謝！

1.您購買的書名：________________________

2.您從何得知本書的消息？

□網路書店　□部落格　□資料庫搜尋　□書訊　□電子報　□書店

□平面媒體　□ 朋友推薦　□網站推薦　□其他__________

3.您對本書的評價：(請填代號　1.非常滿意 2.滿意 3.尚可 4.再改進)

封面設計____　版面編排____　內容____　文/譯筆____　價格____

4.讀完書後您覺得：

□很有收獲　□有收獲　□收獲不多　□沒收獲

5.您會推薦本書給朋友嗎？

□會　□不會，為什麼？______________________________

6.其他寶貴的意見：__________________________________

____________________________________________________

____________________________________________________

____________________________________________________

## 讀者基本資料

姓名：________________　年齡：_____　性別：□女 □男

聯絡電話：______________　E-mail：________________

地址：________________________________________

學歷：□高中(含)以下　□高中　□專科學校　□大學

□研究所(含)以上 □其他______________

職業：□製造業 □金融業 □資訊業 □軍警 □傳播業 □自由業

□服務業 □公務員 □教職　□學生 □其他__________

請貼
郵票

To：114

台北市內湖區瑞光路 583 巷 25 號 1 樓

秀威資訊科技股份有限公司　　　收

寄件人姓名：

寄件人地址：□□□

(請沿線對摺寄回,謝謝!)

秀威與 BOD

BOD（Books On Demand）是數位出版的大趨勢，秀威資訊率先運用 POD 數位印刷設備來生產書籍，並提供作者全程數位出版服務，致使書籍產銷零庫存，知識傳承不絕版，目前已開闢以下書系：

一、BOD 學術著作—專業論述的閱讀延伸
二、BOD 個人著作—分享生命的心路歷程
三、BOD 旅遊著作—個人深度旅遊文學創作
四、BOD 大陸學者—大陸專業學者學術出版
五、POD 獨家經銷—數位產製的代發行書籍

BOD 秀威網路書店：www.showwe.com.tw
政府出版品網路書店：www.govbooks.com.tw

永不絕版的故事・自己寫・永不休止的音符・自己唱